泛海
범 해

掛席浮滄海　푸른 바다에 배 띄우니
괘 석 부 창 해

長風萬里通　긴 바람이 만 리를 불어가는구나.
장 풍 만 리 통

乘槎思漢使　뗏목 탔던 한나라의 사신이 생각나고
승 사 사 한 사

採藥憶秦童　약초 캐는 진시황의 아이를 추억하네.
채 약 억 진 동

日月無何外　해와 달은 허공의 밖에 있고
일 월 무 하 외

乾坤太極中　하늘과 땅 태극 속에 있어라
건 곤 태 극 중

蓬萊看咫尺　봉래산이 여기 가까이 있으니
봉 래 간 지 척

吾且訪仙翁　나, 이제 신선을 찾아가리다.
오 차 방 선 옹

최치원의 범해 泛海

초판 1쇄 인쇄	2017년 1월 3일
초판 1쇄 발행	2017년 1월 11일
지은이	천우연(이현규)
펴낸이	홍행숙
펴낸곳	문학의문학
등록번호	105 91 90635
주소	서울 마포구 토정로 222 한국출판협동조합 422호
전화	02-722-3588
팩스	02-722-3587
디자인	강지우

ISBN 979-11-87433-04-0 (03810)
값은 책의 뒷면에 있습니다.

최치원의

범해 泛海

천우연 역사장편소설

문학의 문학

등장인물

주요인물

최치원 호는 고운(孤雲)으로, 신라에서 태어난 문인이다. 일찍이 당나라로 유학을 떠나 큰 뜻을 품게 된다. 난세에 검 대신 붓을 들었고, 그것으로 세상을 변화시킨다.

애란 치원의 첫사랑이자 마지막 사랑. 의협심이 강하고 현명한 여인으로 대의를 이루기 위해 멀고 험한 길을 걷게 된다. 애달픈 이별의 시간을 보낸 후, 치원의 곁으로 돌아온다.

신라 사람들

견일 치원의 아버지. 선견지명이 있던 지식인으로 제 아들들만큼은 골품제로 인한 설움을 겪지 않게 하기 위하여 열둘의 어린 치원을 당나라로 유학 보내기로 결심한다.

진영 부인 치원의 어머니. 위로 자식 둘은 부처님께 보냈고, 막내 치원은 나라에 바쳤다고 생각하는 담대한 여인이다. 자식들을 위해 기도하는 것을 일상으로 삼는다.

현준	치원의 형. 훗날 승려가 되어 해인사에 기거한다.
경문왕	신라 48대 왕. 견일의 부탁으로 치원을 당나라에 유학 보낸다. 훗날 치원이 큰 인물이 될 것임을 짐작하곤 결코 신라를 떠나지 말라는 약조까지 받아낸다.
진성여왕	신라 51대 왕. 아무런 준비 없이 왕이 된 여인. 곁에 믿을만한 사람이 없는 탓에 눈과 귀가 모두 닫혀 제대로 정국을 돌보지 못한다. 치원을 크게 의지하지만 결국은 역사의 뒤안길로 초라하게 사라지고 마는 비극을 겪는다.
소화 부인	진성여왕의 심복. 치원과 진성여왕이 완벽히 유대하기 위해 혼인으로 맺어지게 된다. 정략적으로 혼인하였지만 치원을 진심으로 존경하고 응원하며 힘을 실어준다.
예겸	치원의 정적. 치원의 계원필경집과 시무십조를 이용해 제가 원하는 뜻을 이루려 한다. 치원의 비상한 재주를 두려워하며 동시에 갸륵하게 생각하는 노장이다.
왕거인	육두품 출신의 문인. 진성여왕 시절 억울한 누명을 쓰고 옥에 갇히게 된다. 억울함을 읍소하는 과정에서 치원을 비롯한 육두품들을 한데 모이게 하는 구심의 역할을 하게 된다.
김가기	치원과 함께 당나라로 유학을 떠났으나, 도교의 깊이에 취해 당나라에 머무르게 된다.
최승우	치원과 함께 당나라로 유학을 떠난 이로, 훗날 진훤의 편에 서서 새로운 세상을 꿈꾼다.

당나라 사람들

고병 장군	애란의 아버지. 뼛속까지 당나라의 장수로, 애란과 치원 무리의 보필을 받는다. 나라를 위해 애란을 사지로 보낸 후 생사를 알 수 없게 되자, 치원을 지키기 위해 그를 신라로 돌려보낸다.
선하 부인	애란의 어머니. 큰 상단을 이끄는 객주로 어린 애란과 함께 전 세계를 누볐다. 자애롭고도 이치에 밝은 여인이다.

고운 치원의 벗. 수학시절을 함께한 이로, 훗날 고병 장군의 휘하에서 다시 만나 일하게 된다.

배찬 치원의 벗이자 유학시절의 스승.

양섬 치원의 벗.

두순학 당나라 최고가는 문인으로 치원이 정치인이 아닌 문인으로서 유유자적하며 살기를 바란다.

양가 치원이 처음 부임한 율수현에서 만난 심복. 치원을 진정으로 존경하고 따르며 없는 살림에도 그의 과거시험 뒷바라지를 자처한다.

소금장수 율수현의 악덕 장사치로, 팔낭자, 구낭자를 죽인 죄책감에 시달리다가 자진하려 한다.

팔낭자, 구낭자 율수현에 퍼진 귀신 이야기의 주인공으로, 가난 때문에 억울한 죽음을 맞이해야 했던 가련한 자매다. 치원의 도움으로 한을 풀고 하늘로 떠나게 된다.

황소 반란군의 수장. 치원이 쓴 격황소서(檄黃巢書)를 보고 그를 죽이기 위해 혈안이 된다.

왕선지 반란군의 수장이었으나, 심지가 굳지 못해 비극적인 최후를 맞이하게 된다.

그 외 인물들

진훤(견훤) 신라의 수군이었으나 난세를 타파해보고자 사람들을 모아 후백제를 건국한다.

선종(궁예) 승려 출신으로 신라가 어지러워진 틈을 타 새로운 나라를 건국한다.

차례

새로운 세상으로 11
멀고도 힘든 과거급제의 길 43
율수현의 현위가 되어 61
소금장수 왕선지, 천보평균대장군 105
종남산에 들다 125
적진으로 떠난 여인이 보내 온 소식 149
황소를 격분시킨 치원의 격황소서 179
신라로 돌아온 치원, 참혹한 실상을 보다 203
퇴진 압박받는 진성여왕과 귀족들의 견제받는 최치원 229
실행 안 된 시무십조(時務十條), 다시 그의 길을 떠나다 259

새로운 세상으로

새로운 세상으로

멀리서 출항을 알리는 호각소리가 들렸다. 늦은 밤부터 내리는 듯 마는 듯했던 가을비가 완전히 걷혀 사방의 빛깔이 선명했다. 치원은 뱃머리에 짐을 부리는 선원들을 눈으로 좇으며 견일에게 물었다.

"영암포구까지는 얼마나 걸린다고 하셨지요?"

"이틀이 채 걸리지 않을 것이다."

차림새가 각기 다른 선원들은 지푸라기와 부목을 덧대어 포장한 자기들과 무엇이 들었는지 모를 궤짝들을 바삐 옮기고 있었다. 신라 사람들보단 덩치가 크고 피부빛이 어두워 단박에 외국의 상인들임을 알 수 있었다. 치원은 머리에 터번을 두른 파사국의 상인들이나 콧수염을 모양내어 자른 당나라의 상인들을 보며 침을 꿀꺽 삼켰다. 심심찮게 보아왔던 외국인들이지만 그들의 숫자가 신라인을 능가하는 것을 본 적은 오늘이 처음이었던 것이다. 치원은 견일의 옷깃을 꼭 쥐었다. 두려움과 흥미로운 호기심이 동시에 그를 감쌌던 것이다.

견일은 그것을 짐짓 모른척하며 지평선 너머로 시선을 두었다. 개운포구까지 오는 동안 벌써 몇 번이나 마음이 무너질 뻔했던 터였다. 그는 아들 모르게 한숨을 뱉으며 어린 아들에게 앞으로의 여정에 대해 설명해주었다.

"그곳에 들렀다가 황해를 가로 질러 달포를 달리면 등주에 닿을 것이다."

"등주에 신라 사람이 많다고 들었습니다."

"사신들, 숙위학생들, 상인들이 모두 거쳐 가야 하는 곳이라 작은 신라가 만들어져 있다더구나."

"작은 신라…."

치원은 연신 작은 신라를 되뇌었다. 두 사람의 등 뒤로 출항을 알리는 호각소리가 다시 한 번 울렸다. 키가 커다란 사내가 입술을 동그랗게 모아 휘파람을 불었다. 여기저기서 확인하는 목소리들이 커다랗게 들렸다. 물건을 다 실었는지 타야 할 사람들이 전부 탔는지 확인하려는 듯한 모양새였다. 치원은 그들을 따라 뱃전으로 걸음을 옮겼다. 벌써 저만치서 닻줄을 풀고 있어 마음이 급했다. 견일은 치원을 의식하며 보폭을 줄였다. 마음이 급하면 다치기 십상이었다.

"조심하거라."

"예, 아버지"

두 사람을 끝으로 가교 역할을 하던 널빤지가 배 안으로 들여졌다. 더 이상 육지로 오갈 수 없는 상황이 되고 보니 치원의 가슴이 쿵쾅거리며 뛰기 시작했다. 항구를 처음 온다거나 배를 처음 타는 것은 아니었다. 여느 때와 다름없는 풍경이었으나 이역만리 타국으로 떠난다 생각하니 그 감상이 자못 새로워지는 터였다.

"다녀왔을 적엔 이 모습이 하나도 남아있지 않겠지요?"

견일은 입을 꾹 다물었다. 언제 돌아올 수 있을지 기약이 없는 여정이었다. 그때문에 해운포에 들러 조부모의 묘에 제사 올리고, 친척들에게 두루 인사도 마친 참이었다. 배는 포구를 떠나 바닷길로 접어들었다. 견일은 멀어지는 항구를 물끄러미 보고 있는 치원 때문에 가슴이 미어졌다.

'알고 있느냐. 이게 다 육두품으로 태어난 설움이다.'

그들이 살고 있는 신라는 성골과 진골, 육두품 등으로 신분을 나누어 그 활동을 제한하는 골품제도를 사용하고 있었다. 골품제도는 대를 이어서도 변하지 않는 것이어서 견일은 육두품으로 태어난 자신을 원망했다. 육두품이란 진골 다음가는 귀족이라 하지만 능력이 아무리 좋다 해도 그 실력을 마음껏 발휘하기에는 어려운 처지였다. 운이 좋아 왕의 눈에 든다 해도 다른 진골 귀족들을 견제할 정치적 도구로 쓰일 뿐, 그 이상의 명예나 권력을 갖기는 어려웠다.

말만 귀족이다 뿐이지 실상은 평민들보다 사정이 조금 나은 정도였다. 그때문에 육두품 출신들은 정치보다는 종교나 학문에서 많은 활약을 하고 있었다. 본질적으로는 진골들과 함께 신라 중앙귀족의 한 축을 이루고 있으면서도 언제나 한 발 아래에서 한 발 늦게 성장할 수밖에 없는 태생적 한계가 있었던 것이다.

견일도 마찬가지였다. 본디 해운포를 기반으로 성장한 지방 호족이었던 그는 인접의 바다에서 무역선을 지키거나 왜구의 노략질을 견제하던 장수였다. 드물게 문예와 무예를 두루 갖추었던 덕에 장

보고 장군이 죽은 후 사량부에 입성했으나, 중앙정치에는 직접적으로 관여할 수 없었고 경문왕의 가계를 돌보며 진골 귀족들을 견제하는 정도의 일을 할 뿐이었다. 견일의 중앙정권 입성에 큰 기대를 보였던 몇몇 육두품 호족들은 그의 소극적인 행보에 적잖이 실망했던 참이었다.

"자네에겐 야망도 없단 말인가?"

사람들은 뛰어난 재능을 가지고도 단지 경문왕의 가계를 돌보는 견일을 보며 의아하다는 듯 물었다. 당시 견일은 옥구의 현감을 지내며 원성왕의 원찰인 숭복사를 창건하는 중이었다. 그것은 경문왕의 가문에 힘을 싣고 왕권을 공고히 하기 위한 작업이었다. 충심을 보여주기 위함이라는 명분을 갖고 있긴 했으나 반드시 그가 해야만 하는 일은 아니었다. 그는 보다 크게 쓰일 인재임이 분명했다.

"제가 지금과 어떻게 다른 마음을 가져야 한단 말입니까."

견일은 다른 이들의 물음에 그렇게 대꾸하며 빙긋이 웃을 뿐이었다. 사람들은 그런 견일을 보며 더 큰 야망도 없이 배부른 현실에 안주하는 한심한 사내라 혀를 끌끌 찼으나, 그것은 그의 은밀한 계획을 모르는 이들의 섣부른 판단이었다. 그는 그저 때를 기다릴 뿐이었다. 자신보다 백배는 나은 재능과 능력을 가진 아들들이 장성할 그 날을.

견일은 스스로를 도움닫기라 여겼다. 그것은 그 자신과 그의 아들들, 그리고 그 아들의 아들들을 위한 것이었고 나아가 모든 육두품들을 위한 일이라 생각했다. 그런 견일의 마음을 정확하게 꿰뚫는 이는 오히려 경문왕이었다. 그는 일찍이 숭복사 창건이 마무리 될 즈음 부탁하나를 들어주겠노라 일러둔 터였다.

"숭복사 창건이 마무리 되어 가는구먼. 자네 덕분에 아주 근사한 원찰이 되었으니, 내 이제야 조상들 볼 낯이 서는 것 같구려."

"과찬이십니다."

"이제 말해보게. 자네가 원하는 것이 무엇이던가."

경문왕은 그가 바라는 모든 것을 들어줄 생각이었다. 그의 날카로운 눈빛이 역심은 아니었기 때문이다. 그는 도리어 누구보다 충직한 인물이었다. 제 능력을 언제 발휘할 지 정확히 아는 현명한 이였기에 경문왕은 그를 가까이 두고자 했다.

견일은 경문왕이 하문한지 한참만에야 입을 열었다.

"제 아들 하나를 당나라로 유학 보내주시지요."

신라의 태평성대가 한동안 이어지면서, 당나라의 벼슬자리를 얻기 위해 유학을 가는 이들이 급격히 늘고 있던 터였다. 당나라 빈공과에 합격한 뒤 신라로 돌아오게 되면 요직에 제수되는 출세 길이 열리는데다가 골품 제도의 한계를 비교적 쉽게 뛰어넘을 수 있는 특별한 증명서 같은 것이 생기는 것이니 모두가 그 길을 바라고 또 시도하려던 것이었다. 그러나 크고 단 열매를 맺고자 하는 만큼 과정이 무척이나 어려웠고 그 비용도 만만치 않았다. 당나라 왕실에서나 신라 왕실에서 얼마간의 돈을 지원해주기는 했지만, 기약 없는 뒷바라지를 하려면 그것으론 터무니없었다.

경문왕은 그의 말에 너털웃음을 터트렸다. 너무나 사소한, 그러나 훌륭한 부탁이었다.

"으하하하. 과연 공다운 말씀일세."

경문왕은 한참만에야 웃음을 그치고 견일의 눈을 마주보았다. 그를 통해 그의 아들 삼형제가 보이는 듯했다. 이미 약관의 나이에 가까운 현준은 아비를 닮아 반듯하고 강직한 청년이었다. 섭세하고 다정한 성품의 정현사는 어미를 꼭 닮았고, 막내 치원은 아비와 어미를 반반씩 닮아 그 재능이 가히 보석과도 같았다. 특히 치원의 글 짓는 재주는 일찍이 소문이 난 터라 경문왕조차도 그 어린 문장가의 싯구를 본 적이 있을 정도였다.

"현준을 보낼 생각인가."

"치원을 보낼 생각입니다."

"그 애는 아직 열둘 아닌가."

견일은 단지 확신에 찬 얼굴로 경문왕을 볼 뿐이었다. 경문왕은 가만히 수염을 쓰다듬었다. 예상치 못했던 발언은 아니었다. 그는 곧 치원의 모습을 떠올렸다. 또래답게 쾌활하고 명랑했으나 잠자코 생각에 잠겨있는 모습은 제법 문장가 같았던 아이였다. 때때로 문답을 할 적에는 막힘이 없고, 사고의 방식이 날카로워 감탄스러웠다.

그 아이가 커서 왕권에 보탬이 되어 준다면, 하고 경문왕은 잠시 생각에 잠겼다. 딱 지금 같은 모습으로 잘 커주기만 한다면야 견일보다 큰 그릇이 될 아이였다. 그렇다면 자신이 죽은 후, 보위를 물려받은 자식들이 또 다른 진골귀족들을 견제하는 데에 든든한 버팀목이 되어 줄 것이리라. 경문왕은 꽤나 오랜 시간 고민했을 듯한 견일을 보며 고개를 끄덕였다.

"자네가 왕가를 위해 애쓴 공적이 얼마인데 내 그깟 부탁 하나 들어주지 못하겠는가. 기꺼이 보내주겠네."

"감읍할 따름이옵니다."

"허나 한 가지 약조를 해주시게."

"무엇입니까."

"결코 우리를 떠나지 마시게나."

경문왕은 위엄을 드러내며 말했다. 이것은 명령에 가까운 어조였다. 견일은 고개를 끄덕였다. 신라 왕가를 떠날 일이었더라면 굳이 치원을 당나라로 보내지 않아도 좋았다. 그가 바라는 것은 단지, 아들들이 신분제도 때문에 함부로 꿈을 접지 않는 것이었다. 경문왕은 만족스러운 답을 듣고 난 후에야 본래의 온화한 얼굴로 돌아갔다.

"잘 키워 보시게. 내 힘닿는 데까지 도울 테니."

견일은 그 말을 한스런 가슴 속 깊이 새겨 넣었다.

아직 열둘 밖에 되지 않은 어린 치원에게 가문의 미래와, 어쩌면 모든 육두품들의 미래를 기대하고 있다는 것이 지나친 마음일지 모른다고 생각했으나 그는 치원을 굳게 믿고 있었다.

'내 욕심이라고 생각하지 않았으면 좋겠구나. 나는 단지, 신분의 한계에 너를 묶어 두고 싶지 않을 뿐이다.'

견일은 차마 입 밖으로는 꺼내지 못할 말을 속으로 뇌까렸다. 치원은 자신을 빤히 바라보는 아버지를 향해 설핏 웃음 지었다.

"뱃멀미가 납니다."

"파도에 몸을 가만히 맡겨보아라. 배가 오르내리는 것을 즐겨 보는 것이야."

"도저히 속이 좋지 않습니다."

견일은 주머니를 뒤져 말린 인삼을 꺼내들었다.

"씹으면 나아질 것이다."

치원은 입에 말린 인삼을 물고 우물댔다. 알싸한 인삼 냄새가 퍼지고 몸이 따듯해지자 울렁거리던 속이 조금은 차분해지는 듯했다. 견일은 인삼을 씹는 치원의 머리를 쓰다듬어 주었다. 떠나는 아이에게 배 타는 법을 가르쳐 주고자 개운포에서 영암포까지만 동행할

참이었다. 그것이 그가 할 수 있는 마지막 일이었다.

치원이 견일의 곁에서 연신 방긋거렸으므로, 견일은 눈시울이 붉어지는 것을 애써 감춰야만 했다.

"어머니께선 여전히 기도중이시겠지요?"

떠나기로 결정된 날부터 백일치성을 드리겠노라 절에 들어간 터였다. 견일은 고개를 끄덕이며 간식거리와 벼루, 붓 따위를 챙겨 넣은 꾸러미를 다시 한 번 확인했다. 어미가 함께였다면 좀 더 살뜰히 챙겼을 테지만, 떨어지는 발걸음이 쉽지 않아 서로 마음만 다칠 것이 뻔했다.

"어머니가 보고 싶습니다."

견일의 손놀림이 일순 멈췄다. 그 마음을 모르는 바 아니지만 독한 마음을 심어줘야만 했다. 견일은 숨을 고르고선 단호하게 말했다.

"너는 이제 어린아이가 아니다. 너는 폐하의 명을 받아 떠나는 숙위학생이다. 알겠느냐?"

치원은 대답 없이 어깨를 축 늘어트렸다. 견일은 주눅 든 아이의 어깨를 보며 꾸러미에서 잘 단련된 단검을 꺼내 내밀었다.

"받거라. 늘 소중하게 지니고 있어야 한다."

치원은 손으로 전달되는 차가운 금속의 느낌에 모골이 송연해짐을 느꼈다. 잘 벼려진 검은 제 얼굴을 그대로 비추며 반짝이고 있었다.

"이것이 무엇입니까?"

"아비의 선물이다."

치원은 침을 꿀꺽 삼키며 검을 집 안에 넣었다.

"두려운 일이 많을 것이다. 그럴 때 그것이 너를 지켜줄 수 있을 것이다."

"……."

“검이 어찌 만들어지는지 아느냐?”

“잘 모르옵니다.”

“천 번, 만 번을 두드려 만든단다. 쇳물을 녹여 시뻘겋게 달궈 두드리다가 한참 열이 올랐을 때 찬물에 담구기를 반복하지. 불순물이 들어가 뜨거움을 견디지 못하거나 찬물에 담갔을 때 깨지면 그대로 버려지게 된단다. 아픔과 슬픔, 방황과 고통이 밀려와도 버티고 또 버텨야만 좋은 검이 되는 것이다.”

치원은 아버지의 말을 곧 이해했다. 자신에게 지워진 짐의 무게가 얼마나 크고 무거운 것인지 누구보다 잘 알고 있기 때문이었다.

“수천 번의 두드림이 끝난 후엔 벼리는 일이 시작된다. 서둘지 말고, 일정한 속도로 슬슬 갈아야지만 곧게 빛나는 보물이 될 수 있는 것이다.”

“…….”

“너도 그렇다. 외로운 담금질을 하고, 쓸쓸한 벼리기가 끝나야 보물이 되는 것이다. 아비의 보물이자, 신라의 보물 말이다.”

치원은 견일의 말에 단검을 물끄러미 보기만 했다.

“쉽지 않을 것이다. 분명 힘든 시간이 될 것이다. 그래도 흔들리지 말고, 너는 한 점 구름처럼 유유히 네 길만을 가거라.”

“구름처럼….”

“그렇게 가다보면 반드시 닿는 곳이 있을 것이다.”

견일의 말을 끝으로 부자는 더 이상의 말을 잇지 않았고, 치원은 단검을 품에 안은 채 해가 저물어 경계가 사라진 바다를 바라보았다.

잠시 평화로운 시간이었다. 도착을 알리는 호각소리가 울린 뒤로 내릴 사람과 남을 사람들의 모습이 극명하게 갈렸다. 치원은 아직 육지의 모습이 보이지 않는데도 일사분란하게 움직이는 사람들을 보며 견일의 옷자락을 꼭 쥐었다.

"벌써 영암에 도착한 것입니까?"

"그런가 보구나."

치원은 목을 길게 빼곤 육지가 어느 쯤에 있는지 살펴보느라 애썼다. 저 멀리로 흐릿하게 섬의 끝머리가 보였고, 점점 윤곽이 분명해지면서 육지가 드러나고 있는 중이었다. 치원은 이별을 해야 하는 상황이 못 견디게 아쉬웠으나, 견일은 묵묵히 짐을 챙길 뿐이었다.

"아버지."

투정 섞인 치원의 말에 견일은 단호하게 등을 보였다.

"몸 잘 챙기거라. 아비의 말을 잊지 말고."

치원의 속도 모른 채 배는 포구에 닿아 닻을 내렸다. 견일은 미련 없이 배에서 내려 육지를 향해 나아갔다. 치원은 이대로 헤어져 언제 다시 만날 수 있을지 모를 아버지를 향해 전속력으로 내달렸다.

"아버지."

뒤에서 견일의 등을 끌어안은 치원은 울먹이는 목소리로 그를 붙잡았다.

"절이라도 받으십시오."

견일은 주먹을 꽉 쥔 채로 돌아서서 고개를 끄덕였다. 치원은 옷자락에 개펄의 흙이 묻는 것도 모르는 채로 엎드려 절을 했다. 견일은 숨을 고르고는 일어서는 치원의 얼굴을 보며 마지막 당부의 말을 전했다. 이렇게 하지 않으면 마음 약한 치원이 험한 타국 생활을 견디지 못하리라 생각한 탓이었다.

"십 년을 줄 것이다. 네가 십 년을 공부하여 진사에 급제하지 못한다면 내 너를 잊고 살 것이다. 아들을 두었다고 하지 않을 것이야. 알겠느냐."

치원은 눈물을 참으며 고개를 끄덕였다. 견일은 모진 말을 했음에도 불구하고 저를 보며 웃고 있는 아들의 뺨을 어루만져 주었다.

"어서 배에 오르거라. 뒤도 돌아보지 말고 가거라."

"예, 아버지. 부디 늘 강녕하십시오."

치원은 그 말을 끝으로 다시 배에 올랐다. 견일은 어린 아들의 뒷모습을 보면서 주먹 쥔 손에 더욱 힘을 실었다. 떠나는 아이 앞에서 약한 모습을 보여선 안 된다는 생각 때문이었다. 견일은 속으로 수백 번 치원의 안녕을 빌었다.

'육두품의 설움을 잊지 말아라. 아무리 능력이 뛰어나도 할 수 있는 일이 정해진 사람들이다. 너는 그리 살지 말아야 한다. 하고 싶은 일 맘껏 하고 살아라.'

돛을 올린 배는 황해를 향해 속도를 올렸다. 치원은 뒤를 돌아보지 않으려다가 결국은 갑판으로 내달려 뭍에서 선박이 빠져나가는 것을 지켜보는 견일을 향해 손을 흔들었다.

"아버지! 아버지!"

견일의 모습은 점점 멀어져 작은 점처럼 보였다. 치원은 그 모습마저 눈에 담아두기 위해 애썼으나 차오르는 눈물 때문에 쉽지가 않았다. 이제껏 꾹꾹 참아왔던 눈물이었다. 치원은 말하지 않아도 그가 아비의 유일한 희망임을, 못 다 이룬 꿈임을 알고 있었다. 치원은 서러움에 엉엉 울기 시작했다.

"시끄럽다 얘. 촌스럽긴."

눈물범벅이 된 치원의 얼굴 앞에 누군가 손수건을 건네주었다. 치원은 여전히 눈물을 흘리는 채로 손수건을 건넨 사람을 쳐다보았다. 붉은 비단 옷에, 귀와 뺨을 전부 덮는 털모자를 쓰고 있어 얼굴이 제대로 보이지는 않았지만, 틈으로 보이는 눈망울이 어여쁜 소녀였다. 바닷바람에 코를 훌쩍이던 소녀는 치원의 눈앞에서 연신 손수건을 펄럭였다. 치원은 얼결에 그것을 받아 들고는 눈물을 닦을 생각은 하지 못한 채로 소녀를 물끄러미 바라보았다.

"누가 보면 너만 고향을 떠나는 줄 알겠다."

순식간에 부끄러워졌으나 한번 시작된 눈물은 마를 기색이 없었다. 치원은 서러운 마음을 꾹꾹 삼키며 자신의 곁으로 쪼그려 앉는 소녀를 눈으로 좇았다.

"뚝 그침 내가 신기한 거 보여주지."

소녀의 말에 치원은 손등으로 눈물을 훔쳤다. 정신을 차리고 보니 어색한 신라 말을 쓰는 당나라 인이라는 것을 알 수 있었다. 소녀는 빙긋 웃으며 갑판에 부려둔 짐들 틈에서 가늘고 길쭉한 물건을 꺼내 왔다. 얼핏 보기에는 평범한 대나무를 잘라둔 것일 뿐이었다.

"뭘 보여주실 겁니까?"

"별."

소녀는 자신에 찬 얼굴로 허리춤에서 부싯돌을 꺼내들었다. 대나무 끝에 연결된 줄에 몇 번 돌을 부딪치자 금방 하얗게 연기가 일었고, 곧 불꽃이 튀었다. 소녀는 얼굴에 웃음을 주렁주렁 달고는 불꽃이 달린 대나무 조각을 허공을 향해 냅다 던졌다. 바다 위로 떨어질 것 같았던 대나무 통이 곧 펑, 소리를 내며 조각조각 흩어졌고 사방으로 밝은 빛이 터져 나왔다.

"우와."

치원은 저도 모르게 탄식을 뱉으며 어째서 소녀가 그것을 '별'이라고 불렀는지 단박에 납득하고 말았다.

"이것이 무엇입니까?"

"폭죽(爆竹)이라 한다. 당나라에선 악귀를 쫓을 때 쓰는 것이지."

"안에 무엇이 들어있습니까?"

"화약이 들어있단다. 그래서 꼬리에 불을 붙이면 아까처럼 하늘로 올라가 별이 되는 것이지."

소녀는 재잘거리며 그것을 자랑했다. 치원은 당나라의 문물에 큰 충격을 받아 눈물이 쏙 들어가 버렸다.

"화약이 무엇입니까?"

"화포를 본 적 있느냐? 화포 안에 든 것을 화약이라고 한단다. 전쟁을 치를 때 쓰는 것이지. 불을 붙여 멀리 쏘아 보내면 그것이 터지면서 성벽을 무너트리고 사람을 죽이기도 한다더구나."

"그래서 불을 붙여 터트리는 것이로군요?"

치원은 언제 울었냐는 듯 호기심에 눈을 반짝였다. 당나라의 선진기술이 어린 치원의 마음을 사로잡은 것이다.

"아유, 애란 아가씨!"

소녀를 부르는 소리에 두 사람은 화들짝 놀라고 말았다.

"폭죽으로 장난치지 마시라니깐요. 그것이 얼마나 비싼 것인지나 아십니까?"

"무엇이 어떠한가? 어차피 이것들 전부 어머니의 것이고, 또 내 것인 것을."

"그뿐입니까? 그걸 터트릴 때마다 주변에 있던 배들이 천재지변이 생긴 줄 알고 어찌나 몰려드는지 모르십니까? 저번에도 그러시더니 또!"

"이 아이 때문이네."

치원은 자신을 가리키는 손가락에 눈이 커다래졌다.

"아버지가 그리워 우는 소리가 하도 처량 맞기에 내가 위로 해주느라 그랬네."

상단의 하인쯤으로 보이는 남자는 애란의 핑계에 고개를 절레절레 저었다.

"이제 하지 마십시오. 전에도 사람들이 우르르 몰려와 위급한 일인 줄 알았지 않습니까. 변명하기도 지칩니다."

"알았네. 걱정 마시게."

사내가 신신당부를 하고 떠나자마자 애란이 볼멘소리로 치원에게 따지고 들었다.

"너 때문에 혼쭐이 나지 않았느냐."

"그것이 왜 저 때문입니까."

"네가 내 눈에 딱하게 보였으니 다 너 때문이다."

치원은 사고뭉치인 듯 보이는 소녀 덕분에 피식 웃음을 지었다.

"기분이 좀 나아졌느냐?"

치원은 대답 대신 고개를 끄덕였다.

"나도 처음 집을 떠날 적에는 많이 울었었다. 헌데 눈물이란 것이 말이다. 울수록 마르는 것이 아니라 늘어나는 것 아니겠느냐? 해서 울지 않기로 했더니 그날부터 눈물이 줄어들더구나. 그러니 너도 애써 울지 말거라."

"고맙습니다."

"당나라로 유학을 가려는 것이냐?"

"그렇습니다."

"이름이 무엇이냐?"

"치원이라 합니다."

"나는 애란이다."

"애란 아씨는 어떤 연유로 당나라에 가십니까?"

"집에 돌아가는 길이다. 파사국과 흑치국, 신라를 돌아 1년 만에 가는 것이다."

그 말을 하는 애란의 얼굴이 유난히 밝아 보였다. 치원은 집으로 간다는 애란의 말에 잠시 우울해졌으나 그런 기색을 보이면 애란이 다시 폭죽이란 것을 터트릴지도 모른다는 생각에 잠자코 있었다.

"아직도 기분이 나아지지 않은 것이냐?"

"아닙니다."

"별을 한 번 더 보여주랴?"

"정말 아닙니다."

치원의 손사래에 애란이 까르륵 웃음을 터트렸다. 그러고는 손을 들어 머리 위를 가리켰다.

"진짜 별 말이다. 아무리 폭죽이 어여뻐도 진짜만 못하구나."

애란의 말에 치원도 하늘을 보았다. 촘촘하게 박혀 반짝이는 별들이 아름다웠다. 나직한 파도소리가 곁들여져 육지에서 보던 별과는 또 다른 운치가 있었다. 치원은 넋을 빼놓고 하늘을 보고 있었다. 까만 밤하늘에 빛나는 것들이 이리 저리 움직이며 자신을 따라오는 기분이 드는 탓이었다. 머릿속이 잠시 고요해졌다. 치원은 한참이나 까만 하늘을 보느라 애란이 곁에 있다는 사실조차 잊어버리고 말았다. 애란은 넋을 놓고 있는 치원을 보며 겨우 마음이 편안해졌다. 처음 배를 타고 이리저리 유랑할 때의 제 모습이 떠오른 것이었다. 그녀는 치원에게 마지막 당부를 남기곤 자리에서 일어섰다.

"그만 잠을 청하거라. 몸이 고단하면 뱃멀미를 심하게 할 것이다."

"예, 알겠습니다."

치원은 그 말이 무서운 것은 아니었지만, 자장가 같은 파도 소리와 쏟아질 듯한 별을 보고 있자니 고향과 가족들이 다시금 떠오를 것 같아 선실로 걸음을 옮겼다.

그러나 선실 안에도 온통 뒤척이는 이들뿐이었다. 당나라에서 배를 갈아타고 천축국으로 떠난다는 승려 두 명은 불경을 외고 있었고, 치원과 같은 처지로 유학을 떠난다는 학생 둘은 멍하니 생각에 잠겨 있는 듯했다. 치원은 그들로부터 조금 거리를 두고 앉았다.

"다 울었느냐?"

치원은 자신을 보고 하는 소린 줄 대번에 알아듣고는 눈을 동그랗게 떴다.

"부끄러운 꼴을 보였습니다."

"직접 본 것은 아니고, 손수건을 꼭 쥐고 있기에 물은 것이다. 사내 녀석이 정녕 울었단 말이냐? 아직 어린애는 어린애로구나."

치원은 제 큰형 현준과 동년배로 보이는 이가 말을 붙인 뒤에야 제가 손수건을 쥐고 있었다는 것을 깨달았다. 정신이 없어 손수건을 돌려줄 생각을 미처 하지 못했던 것이다.

"나는 김가기라 한다. 이쪽은 최승우라 하는데 같은 육두품인데다가 천오백리 뱃길에 달포, 삼천리 육로에 삼십 일을 함께 걸어가야 하니 서로 동무가 되는 편이 좋지 않겠느냐?"

치원은 능글대며 넉살을 떠는 김가기 덕분에 긴장이 조금 풀리는 듯했다. 넓적한 얼굴에 눈이 아래로 쳐져있어 머리를 깎아 놓는다면 영락없이 인자한 고승처럼 보일 터였다.

"너에 대한 이야기는 익히 들었다. 문장이 훌륭하다고 소문이 자자했느니라."

가만히 있던 최승우도 입을 열었다. 그러더니 치원을 향해 손을 불쑥 내밀었다. 치원은 영문도 모른 채로 최승우가 내민 손을 붙잡았다.

"손이 아니라 시를 좀 보자는 것이다."

최승우의 무뚝뚝한 말에 치원의 얼굴이 붉게 물들었다. 서둘러 손을 숨기자 김가기가 숨이 넘어갈 듯 웃어젖혔다. 최승우는 순해 보이는 인상과는 달리 예민한 성질인 듯했다.

"쓴 것을 좀 볼 수 있겠느냐?"

치원은 뺨을 긁적이며 대답했다.

"아직 미진합니다."

"보며 의견을 구하는 것도 학문일 것이다. 나 역시 미진하지만 감상을 나누고 싶구나."

최승우는 끈질기게 치원이 쓴 문장을 보겠다고 버텼다. 치원은 부끄러워하면서도 그의 말이 싫지 않아 봇짐을 뒤지기 시작했다.

한편, 갑판 위는 어둠이 깊이 내려앉아 사방이 분간되지 않았다. 선하 부인은 상단을 호위하는 무사들에게 일러 불침번을 서는 수를 늘리라 당부했다. 신라와 당나라를 오가는 황해의 뱃길에 해적 떼가 자주 출몰한다는 소식을 들은 터였다. 아주 악질들로 물건만을 빼앗는 게 아니라 선원들까지 붙잡아다 먼 나라에 노예로 팔아넘긴다고 하니 상단을 꾸리는 이들마다 걱정이 이만저만이 아니었다.

호위를 맡은 무사들은 둘씩 짝을 지어 불침번을 맡았다.

"진짜로 해적이 나타나면 어찌합니까?"

"잡아야지. 포상금이 어마어마하다더군."

"날고 기는 놈들을 무슨 수로 잡습니까?"

"그거야…."

대답의 끝을 잇기도 전이었다. 고리가 달린 밧줄이 새까만 어둠 속에서 날아왔다. 발을 뒤로 뺐으나 순식간에 무사의 목에 고리가 걸렸다. 비명도 지르지 못한 몸뚱이가 바다로 던져졌다. 곁에 섰던 무사도 같은 방법으로 바다에 던져졌다. 구멍이 뚫린 선박 위로 해적들이 거침없이 올라탔다. 수상한 소리를 들은 다른 무사들이 그곳으로 달려갔으나 이미 십수명의 해적들이 승선한 다음이었다.

"해, 해적이다!"

소리와 동시에 온 갑판의 불이 환하게 밝아졌고 처참한 광경이 눈앞에 펼쳐졌다. 상선의 두 배쯤 되는 커다란 해적선과 그보다 작은 목선들 여러 대가 그들을 양 옆에서 포위하고 있었던 것이다. 상선에 올라탄 해적들은 어렵지 않게 칼을 휘두르며 호위 무사들과 싸움을 벌였고, 몇몇은 배 밑의 선실로 가는 문을 찾아 거칠게 열어젖혔다.

"끌어내!"

그 소리에 선실 안에서 시를 읽고 있던 치원과 김가기, 최승우는 화들짝 놀라 움직이지 못했다. 놀란 눈동자들이 상황을 파악하느라 바삐 굴러다녔다. 해적들은 거리낌 없이 안으로 뛰어 들어 앉아있던 사람들을 끌어내고, 선실 안의 짐들을 뒤지기 시작했다.

그야말로 지옥이었다. 그들은 떠나기 위해 챙긴 가장 소중한 물건들을 마구잡이로 뜯어냈고, 상단이 싣고 가려던 물건들을 마음껏 갑판 위로 내던졌다. 반항을 해보았지만 그 뿐이었다. 어떤 상인은 해적이 뺏으려는 짐에 애처롭게 매달렸으나 곧 발에 채여 배를 붙잡고 나뒹굴었다.

"저항하는 것들은 다 죽여라!"

무자비한 칼춤이 시작되었다. 치원은 생지옥에서 정신도 차릴 수 없을 만큼 혼란을 겪었다.

"인삼이요!"

"사향이요!"

해적들은 그들의 선박으로 상단의 물건들을 던지기 시작했다. 성별과 나이는 무의미했고, 비싸고 좋아 보이는 것이 있으면 입고 있던 옷이라 해도 빼앗았다. 치원은 벌벌 떨면서 제 곁으로 던져진 애란을 보았다. 애란은 눈물이 그렁그렁한 얼굴이었다. 뺨엔 모진 생채기가 난 것으로 보아 이미 해적들의 손에 함부로 얻어맞은 듯했다. 치원은 이것이 꿈이기를 간절히 바랐다. 손 쓸 수 없는 자신의 처지가 몹시 한심했던 것이다. 선실 안팎에 있던 사람들이 모두 모여서 갑판 위가 빼곡해졌다.

두목으로 보이는 이 앞으로 선하 부인이 끌려갔다. 해적들은 여유있게 전리품들을 취했고, 노략질을 하지 않는 이들은 갑판으로 모여 앉은 이들의 숫자를 세고 있었다. 애란은 어머니가 눈앞에서 천박한 해적들에게 희롱당하는 모습에 거의 숨이 넘어갈 듯했다.

"어머니!"

튀어나가려는 애란의 몸을 치원이 덮쳐 끌어안았다. 지금 나가면 전부 죽을 터였다. 선하 부인은 애란에게 눈길도 주지 않은 채로 해적의 얼굴을 바로 보았다. 애란은 치원의 품에서 다시 한 번 튀어나가려 힘을 주었지만 이번에는 김가기와 최승우가 그녀를 붙잡았다.

"놀고들 있군."

해적 하나가 비아냥대며 폭죽 상자를 발끝으로 툭툭 밀었다. 아무렇게나 대하는 모양을 보니 그것이 폭죽인 줄은 모르는 모양이었다. 치원은 폭죽이 가득 든 상자를 보며 숨을 깊게 들이 쉬었다. 뱃전에서 봤던 별과 폭발음이 생생하게 떠오른 탓이었다. 그의 눈에 활활 타오르는 난로가 들어왔다. 선하 부인은 해적 두목의 물음에 고분고분 대답을 해주는 중이었다.

"무인이 열다섯, 상인의 숫자가 스물, 배만 빌려 탄 이가 여섯이오."

"무엇을 더 싣고 있느냐?"

"인삼 스무 상자, 비단 오십 상자, 신라칼과 세공품들이 도합 열 상자, 도자기가 스무 줄이요."

치원은 상단의 젊은 여인들을 훑어보며 입맛을 다시느라 해적이 자신을 신경 쓰지 않는 틈을 노렸다. 그 시선이 징그러워 견딜 수 없었기에 주먹을 꽉 쥐었다. 동물의 그것과 다를 바 없는 눈빛이었다. 그 시선은 아직 어린 애란에게도 고스란히 닿아있었다. 그때의 애란은 거의 실신할 지경이었다. 최승우의 품에 기절하다시피 안긴 애란을 보며 치원은 갑판 위의 난로를 향해 뛰기 시작했다.

"뭐야!"

치원이 몸통을 부딪쳐 난로를 쏟아버리자, 그 불길이 폭죽상자로

가 닿았다. 다들 그것이 어떤 상황을 초래할지 몰라 멍하니 있을 때, 선하 부인이 소리쳤다.

"엎드리시오!"

갑판에 모였던 이들은 꿇어 앉아있느라 빠르게 고개를 숙였으나 그들을 감시하고 섰던 해적들은 미처 피할 길이 없었다. 폭죽은 빠르게 터져 사방으로 흩어졌고, 큰 불길이 치솟으면서 귀를 찢을 듯 커다란 굉음이 고요했던 바다를 울렸다. 해적들 중 누군가는 폭죽의 파편에 맞아 괴로워했으나 치명상을 입히지는 못하였다. 치원은 갑판 구석에 숨었다가 모든 사람들의 시선이 자신에게 향하는 것을 보며 식은땀을 흘렸다.

"죽여!"

그것이 기점이었다. 해적들이 멀리서부터 달려들기 시작했고, 치원은 진퇴양난에 빠져버리고 말았다. 시퍼렇게 번쩍이는 칼이 자신을 향해 다가오자 그는 눈을 딱 감은 채 바다로 뛰어 들었다.

풍덩, 하는 소리와 함께 치원의 몸이 가라앉기 시작했다. 매서운 바다의 추위가 치원에게 달려들었고, 새카만 바다 속은 아무것도 보이지 않아 곤혹스러웠다. 치원은 바다 아래로 점점 빨려 들어가는 느낌에 발을 휘저었다. 그러나 발을 저으면 저을수록 더욱 가라앉는 느낌이 들 뿐이었다. 이대로 죽는 것인가 하는 생각이 들자 현준과 정현사의 얼굴이 눈앞을 스쳐지나갔다. 자신을 위해 백일기도를 떠난 어머니의 얼굴도 빠르게 지나갔고, 영암까지 배웅해주던 아버지의 얼굴이 마지막으로 떠올랐다.

'아버지.'

십 년의 유예를 주던 아버지의 괴로운 얼굴이 떠오르자 치원은 가슴 속에서 무언가 뜨거운 것이 올라오는 기분을 느꼈다. 이대로 얼마간은 자신이 죽은 줄도 모르리라. 거기까지 생각이 미치자 치원은 온몸에 힘이 빠졌다. 치원은 눈을 꼭 감은 채로 가족들의 얼굴만을 떠올렸다. 진영 부인과 정현사, 현준의 모습이 차례로 스친 뒤 견일의 얼굴이 한참동안 치원의 눈앞에 머물렀다.

'파도의 오르락 내리락을 즐겨보아라.'

치원은 견일의 말이 떠올라 온 몸에 힘을 뺐다. 몸을 물살에 내맡기자 파도가 이리저리 치원을 옮기기 시작했다. 그는 파도가 움직이는 대로 한참을 있다가 뒤통수에 무언가가 닿는 느낌이 들어 비로소 눈을 떴다.

뒤통수에 닿은 것은 목선의 바닥이었다. 치원은 천천히 수면 위로 올라가 숨을 내쉬었다. 갑판 위는 아직 환했으나 무슨 일이 일어나고 있는 지 알 수 없었다. 체온이 급격히 떨어지고 있었으나 버텨야만 했다. 그때, 상선에서 나이 든 상인들과 무사들 몇몇이 바다로 떨어졌다. 반항하거나 싸움을 시도한 자들일 터였다. 치원은 아직 끝나지 않은 공포에 몸을 떨었다.

그때였다. 멀리서 호각소리를 내며 배가 한척 다가오고 있었다. 치원은 그것이 새로운 해적선일지, 저희를 구하러 올 영웅의 배인지 가늠하기 위해 눈을 가늘게 뜨고 펄럭이는 깃발을 보았다.

"수군의 깃발이다!"

치원은 점점 가까워지는 배의 모습에 안심을 했다. 그러나 커다란 배가 다가오는 바람에 물살이 거세어져 치원의 몸이 배에서 멀리 밀려나게 되었다. 치원은 살기 위해 닻줄이라도 붙잡으려 했으나 녹록치 않았다. 그는 살기 위해 주변을 둘러보다가 제 품안에 넣어둔 단검이 떠올라 그것을 힘겹게 꺼냈다.

수군의 배가 상선의 옆으로 다가서면서부터 화살이 날아가기 시작했다. 치원은 목선의 결 반대로 단검을 박아 넣은 뒤, 어떻게든 떠내려가지 않기 위해 그것을 붙잡고 버텼다. 그러나 점점 몸에 힘이 빠지는 것을 막을 수는 없었다. 치원은 이를 악물었으나, 바닷물은 너무나 차갑고 물살은 야속하리만치 출렁였다.

'정신을 잃어선 안 되는데.'

치원은 눈앞이 금빛으로 물드는 것을 느끼며 저도 모르게 아스라이 정신을 잃고 말았다.

그 즈음, 갑판 위는 적을 소탕하려는 진훤(훗날 견훤)의 병사들과 그들에게 잡히지 않으려는 해적 떼의 대치가 한창이었다. 병사들은 와아아 하는 소리와 함께 해적들을 덮쳤다. 숫자에 밀리자 해적들은 상선을 두고 해적선으로 옮겨가 달아나려 했다.

"한 놈도 살려두지 마라! 씨를 말려라!"

진훤은 직접 해적선으로 옮겨 타 진두지휘했다. 칠흑같은 어둠 안에서도 수군과 해적들은 팽팽하게 대치했다.

"그만 포기해라!"

"가까이 오면 이 여잘 죽이겠어!"

해적 무리의 두목은 급기야 선하 부인을 인질로 잡았다. 그는 끝까지 버티려 했으나 멀리서부터 날아온 화살이 이마 중앙을 꿰뚫는 바람에 허무하게 쓰러지고 말았다.

"두목이 죽었다! 투항하면 살려주겠다!"

진훤의 목소리가 바다 위로 쩌렁쩌렁 울렸다. 병사들의 환호소리와 남은 해적들의 무기 버리는 소리가 연달아 들려왔다. 애란은 녹초가 된 선하 부인 곁으로 달려와 품에 안겼다.

"어머니!"

선하 부인은 애란을 끌어안으며 안도의 한숨을 쉬었다. 산전수전을 다 겪어봤으나 그도 여인이었다.

"참으로 큰일을 치를 뻔하셨습니다."

"큰 은혜를 입었습니다. 이 은혜를 어찌 다 갚아야 할지."

"저희가 드릴 말씀입니다. 하도 신출귀몰하여 도무지 잡을 수 없었는데, 쏘아 주신 불빛 덕분에 쉬이 잡을 수 있었습니다."

진훤의 말에 애란이 선하 부인을 쳐다보았다. 선하 부인 역시 그제야 바다로 떨어진 치원이 생각난 듯했다.

"사람들이 바다에 많이 빠졌습니다. 염치없으나 그들을 구해주실 수 있으시겠습니까."

"응당 해야 할 일이지요."

진훤은 남은 병사들을 시켜 작은 목선들을 바다에 띄우라 명했다.

"그 중에 어린 아이가 하나 있습니다. 그 아이가 아니었더라면 이 배에 탔던 이들은 전부 죽은 목숨이었을 것입니다. 만일 죽었다면, 그 시신이라도 건져주십시오."

"아이를 찾아라!"

진훤의 말에 병사들이 바다로 흩어졌다.

백일치성을 드리던 진영 부인의 입술이 달싹 멈추었다. 치성을 드리기 위해 정화수를 담아두었던 물그릇이 쩍 하고 갈라진 탓이었다. 금이 간 사이로 맑은 물이 뚝뚝 떨어지기 시작했다.

"혹, 무슨 일이 생긴 것은 아닐테지요."

진영 부인의 곁에서 함께 치성을 드리던 정현사가 불길한 기운에 주먹을 꽉 쥐었다. 현준 역시 염려스러운 얼굴을 숨기지 못했다. 사신들과 숙위학생들이 정식으로 떠나는 배에 탄 것이 아니라, 몇몇의 유학생들이 상선을 빌려 타고 가는 터라 불안이 더욱 컸던 것이다.

"저라도 함께 가는 것이 나을 뻔했습니다."

"형님 말이 맞습니다. 치원을 홀로 보내는 것은 무리였습니다."

"쓸데없이 소란을 떠는구나. 겪어야 할 일이라면 서둘러 겪는 것이 좋을 것이다."

진영 부인은 외려 호들갑스러운 두 형제를 보며 근엄하게 꾸짖었다.

"어찌 그 먼 나라로 보내며 아무 일도 없길 바라겠느냐."

진영 부인은 새 물그릇을 챙겨오라 이른 뒤, 자리에서 꼼짝도 하지 않은 채 여전히 치원의 안녕을 비는 기도를 이어갔다. 남편인 견일이 해운포 인근의 장수로 지낼 적에도 늘 무사귀환을 바라는 기도를 드렸던 그녀였다. 바다 위에서 크고 작은 전쟁을 치르던 시절과는 비교할 수 없을 정도로 평화로운 항해일 테지만 그녀는 도무지 안심할 수가 없었다. 가는 길에 어떤 변수가 있을지 모를 일이었다. 운이 나빠 암초를 만날 수도 있고, 그런 것들을 잘 피해 간다 해도 풍랑이 몰아치면 크게 고생을 하거나 배가 뒤집히는 사고를 당할 수 있었다. 하늘이 보우하사 재해가 없다 한들, 해적 떼를 만나는 등의 인재가 없으리라고 장담할 수도 없는 것이었다.

'천지신명이시여, 그저 그 아이가 무사히 닿기만을 바랍니다.'

당나라로 보낸다 말하는 견일에게 그녀는 아무 말도 할 수 없었다. 그저 그것이 아이의 운명이리라 받아들일 뿐이었다. 그것은 치원이 세 살에 이미 천자문을 뗀 천재이기 때문이었고, 그의 태몽이 범상치 않았던 때문이기도 했다.

진영 부인은 꿈에서 봤던 금돼지를 생생히 기억하고 있었다. 키는 십 척이 넘고 덩치는 산만한 금빛의 괴물로 몸은 사람이었으나 머리는 돼지 모양이었다. 모양이 괴상한 것도 괴상한 것이었으나 그의 번쩍이는 후광은 눈을 멀게 할 지경이었고, 그 무게와 위용은 압도적이라 감히 말로 다 설명할 수 없을 정도였다. 진영 부인은 자신을 납치한 금돼지 앞에서 가슴이 벌벌 떨려 어쩔 줄 몰랐다.

"나를 어찌 데려온 것이오."

"너를 해칠 생각은 없다."

금돼지는 진영 부인에게 제법 부드럽게 말했다. 그는 한참동안 그녀의 이모저모를 뜯어보더니 만족스러운 얼굴로,

"네게 내 새끼를 잠시 맡기겠다."

말하곤 커다란 금덩이를 품에 던져주었다. 금덩이는 진영 부인의 품에서 아기로 변했는데, 후에 치원이 그 모습 그대로 태어나게 되었다. 진영 부인은 치원이 자신과 견일의 자식일 뿐만이 아니라, 자기의 배를 빌려 태어난 신의 아들임을 믿어 의심치 않았다. 그녀는 천지신명뿐만 아니라 금돼지를 향해서도 간절히 치원의 안녕을 빌었다.

'금돼지님이여. 그 애를 굽어 살펴 주소서.'

치원은 몸을 뒤척이다가 눈을 번쩍 떴다. 그는 제일 먼저 가슴 속 단검을 확인해 보았으나 오간데 없었다. 급히 제 몸을 둘러보니 젖은 옷을 갈아입힌 듯했다. 다행히 단검은 젖은 옷가지와 함께 있었다. 긴 숨

을 내쉬던 치원은 그제야 온몸이 쑤실 듯 아픈 것을 깨달았다. 여기저기가 찌뿌듯한 것을 보니 간밤의 일이 꿈은 아닌 것 같았다. 그러나 선실 안의 풍경은 너무나도 태평해서 그는 아주 길고 흉측한 악몽을 꾼 것이라고 착각을 하게 되었다. 김가기와 최승우가 그의 머리맡에 서로의 머리를 맞댄 채 잠들어 있었고, 두 명의 승려가 어제와 마찬가지로 불경을 외고 있었기 때문이다. 치원은 이것이 꿈인지 생시인지 분간이 되지 않아 선실을 나서 갑판으로 향했다.

"일어났느냐."

커다란 덩치의 사내가 치원을 보고 물었다. 배 위에서 처음 보는 얼굴이었다. 치원은 그를 한참 바라보다가 자신들을 살려준 생명의 은인임을 깨닫고 후다닥 허리를 숙였다.

"저희를 살려주신 것이지요? 참으로 감사드립니다. 장군."

진훤은 너털웃음을 터트렸다. 수줍게 인사를 건네는 아이가 몸을 던져 폭죽을 터트렸으리라곤 상상도 되지 않는 터였다.

"평생을 갚아도 모자랄 빚을 졌습니다."

"아니다. 내가 해야 할 일을 한 것뿐이다. 그리고 네가 아니었더라면 이 배에 그리 큰 사고가 있었는지 몰랐을 것이야."

"과찬이시옵니다."

치원은 고개를 숙이며 머쓱하게 웃었다. 그러다 문득 그가 어째서 이 배에 아직 남아있는 것인지 의구심이 들었다.

"어찌 아직 이 배에 남아있으신 겁니까? 장군께서 혹 저희 가는 길을 바래다주시는 겁니까?"

진훤은 그의 말에 껄껄 웃으며 치원의 머리를 쓰다듬었다.

"배짱 한번 두둑하구나. 이 진훤을 호위 무사로 쓸 생각이더냐."

"그런 것이 아니오라, 아직 배에 남아있으신 것이 의아스러워…."

"배를 수리하느라 잠시 머무르고 있는 것이다. 수리를 마치는 대로 다시 길을 떠날 것이야. 다행히 바람이 좋아 일정을 맞추는 데에 무리가 없을 것이니 안심하도록 해라."

진훤은 여전히 웃음이 가득한 채로 치원을 보았다. 작은 머리통 안에 무슨 생각이 들어있는지 도통 알 길이 없는 아이였다.

"꼭 샌님처럼 생긴 사내대장부로구나."

치원은 그것이 놀리는 것인지 추켜 주는 것인지 알 길이 없었다.

"당나라로 간다지?"

"예."

"무엇을 배우고자 함이냐?"

치원은 그의 말에 배시시 웃음을 지었다.

"너 역시 출세 길을 걸으려 가는 것이냐?"

"출세를 원해 떠나는 것은 아닙니다."

"그러면?"

진훤은 팔짱을 척 끼고 서서 바다를 바라보았다. 같은 자리를 빙빙 돌고 있었으나 떠다니는 구름과 높낮이가 다른 파도 때문에 단 한 번의 풍경도 같질 않았다.

"변변한 이가 되고자 함입니다."

진훤은 그의 말이 의아해 되물었다.

"신라에서는 변변한 이가 되지 못한다는 것이냐?"

"이 나라에는 변변할 수 있는 이가 이미 정해져 있지 않사옵니까. 해서 자격을 얻으려 가는 것입니다. 저도 변변할 수 있다는 자격 말입니다."

"변변한 이를 결정해 놓는 나라에, 고작 자격만 얻어 돌아오겠다라. 이토록 험난한 여정이 계속될 터인데 억울하지 않겠느냐?"

"제 나라가 아닙니까. 억울할 것이 무엇이란 말입니까."

진훤은 치원의 말에 헛웃음을 지었다.

"돌아와 무엇을 할 생각이냐?"

"옳은 말을 하며 살 것입니다."

진훤은 열둘 어린아이의 입에서 나오는 이야기에 연신 웃음을 터트렸다.

"수리가 전부 끝났습니다. 장군."

"그래. 가자."

진훤은 부하에게 대꾸하고는 치원과 눈높이를 맞추느라 허리를 굽혔다.

"이 나라에 언제 돌아오실 생각이시오?"

"자격을 얻으면 언제든 돌아올 생각입니다."

"오래 살아봐야겠습니다. 이 나라가 생각보다 쉽게 망하지는 않을 모양입니다."

진훤은 치원의 눈을 오래도록 바라보다가 허리를 폈다. 치원 역시 그의 눈을 오래 들여다보며 그가 전한 무언의 응원을 가슴 깊이 새겨 넣었다.

"닻을 올려라! 돛을 펼쳐라!"

바람의 세기가 훌륭한 덕분에 진훤의 배와 상선이 빠른 속도로 멀어졌다. 치원은 그의 배가 사라질 때까지 손을 흔들었다.

"얘. 몸은 좀 괜찮니?"

치원은 애란의 목소리에 뒤를 돌아보았다. 애란은 전날의 당찬 모습은 오간데 없이 수줍음만 가득 담아 치원을 보고 있었다. 치원은 대답 대신 품안에 넣어뒀던 손수건을 꺼내 애란 앞에 내밀었다.

"돌려드리겠습니다."

"너 가지렴. 내가 주고 싶어 그런단다."

치원은 애란의 말에 뺨을 긁적였다. 싫지 않은 기분이었다. 애란은 치원을 보다가 무엇이 부끄러웠는지 팩 돌아서서 선실로 들어가 버렸다. 치원은 애란이 남긴 손수건을 다시 품안에 소중히 넣어두었다. 그는 더 이상 넘실대는 파도에 뱃멀미를 하지 않았다. 신라를 떠난 지 닷새도 되지 않았으나 풍기는 느낌이 훌쩍 달라져 있었다. 그는 뺨을 치고 달아나는 바람을 그대로 맞으며 끝없이 광활한 바다를 보았다.

망망대해 위에는 오직 그들이 탄 배 한 척과 구름 한 덩이뿐이었다. 청명한 하늘은 누구에게도 닿지 않을 기세로 높았고, 바다는 말없이 출렁이는 중이었다. 끝이 무딘 파도들은 선체에 부딪쳐 포말을 만들었다. 간혹 높은 파도가 갑판으로 튀어 오르기도 했으나 더 이상 겁이 나지는 않았다. 배는 당나라를 향해 힘차게 나아갔다. 아직 아무것도 보이지 않았으나 치원은 그 끝에 분명 새로운 세상이 있음을 확신하고 있었다.

멀고도 힘든 과거급제의 길

멀고도 힘든 과거급제의 길

치원의 입에서 연신 감탄사가 터져 나왔다. 커다란 사자탈 안에 여럿이 들어가 차례로 앉았다 일어서거나 이리저리 비틀대며 다리를 치켜들곤 하는 동작이 꼭 진짜 사자를 흉내내듯 유려했기 때문이다. 붉고 노란 빛으로 물들인 사자탈은 소리 없이 으르렁거렸다. 어린 아이들은 지레 겁을 집어먹고 빽빽 울거나 용감하게 근처로 다가가 갈기 모양으로 꼬아놓은 털을 잡아당기기도 했다. 치원은 사람들 틈에 섞여 꺼떡대는 사자탈이 제 쪽으로 다가올 때마다 함박웃음을 지었다.

"사자라는 것을 본 적은 없지만, 꼭 저런 모양일 듯합니다."

사자춤이나 귀신춤은 장이 설 때면 섭섭지 않게 볼 수 있는 것들이었다. 치원은 둘 중 사자춤에 더욱 흥미를 보였는데, 여럿이 함께 춘다는 것을 알면서도 꼭 한 몸처럼 움직이는 모습이 신기한 까닭이었다. 애란은 사자춤에 흠뻑 빠져있는 치원을 보며 뺨을 붉혔다. 무언가에 집중해 초롱초롱 빛나는 치원의 눈빛이 사랑스럽게 보였다.

“오늘도 돌아가 시를 쓸 것이냐?”

“예, 그러려고 합니다.”

치원은 그곳에서 본 감흥을 시로 적는 일을 낙으로 삼고 있었다. 벌써 탈춤이나 인형극을 본 감상들이 시첩에 가득했다. 애란이 이리 저리 끌고 다녀준 덕분이었다.

장안에 온 지 반년이 흐르는 동안 애란은 제가 아는 많은 것들을 치원에게 가르쳐주려 애썼다. 그러는 사이 치원의 키는 두 뼘쯤 자랐고, 눈빛도 더욱 또렷해져 있었다.

“저기도 구경해 보자꾸나.”

치원은 고개를 끄덕이며 애란을 좇아 걸었다. 장안의 골목은 매일이 축제였다. 죽이며, 음료, 꼬치에 끼운 과일이나 음식들이 즐비해 코와 입이 즐거웠고, 수십 명의 기인들이 동시에 접시를 돌리거나, 불을 먹거나, 공을 굴리는 잡기를 뽐내는 덕분에 눈과 귀가 즐거웠다.

꽃 같은 여인들이 잠자리 날개처럼 얇은 천을 두르고 야살스레 엉덩이와 어깨를 흔들어대는 가무도 귀한 볼거리 중 하나였는데 사내들은 얇은 천 아래로 드러나는 여인들의 속살에 환호성을 질렀다. 그러면 무용수들은 더욱 격렬한 춤사위로 호응에 보답해주었다. 부인들의 등쌀에 얼굴을 돌리거나 헛기침을 하는 이들도 더러 있었으나 어떻게든 곁눈질로 훔쳐보려 애쓰는 이가 더 많았다. 치원은 무용수들보다 사람들의 모습이 더욱 흥미로웠다.

“장안은 정말 즐거운 곳 같습니다.”

“벌써부터 주색을 밝혀 어찌 큰 뜻을 이루려 하느냐?”

"예? 그게 무슨 말씀이십니까? 주색이라니요."

치원은 애란의 말이 의아해 고개를 갸웃거렸다.

"너도 저 여인들을 보느라 흥겨운 것이 아니더냐."

애란은 아까보다 더욱 붉어진 얼굴을 하곤 발끈하여 토라졌다. 제 입으로 면면히 설명하기 무안했던 터였다. 치원은 힘차게 고개를 가로저었다. 오해라는 것을 서둘러 밝히기 위함이었다.

"제가 보던 것은 저 여인들이 아니라 구경꾼들이었습니다."

"그게 무슨 소리냐?"

"저 이 좀 보십시오. 차라리 당당히 쳐다보면 나을 일을 힐끔힐끔 쳐다보니 도리어 민망하지 않습니까? 그런 모습이 우스워 재미있다 했던 것입니다."

애란은 치원을 오해했다는 생각에 몸을 홱 돌렸다. 낯이 화끈거려 치원을 볼 수가 없었던 것이다. 애란은 겹겹이 늘어선 구경꾼들을 헤치곤 골목의 다른 쪽으로 내달리기 시작했다.

"아이 참. 어디로 가십니까?"

"따라오지 말고 마저 구경이나 하거라."

치원은 애란이 행여 옷자락을 밟고 넘어질까 조바심이 나 서둘러 그녀를 멈춰 세웠다.

"그냥 구경하래두."

애란이 고개를 푹 숙이고 말했다.

"어찌 그러십니까?"

애란이 고개를 들자 치원이 해사하게 웃었다. 애란의 가슴은 터질 듯 두근거리는 중이었다. 이것이 무안함 때문인지 다른 무엇 때문인지는 알 길이 없었다. 그녀는 치원과 눈을 마주치지 못하고 자꾸 딴청을 피웠다.

"집에 돌아가야겠다."

"바래다 드리겠습니다."

"됐다. 혼자 갈 수 있다."

"가는 길에 화원이 보고 싶어 그렇습니다."

애란의 속도 모르고, 치원은 반발자국쯤 떨어져 나란히 걷기 시작했다. 애란은 이 시간이 더디 지나갔으면 싶어 걸음을 느릿느릿 옮겼다.

"세상의 모든 꽃이 전부 여기에 있는 것만 같습니다."

시장 골목을 지나 선하 부인이 운영하는 객장으로 가는 길에는 별천지 같은 화원이 하나 있었다. 고관대작이 부인을 위해 만든 화원이라는 이야기만 들었을 뿐 그 주인이 누구인지는 명확치 않았다. 사람들은 누구든 그 근처에서 해를 쬐거나 꽃향기를 맡으며 쉬어가곤 했다.

치원은 신라의 아담하고 소박한 화원과 달리 형형색색의 꽃들이 만발해 있는 장안의 화원을 좋아했다. 두 사람은 화원의 담벼락을 등지고 서서 머리 위로 드리워진 등나무 줄기에 기대었다. 한데 섞여 무슨 향인지 모를 꽃냄새가 일랑일랑 퍼져 났다. 치원과 애란은 잠시 말을 잊고 향기에 취해 같은 곳을 바라보고 서 있었다. 한참만에야 치원이 입을 열었다. 멀리 해가 저무느라 하늘이 꽃빛으로 물드는 때였다.

"정말이지, 장안은 사람을 압도하는 구석이 있는 것 같습니다."

"이곳이 마음에 들어 다행이구나."

"전부 아가씨 덕분입니다."

"내 덕분이라니 당치도 않다."

"정말입니다. 많은 것들에 대해 박식하시니 늘 도움을 받는 기분입니다. 아주 어릴 때부터 다른 나라를 여행하셨다고 했지요?"

"그랬지."

"참으로 부럽습니다."

"내가 부러우냐? 나는 네가 부럽구나."

"무엇이 말입니까?"

"나는 내가 사내아이가 아닌 게 가끔은 서러울 때가 있구나."

"사내아이였으면 무엇이 달라집니까?"

"내가 사내아이였으면 아버지께선 내게도 진사과를 보게 하셨을 테니 너와도 동무가 될 수 있지 않았겠느냐. 여기 저기 돌아다니느라 동무 하나 없는 처지가 속상하여 그렇다."

"저와 이미 동무가 된 것 아니셨습니까? 저 혼자만 그리 생각한 것입니까?"

애란은 치원의 맑고 순진한 눈동자 안에 자신의 수줍은 얼굴이 비춰진 것이 마음에 들었다.

"그럼 내가 서찰을 하면, 답장을 써줄 것이냐?"

"얼마든지요!"

"그 약속 꼭 지켜야 한다."

"지키고말고요."

"나는 곧 흑치국으로 떠나게 될 것이다."

치원은 저도 모르게 눈썹을 축 늘어트렸다. 곧 이별하리라 예상은 하고 있었지만 이렇듯 빨리 헤어지게 될 줄은 몰랐던 것이다.

"그렇게나 빨리 가십니까?"

"벌써 한참을 머무르지 않았더냐. 실은 진즉 떠났어야 했는데 내가 어머니를 졸라 며칠 더 묵어가기로 했던 것이다."

치원은 가만히 고개를 끄덕였다. 애란은 치원의 얼굴을 물끄러미

보다가 말을 이었다.

"이번엔 정말이지 떠나기가 싫구나."

"더 큰 세상을 담아 오셔야지요. 그래야 제게 또 다른 조언도, 세상 얘기도 해주실 게 아닙니까."

치원의 말에 애란의 미간이 좁아졌다.

"이럴 땐 가지 말라 잡는 것이다. 어찌 그런 것도 하나 터득치 못하였느냐?"

"가야하는 이를 어찌 붙잡는단 말입니까?"

"되었다. 너와 무슨 이야길 나누겠느냐."

담벼락에 기대어 서있던 애란이 등을 떼고 바로 섰다. 치원은 오늘만 해도 벌써 세 번째 토라지는 애란의 뒤를 기분 좋게 따라 나섰다. 애란의 투정이 무엇 때문인지 뻔히 알면서도 투덜대는 모습을 짐짓 모른 척했다. 애란은 저만치 종종걸음 치고 있었으나 결코 잡지 못할 정도로 매몰차거나 빠르지는 않았다.

"저도 무척이나 섭섭합니다."

뒤늦게 치원이 싱글벙글 웃으며 따라갔으나 애란은 좀처럼 마음을 풀지 않았다. 두 사람은 등 뒤로 마음처럼 붉은 노을이 물드는 것도 모르는 채 좀 더 가까이 걸었다.

치원은 애란과의 시간이 달콤한 봄볕 같다고 느끼고 있었다. 반면 소학에서의 시간들은 서릿발 어린 겨울 같다 여겼다.

"오늘도 나들이가 있으셨나 봅니다?"

비아냥거리는 말투에는 명백한 조롱과 멸시가 뒤섞여 있었다. 치원은 그들의 말에 일일이 대꾸해 줄 가치가 없다고 느껴 무심히 책만 꾸렸다.

소학의 숙소는 여러 나라의 학생들이 뒤섞여 어수선했다. 그 안의 질서는 보통 성적에 따라 잡히곤 했는데, 게 중 발해인들의 성적이 특히나 우수한 편이었다. 신라는 오랜 기간 발해인들과 수석 자리를 뺏고 빼앗기며 엎치락뒤치락 했는데 그것은 국가적 차원으로도 매우 민감한 부분이었다. 그들 두 나라가 여러모로 앙숙관계인 탓이었다. 일찍부터 발해가 신라를 여러 차례 침략했던 까닭에 양국 간의 원한이 자못 깊었다. 심지어는 당나라와의 조공관계에서도 서열을 두고 다투었으니 빈공과의 장원이라거나, 소학에서의 시험 성적 같은 것은 예민할 대로 예민한 문제였다. 치원은 그런 것은 신경 쓰지 않고 학문에만 집중하려 했다. 그러나 오늘처럼 종종, "대체 무엇을 더 구걸하러 당나라까지 왔느냐?"라는 시비는 도저히 참을 수가 없었다. 치원은 스스로를 긍지 높은 신라의 후손이라 여겼다. 발해인들의 시비는 마치 자기의 부모와 조부를 농락하는 것과 다르지 않았다.

"감히 못하는 소리가 없구나?"

치원이 자리를 떨치고 일어서자, 발해 아이들은 더욱 신이 나 까불었다.

"공녀까지 솔선수범 바치는 나라에 아직 자존심이 남았다더냐?"

치원은 그 말에 주먹을 꽉 말아 쥐었다. 틀린 말이 아니니 섣불리 반박했다간 더한 조롱거리만 남기는 셈이 될 터였다. 실제로 신라에선 태종 시절부터 꾸준히 당나라에 공녀를 보냈다. 당나라는 그들을 받아들이지 않고, 매번 '회사'라는 이름으로 돈이며 선물을 주어 신라로 되돌려 보냈는데 그것은 신라 입장에서 동맹을 강화하면서도 경제적으로 큰 이익이 되는 일이었다. 발해의 세력이 강해지기 시작하면서 시작된 공녀 제도는 이를테면 친선 무역의 일종으로 자리를 잡은 것이었다.

치원은 이를 갈아 물곤 그들 앞에 더 이상 자존심을 구길 수 없다 생각했다. 시시비비를 따지고 들기보다는 오만방자한 그들의 코를 납작하게 눌러주는 것이 백배는 낫다고 판단한 것이었다. 그러나 계획이란 언제나 뜻대로 이뤄지지 않는 법.

소학에 들어와 치른 시험에서 치원은 번번이 발해아이들에 미치지 못하는 결과를 얻고 말았다. 김가기와 최승우의 상황도 마찬가지였다.

"빈공과에 합격하기 힘들다고 예상은 했었지만, 생각 이상으로 어렵구려."

세 사람은 둘러앉아 쓴 입맛을 다셨다. 국자감에 들어와 처음 빈공과에 응시해 보았으나 보기 좋게 낙방한 탓이었다. 첫술에 배부르리라 생각지는 않았으나 자신들의 등수가 예상보다 낮다는 것은 큰 충격이었다.

그도 그럴 것이, 국자감이란 본디 신라의 신동이나 인재라 불렸던 그들처럼 발해나 왜, 토욕혼, 투르판 등의 나라에서 각각 제 나라의 수재거나 천재소리를 듣는 이들이 구름처럼 몰려드는 곳이었다. 그때문에 등수를 매기는 것이 무의미할 정도로 그 실력들이 비등했다. 기대했던 것과 달리 자신의 기량을 뽐내고 눈에 뜨이게 빛을 발할 기회가 사라졌다고 생각하자 그들은 급격히 자신감을 잃어갔고 그것은 향수와 더해져 마음의 병이 되었다.

치원 역시 배우면 배울수록 스스로가 우물 안의 개구리였음을 깨닫는 중이었다.

"국자감에서도 발해 사람이 장원을 했답니까?"

"소학의 시험에서도 발해인이 장원이었는가?"

"예."

치원은 낯이 뜨거워 고개를 들 수 없었다. 소학에서 치른 시험이란 빈공과와 비교도 할 수 없을 정도로 규모도 작고 응시한 수도 적었으니 응당 자신이 장원을 하리라 여겼던 것이었다. 늘 당당하기만 했던, 패배를 몰랐던 치원의 마음에는 그것이 큰 상처로 남게 되었다.

"단연 제가 으뜸이라 자만했습니다."

신라에서도 어려서부터 이미 문명이 높았던 그였다. 김가기는 그를 위로하려 했으나 소용없었다. 게다가 다른 나라의 학생도 아닌 발해 사람에게 일등을 놓친 것이 분해 어쩔 줄 몰랐다.

"왕실의 돈으로 유학생이 되어 왔는데, 발해인들에게도 미치지 못하다니 이것 참 면목이 없구만."

치원은 치욕을 씻으리라는 마음으로 공부에 매진했으나, 그 다음번 시험에서도 발해인들의 성적에는 미치지 못했다. 이래서야 아버지와의 약속을 지킬 수 없는 노릇이었다. 그는 아버지가 내린 과제를 완수하고자 뜬눈으로 밤을 지새우며 허벅지를 찌르기도 하고 천장에 머리카락을 달아매기도 했다. 하루라도 빨리 발해인들의 코를 납작하게 눌러주는 것이 첫째요, 아버지에게 인정받는 아들이 되고자 함이 두 번째 이유였다. 간절한 마음은 시간이 지날수록 더욱 깊고 짙어졌다. 그리고 위험해졌다.

"화병이오."

치원의 상태를 지켜보던 김가기와 최승우는 자못 심각한 얼굴이 되었다. 의원은 열을 다스리는 약을 몇 재 지어주었으나, 마음의 병을 해결하는 법에 대해선 마땅한 처방을 내리지 않고 떠나버렸다. 김가기는 입술이 허옇게 마르고 열에 들떠 식은땀을 흘리는 치원이 안타까웠다.

“이런 때에 애란 아씨가 있었어야 부탁이라도 해보는 것인데.”

“다른 나라로 떠난다지 않았소이까. 기약조차 없다 하였소만.”

“그러게 말이오. 원, 사람 참, 성격하고는.”

지나치게 꼿꼿한 것이 문제였으리라. 언제든 보란 듯이 되갚아 줄 날을 생각하며 스스로의 몸은 돌보지 않은 채로 학문의 공백을 채웠던 치원이었다. 육체가 무너지지 않으리라 과신한 탓에 제대로 먹지도 않고 약이 올라 공부를 했던 것이 화근이었다. 배앓이와 열병은 허약해진 그를 한꺼번에 덮쳐왔다. 한번 찾아든 병마는 시도 때도 없이 나타나 무례하게 그를 괴롭혔다. 약해진 몸은 청량했던 그의 정신을 거뜬히 무너트렸고 치원은 점점 생기를 잃어가기 시작했다.

‘내가 이토록 무능한 존재였던가.’

소학에서조차 그들을 이기기가 힘겨운데, 김가기나 최승우의 상황을 보고 있자니 앞길이 더욱 새카맣게 느껴졌던 것이다.

치원은 뜬눈으로 밤을 지새우며 스스로를 끝없이 의심했다. 하찮은 자신에게 아버지가 거는 기대가 너무도 큰 것은 아닌지, 자기가 그 길을 갈 수 있는 그릇이 되는지, 앞으로 어떤 일들을 할 수 있을지 하는 것들이었다. 그는 자기의 어깨에 놓인 짐이 너무나 무거워 견딜 수 없었다. 누구에게도 털어 놓을 수 없으니 고민은 몸집을 점점 불리기 시작했다.

'나는 어찌 살아야 한단 말인가.'

그는 방에만 틀어박혀 먹지도 자지도 않은 채로 시간을 흘려보냈다. 수학도 하지 않고 소학에도 나가지 않은 채로 며칠이 흘렀으나 그 누구도 이방인인 치원의 안부를 묻고 그의 상황이 어떠한지 돌보려 애쓰지는 않았다. 김가기와 최승우도 각기 수학을 하느라 전처럼 치원을 돌봐줄 상황이 아니었기 때문에 치원의 병세는 갈수록 깊어지기만 했다.

치원은 몸을 웅크렸다. 아무도 자신을 알아주지 않는다는 외로움은 배앓이보다 큰 고통이었고, 자신은 아무것도 아니라는 자괴감은 외로움보다 큰 상처가 되었다. 꼬리에 꼬리를 물고 나타나는 증상들로 인해 치원의 시야가 점점 흐려졌다. 먹은 것도 없고 잠도 자지 않은 탓이었다.

치원은 작게 신음을 흘리며, 모든 것을 체념한 듯 눈을 감았다. 차라리 더 이상 생각할 수 없도록 모든 것이 멈췄으면 좋겠다는 마음이 드는 탓이었다. 그러나 그때, 방문이 거세게 덜컹거리더니 곧 문이 열리고 환한 햇살이 방안으로 강하게 쏟아져 들어왔다.

"괜찮은 것이냐?"

익숙한 목소리는 애란의 것이었다. 애란은 치맛자락이 아무렇게나 뒤집어지는 것도 아랑곳 않곤 치원의 곁에 주저앉았다. 애란의 눈은 금방이라도 눈물을 주르륵 흘릴 듯 처연하기만 했다. 치원은 아득해지던 눈앞이 천연의 색채로 선명해지는 것을 느끼며 애란을 꼭 끌어안았다.

"애란 아씨."

"대체 어찌 이리 약하단 말이냐. 이래선 내가 마음 편히 다닐 수 있겠느냐."

"다그치지 마십시오. 안 그래도 너무나 무서웠습니다."

치원의 목소리는 거친 쇳소리에 가까웠다.

"차라리 신라로 돌아가거라."

"그럴 수는 없습니다."

치원이 힘없이 말했다. 열을 앓아 쩍쩍 갈라진 목에선 듣기 싫은 쇳소리가 났다.

"아버지께서 저를 얼마나 믿고 계신데, 또 형님들께선 이 기회를 어떤 마음으로 양보하셨는데, 전 이겨내야만 합니다."

치원은 언제나 영암 포구에서 헤어지던 아버지의 모습을 기억하려 애쓰고 있었다.

'십 년을 줄 것이다. 네가 십 년을 공부하여 진사에 급제하지 못한다면 내 너를 잊고 살 것이다. 아들을 두었다고 하지 않을 것이야. 알겠느냐.'

"헌데 제가 할 수 있는 일이 아닌 것 같아 너무나 두렵습니다."

치원은 울지 않으려고 고개를 떨궜다. 애란은 그의 어깨 위에 중압감과 책임감이 묵직하게 올라서 있는 것이 보이는 것 같아 그의 어깨를 다독여주었다.

"아버지를 실망시키고, 폐하를 실망시킬 것입니다."

애란은 여전히 감정의 소용돌이 속에서 빠져 나오지 못한 치원을 보며 안타까워 어쩔 줄 몰랐다. 그것은 누군가와 겨루어 해결될 일이 아니었다. 스스로가 해결해야 할 문제였다. 애란은 치원의 야윈 뺨을 보며 말을 이어갔다.

"네 아버님이 남기신 말을 기억하느냐?"

"무슨 말씀이십니까?"

"구름처럼 살아라. 어떤 것에도 흔들리지 말고 네 길을 가거라."

애란은 배 위에서 서로 애틋하게 쳐다보던 부자의 모습을 어렵지 않게 떠올렸다. 하나라도 더 가르쳐주고자 머뭇거리는 아비와 걱정을 끼치지 않기 위해 애써 어른스러운 척하던 자식의 모습은 그토록 인상적인 것이었다.

"네 아버지가 너를 보내셨던 마음은 이것이 아니었을 것이다. 네가 그 중압감에 못이겨 기대감에 지쳐 쓰러지길 바라는 마음으로 널 보내지 않았을 것이야. 그저 넓은 세상을 보고 너 스스로의 삶을 스스로 선택해보라고 보내신 걸 거다."

애란의 말끝에 치원이 눈물을 주르륵 흘리고 말았다.

"우리는 모두가 스스로를 위해 사는 목숨들이지 않느냐. 네가 이토록 힘들어 하면, 널 이곳에 보낸 네 아버지께서도 괴로우실 게다. 자식이 아프면 부모는 백배 천배 더 고통스럽다 했느니라."

치원은 애란의 말을 듣고서야 견일의 목소리를 제대로 떠올릴 수 있었다. 십 년의 유예를 주며 떨리던 목소리와, 잘 벼려진 칼을 건네며 해준 이야기들이 어지럽게 머릿속을 맴돌았다.

"다른 이들은 신경 쓰지 말거라. 그저 너 가는 길만 보거라."

치원은 애란의 얼굴을 오래 쳐다보았다. 나이 차이는 얼마 나지 않지만 저보다 백배는 어른스러워 보이는 애란의 모습에 순식간에 부끄러움이 밀려들었다.

"창피합니다. 사내대장부가 되어 자꾸만 나약한 모습을 보이기나 하고."

"그러면 또 어떠하냐. 네 나이 고작 열셋인 것을. 힘든 것이 당연하다. 어려운 것이 마땅하고."

치원은 애란의 말에 비로소 웃음을 보였다.

"애란 아씨는 제가 울고 있을 때마다 나타나시는 것 같습니다. 또 울면 달려오십니까?"

"다음엔 오지 않을 것이다. 그러니 이제 울지 말거라."

"가지 마십시오."

"가야 한다."

"돌아오실 것이지요? 저를 찾아주실 것이지요?"

"어디서든 알아볼 수 있도록 근사한 사람이 되어 있거라. 내 그럼 어디서든 널 찾아 갈 테니."

아쉬운 인사를 끝으로 애란은 다시 여행을 떠나야만 했다. 치원은 애란의 치맛자락이라도 붙잡아 그녀를 막아서고 싶었으나 기운이 달려 그럴 수 없었다. 치원은 애란의 치맛자락이 눈앞에서 바스락대는 소리를 내며 사라지는 것을 마지막으로 번쩍 눈을 떴다.

'꿈이로구나.'

치원은 쇳소리로 부렸던 응석이 현실이 아님을 다행으로 생각했다. 동시에 애란이 사무치게 그리워졌다. 치원은 서둘러 정신을 차린 뒤에 지필묵을 꺼내 들었다.

일필휘지로 그려 넣은 종이엔, 고운(孤雲)이라는 두 글자를 적었다.

한 점 유유한 구름.

치원은 그 글자를 보며 다시는 한심한 생각을 하지 않으리라 다짐했다. 자신이 해야 할 일을, 가져야 할 마음을 영리하게 깨닫고 빠르게 인정한 것이다. 분명 자기가 신경 써야 할 것은 다른 사람들이 아니었다.

치원은 '고운(孤雲)'을 호로 삼아 애란과 아버지의 조언을 뼛속 깊이 새기기로 마음먹었다. 그리고 나름의 방식으로 그들의 은혜에 보답하겠다고 다짐했다. 고운이라 이름 지은 치원은 흑치국에 닿았을 애란을 생각하며 '친애하는 애란 아가씨께' 로 시작하는 연서(戀書)를 써내려가기 시작했다. 치원의 마음에 춘풍이 불기 시작했다.

율수현의 현위가 되어

율수현의 현위가 되어

말고삐를 쥔 선비의 손 위로 나비 한 쌍이 내려앉았다. 그는 높이가 반 넘게 줄어든 장강의 수면을 보느라 나비가 손등 위로 내려앉은 것도 알아채지 못했다. 물줄기는 느리지만 착실히 율수현을 향해 나아갔다. 마을의 초입으로 보이는 야트막한 돌산 뒤로는 해가 지면서 흩어진 붉은 빛이 천지의 경계를 정하는 중이었다. 선비는 만족스러운 얼굴로 말고삐를 당겼다.

"이 시간이 내가 가장 좋아하는 시간이라네. 어떠한가. 참으로 아름답지 않은가?"

선비가 곁에서 길잡이를 하던 사내에게 물었다. 그는 질문에 대답할 기운도 없어 고개만 몇 번 끄덕이고 말았다. 몇 번이나 가다 섰다 또 가다 서기를 반복한 탓에 시간이 두 배나 지체된 것이 못마땅해 죽을 지경이었다. 산세나 강의 모양을 살피며 휴식을 하는 것도 좋긴 했으나 해가 질 때까지 마을 어귀에 도착하지 못하면 꼼짝없이 들판이나 산기슭에서 하루를 묵어가야 할 터였다. 땟거리도 마땅치 않은 탓에 벌써부터 걱정이 이만저만이 아니었다.

"현위 어른. 지체할 시간이 없습니다요. 벌써 날이 저물지 않습니까."

"좀 보시게. 석양이 강을 비추니 저 강줄기가 더욱 아름답지 않은가 말이야."

"지금 경치나 감상하며 있을 때가 아니란 말입니다. 마을 어귀라도 들어가야 죽사발이라도 얻어먹을 텐데…."

사내는 선비의 고운 손과 그보다 고운 옆얼굴을 보며 속으로 투덜거렸다. 처음부터 율수현의 새 현위 감으로 마땅치 않다고 생각하던 터였다. 솜털도 가시지 않은 흰 얼굴이 주는 느낌은 유약하고 가냘프기 짝이 없어 정치는커녕 제 한 몸 가누기도 힘들어 보였던 것이다.

자고로 현위라 함은 현의 치안을 맡는 관직으로 직간접적으로 장수의 덕목을 갖추어야 하는 자리였다. 비록 하는 일이 미미하다고는 하나 백성들과 가장 가까이 닿아있는 까닭에 애로사항을 듣기도 하고, 그들의 위기도 두루 살펴 처세해야 하는 순발력도 있어야 했다. 지난번 현위는 그 능력이 제 배 불리는 데에만 작용하여 녹봉 외로 곡식과 소금을 잔뜩 챙겨두었던 탓에 무진 욕을 먹었으나, 이번 현위로 온 위인은 차라리 그 치가 그리울 정도로 세상일에 깜깜할 듯 보였다. 이자 역시 율수현민들이 원하는 현위는 아닌 것이다.

사내는 이 놈이나 저 놈이나 백성들 사는 데에는 도무지 관심 없어 보이는 관리 나리들을 보며 혀를 끌끌 찼다. 오는 동안 현의 일은 묻지도 않고 경치 구경이나 하려는 꼴이 답답한 것이었다.

'하긴, 나이도 어린 자가 무엇을 알겠냐 말이야. 이거 치안을 맡기기는커녕 어린애 코나 닦아주게 생겼군.'

사내는 기대했던 것이 영 어긋났다는 생각에 타고 있던 말의 엉덩이를 몰래 내리쳤다. 말 두 마리가 힘차게 달리기 시작했으나 선비는 이내 말고삐를 당겨 다시 멈춰 섰다. 사내는 그것도 모르고 한참을 달려 벌써 저만치 달아나고 있었다. 어린 선비는 함빡 미소를 지은 채로 그를 불러 세웠다.

"이보게, 같이 가세나!"

선비의 부름에 사내가 도리 없이 말머리를 돌렸다. 그들은 다시 가다 섰다를 반복했고, 기어이 날이 저물었다.

사방이 어두워 천지분간이 되지 않으니 말을 타고 달릴 수도 없었다. 율수현으로 가려면 얕은 돌산 하나를 건너야 했기에, 그들은 산기슭에서 하루를 묵어가기로 결정했다. 사내는 불퉁한 얼굴로 말고삐를 거칠게 다루었다. 횃불을 피울 땔감도 없어 발치를 더듬대며 가야했는데, 돌 사이로 진흙이 더러 있어 금세 발밑이 축축해졌다.

"급할 것 무엇인가. 농이나 나누고 별구경이나 하세."

선비의 말에 사내가 버럭 성을 내려다가 한숨이나 푹 쉬고 말았다. 아무리 철이 없는 이라 한들, 그는 율수현의 현위로 오는 자였고 자신은 기껏해야 길라잡이를 하는 종놈에 불과한 처지였다. 지금이야 말랑말랑하게 굴고 있지만 현에 들어가 오만방자함을 죄목으로 물고 늘어져 장형이라도 내린다면 목숨을 부지하기 어려울 터였다. 관리들이란 으레 그런 작자들이었다.

"자네 이름이 무엇인가?"

"양가라 부르십시오."

"알겠네."

선비는 대답을 하고선 기세 좋게 나무 밑동에 엉덩이를 걸치고 앉았다. 양가는 밤이 어둑하게 내려앉은 들판에서 겁도 없이 구는 선비가 알쏭달쏭하기만 했다.

"현위 어른 처지가 참으로 부럽습니다."

"자네도 이렇듯 편하게 살면 되지 않겠는가."

"자식에 마누라까지 달린 사내가 어찌 그리 태평히 살겠습니까. 당최 춘추가 어찌 되십니까?"

"약관일세."

양가가 혀를 내둘렀다. 어릴 것이라 짐작은 하고 있었으나 예상보다 더욱 어렸던 것이다.

"헌데 율수는 대체 어떤 곳인가. 듣자니 평온하고 비옥해 별 일 없이 살기 적합한 동네라던데?"

아무것도 모르는 듯 맑게 구는 선비를 보며 입맛이 써진 양가가 아무데나 엉덩이를 부렸다. 제가 부임할 현의 소식에 이토록 깜깜해서야 앞으로 제 앞가림이나 잘 할 수 있을지 걱정이 앞섰다.

"대체 과거에 언제 급제하신 겁니까?"

양가는 한숨을 푹푹 내쉬며 물었다.

"열여덟에 빈공 진사로 합격했지."

"열여덟이오?"

양가가 열여덟을 뇌까리며 선비의 얼굴을 빤히 보았다. 고생이라고는 티끌만큼도 해본 적 없어 보이는 이였다.

"헌데 빈공진사라면."

"신라인일세. 치원이란 이름을 들으면 모두가 신라인임을 알아듣던 것을 몰랐는가?"

당시 상서성의 과거 시험에는 육학 및 이관의 생도와 주현에서 추천하는 향공, 빈공과에 합격한 이들이 응시할 수 있었다. 빈공과란 우호적인 이웃 나라에서 유학생을 당나라 태학에 파견하여 학습시킨 뒤 상서성의 과거 시험에 참가할 수 있게 하는 일종의 자격 명칭이었으므로 빈공과에 합격했다는 것은 그가 이방인이라는 뜻이 되었다. 당조정이 일찍부터 개방하여 미말관직에 빈공진사들이 더러 채용되긴 했었으나 율수에 이방인이 제수되어 온 것은 처음이었다. 양가는 치원의 이름을 듣곤 고개를 가로 저었다. 대체 어떤 기준으로 현위직에 이방인을 보낸 것인지 알 길이 없었다. 양가는 율수현이 아주 버림받은 것이 아니리라는 기대를 가지고 싶어 한 번 더 물었다.

"이제껏 어디에서 지내다 율수로 오시는 겁니까?"

"이 년간 만유(과거급제자들이 당나라의 명승지를 유람하는 전통문화)를 다니며 산과 들을 보고 시를 적었네. 내 그간 책을 세 권이나 엮었으이."

자랑을 섞어 말하는 어린 선비 앞에 양가가 다시 깊은 한숨을 쉬었다. 척 보기에도 시나 짓고 유랑이나 다니는 것이 적임일 것이었다. 게다가 첫 부임지가 율수라니 그의 앞날도 퍽 안타깝게 느껴졌다. 아무리 뜯어봐도 공부 빼곤 달리 할 줄 아는 것이 없는 무식자라 판단한 사내는 그의 티 없는 얼굴을 보며 입을 열었다.

"공부만 한 골샌님이 어찌 그 팍팍한 율수현에서 버틴답니까. 우리도 큰일이고 현위님도 큰일입니다. 단단히 잘못 걸렸네. 잘못 걸렸어. 이걸 무를 수도 없고."

"대체 왜 그러는가? 율수현이면 인구도 많고 세수도 높은 곳이 아닌가. 게다가 장강이 벌판을 가로 질러 저렇게 유유자적 흐르고 있으니 땅이 비옥하고 농사가 잘 된다지 않는가. 이미 율수에 대해 다 알아보고 오는 참이네만."

"답답하게. 언제 적 얘길 하고 계신답니까."

"언제 적이라니?"

"벌써 여러 해 가물어 장강은 반 넘게 말라붙었고, 그나마도 올해는 마을로 들어오는 물줄기가 끊겨 농사도 헛일입니다. 기근에 가뭄에, 인심 사납기가 말도 못합니다요. 게다가 흉흉한 소문까지 도는 탓에 사람들 정신도 오락가락 하고 있으니 살기 좋은 고을이란 다 옛말이지요."

양가의 말에 치원이 고개를 끄덕였다.

"대체 어떤 흉흉한 소문이 돈다는 것인가?"

"처녀귀신의 저주가 들렸다는 것이지요."

"처녀귀신이라니?"

이야기는 이러했다. 율수현에 가뭄이 계속되었으나 현령이 세수를 낮추지 않았다는 것이다. 세를 내야했던 현민들 중 많은 이가 소금장수인 장가에게 고리대를 빌려 세를 납부했는데, 세수는 날로 높아지기만 하고 돈 들어올 구멍은 없으니 집이나 전답을 뺏기는 것은 부지기수요 과년한 딸이 있는 집은 딸들까지 그에게 빼앗기고 말았다는 것이었다.

"그래서?"

"저희 집 건너 골목에 자매를 키우는 홀아비가 하나 있습지요. 그이도 전답까지 팔아 돈을 보탰지만 어림도 없는 일이었지요. 헌데 그

장가가 말입니다."

"자매를 탐낸 거로구먼."

"어찌 아셨습니까?"

치원이 고개를 끄덕이며 말을 이어가라는 시늉을 했다.

"헌데, 장가에게 하도 시달렸던 탓에 애들이 죽어도 그이에겐 시집가기 싫다지 뭡니까."

양가는 한숨을 푹 쉰 뒤에 이야기를 이어갔다.

"자매가 야반도주를 했습니다요. 헌데 이 산에서 발을 헛디뎌 죽게 되었지요."

"저런."

치원의 인상이 일순 찌푸려졌다.

"그 애들이 저주를 하고 있단 말인가?"

"예. 그 애들이 그렇게 비명에 가고 난 후로 갑자기 마을에 물이 마르더니, 작물은 죽어나가고 소금장수 장가도 바짝 바짝 말라가는 게 아니겠습니까. 밤마다 장가네 집에 큰 애 귀신과 작은 애 귀신이 번갈아 나타난다지 뭡니까."

"귀신이라…. 어딘가?"

"예? 무엇이 말씀입니까?"

"그 낭자들의 묘 말일세."

"거긴 어찌 가시렵니까. 처녀가 죽었으니 비석 하나 없이 들판에 버려지듯 묻혔습지요. 을씨년스러워 아무도 가려하지 않습니다요. 흉미로 가셨다간 현위님도 요절하실지 모릅니다. 그 애들의 원망이 얼마나 크고 높으면 그 독한 장가를 바짝 바짝 말리고 있겠습니까."

양가의 겁박 같은 말투에 치원이 빙그레 웃음 지었다.

"실은 내가 귀신을 본다네. 해서 그 저주를 풀어 줄 수 있으니 안내하라는 것이네."

"그게 정말이십니까?"

치원의 말에 양가가 당장에 자리를 털고 일어섰다. 어쩌면 그에게서 한 줄기 희망의 빛이 보이는 듯도 했던 것이다.

"그렇고말고. 못 믿겠으면 나를 시험해 봐도 좋네."

양가는 무엇으로 선비를 시험해야 할까 골똘하다가 관두고 말았다.

"됐습니다요. 대체 무엇을 시험하란 말씀입니까요."

"저런 저런. 시험을 하라고 해도 해보지 못하는구먼. 그러니 마누라 잔소리가 큰 것일세."

"예?"

양가는 별안간에 눈이 동그래져 치원을 보았다.

"이것은 뭐 불만만 가득하고 달라지는 행동은 없으니, 마누라 된 입장에서 속이 얼마나 답답하겠는가. 그럴 것이면 남자답게 질러 보던가. 그것이 아니라면 국으로 입을 다물고 참는 수밖에."

"그것을 어찌 아셨습니까요? 누가, 누가 말해준겁니까요?"

"누가 말해주었다고 이르면 기절할 걸세. 일단 한숨 자두세. 가뜩이나 이곳에도 혼령들이 가득하니."

양가는 어안이 벙벙해져, 팔베개를 하고 드러누운 치원을 보았다. 안 그래도 먹고 살길이 막막한 탓에 마누라와 쌩하고 냉전을 벌인지 닷새쯤 되는 날이었다. 양가는 제 마누라와 똑같은 소릴 하는 치원을 보며 도대체가 심장이 벌렁대 곁에 갈 수도 없었다. 허여멀건한 얼굴에 귀신을 보는 신통방통함이라니 도대체가 정체를 알 수 없었다.

"현위님, 그게 정말인지요? 정말 귀신을 달랠 수 있단 말이지요?"

대답대신 치원의 코고는 소리가 들리기 시작했다. 양가는 말 두 필을 묶어 놓은 끈을 손목에 친친 동여 맨 뒤에 입술을 꾹 다물었다. 그의 당당한 태도에, 제 마누라가 하는 소릴 똑같이 하는 꼴을 보아하니 영 허튼 소리 같진 않았다. 양가는 속는 셈 치며 그의 곁에서 눈을 콱 감아버렸다. 이런 들 저런 들, 마을의 문제만 해결된다면 귀신이 아니라 귀신 할아버지를 본다 해도 대환영이었다.

시간이 얼마나 흘렀을까. 치원이 기척을 죽이며 자리에서 일어섰다. 아직 동도 트기 전이었으나 양가 모르게 할 일이 있었던 것이다. 양가에게 귀신 본단 거짓말을 한 것이 미안했으나 마을 사람들을 움직이려면 어쩔 수 없는 노릇이었다. 그는 양가가 제 말에 보기 좋게 속아 넘어가준 것이 고마웠다.

"순진한 이로구먼. 그러니 마누라에게 그리 시달림을 당하지."

귀신을 보는 것이 아니라 사람을 보는 것이었다. 땟국물이 제대로 지지 않은 옷이라든지, 매사에 투덜거리는 성미라든지를 보면 그가 어떤 생활을 하고 있는지 어렵지 않게 추측이 되었다. 오는 길 내내 치원은 까닭 없이 지체하여 산과 들, 흐르는 강을 본 것이 아니라 양가의 성격을 파악하고 율수현의 산세를 파악한 것이었다.

'장강의 깊이가 줄었다고는 하나 물줄기를 말려버릴 지경은 아닐 것인데 대체 어떤 연유로 물이 말라버렸다는 것인가.'

치원은 깊은 계곡과 능선이 번갈아 놓인 산세를 보며 걸음을 옮겼다. 율수현위로 오기 전 진즉 이야길 들어 알고 있던 터였다. 자매의 죽음에 의심스런 구석이 있다는 것이다. 그 사건을 전후로 난데없이 현위가 사직하고, 연유도 없이 물이 마르고, 멀쩡하던 이가 귀신을 보기 시작했고, 마을엔 흉흉한 소문이 떠돈다니 이상하기 짝이 없었다. 치원은 어렵지 않게 몇몇 상황들이 추측 되었으나 확신하지는 않았다. 단지 억울한 일을 겪은 자가 있다면 그를 돕고 싶을 뿐이었다.

'귀신이 묶은 매듭이니 귀신으로 푸는 수밖에.'

그는 예리한 눈으로 흐르는 장강과 희미한 물줄기의 골짜기를 보며 주먹을 꽉 쥐었다. 드물게 깊어 보이는 골짜기 몇 곳이 눈에 띄었다.

치원이 묵을 숙소는 깨끗했다. 간소한 세간 살이 틈으로 아버지가 준 단검을 먼저 장식해 두었다. 전에는 한손에 들기에 묵직했던 것이, 이제는 품안에 언제든 넣어 다닐 수 있을 정도로 가뿐했다. 그 다음에는 애란이 준 서찰들을 정리했다. 책들을 쌓아둔 서고 구석에는 부적처럼 그것들이 정돈되어 있었다.

말의 힘은 무서운 것이어서, 치원은 '고운'을 호로 쓰고 난 후로 모든 일에 달관한 듯 유유히 살기 시작했다. 그는 두렵고 우울했던 시간들은 혼자만의 것으로 묻어둔 채 국자감에 입학해 스스로 떳떳한 실력이라 여겨질 때까지 빈공과에 응시조차 하지 않았다. 그러다가 18세가 되는 874년, 마침내 빈공과에 단번에 합격하는 쾌거를 이루게 되었다.

그는 그 모든 것이 애란과 아버지의 힘이라 생각했다. 가장 먼저 합격 소식을 알리고 싶었던 두 사람이었으나, 안타깝게도 애란과는 어느 순간 연락이 끊겨 버리고 말았다. 세상 곳곳을 다니는 여인이었기에 지금쯤 어느 나라에 있을지 상상도 할 수 없었다.

"당나라로 돌아오면 저를 찾겠다 하지 않았습니까."

치원은 조금은 볼멘소리로 애란을 그리워했다. 어린 시절의 인연이었으나 치원에게 애란은 그 이상의 의미가 되어버렸다. 그녀가 얼마나 어여쁜 아가씨로 성장했을지 상상하면 저 역시 더욱 듬직한 사내가 되어야겠다고 생각하게 되었고, 그녀가 얼마나 많은 세상의 이치를 깨닫고 있을까 상상하면 저 역시 그에 걸맞은 지식을 쌓고 단련해야겠다고 생각하게 되는 것이었다. 열둘 이후로 서로가 만난 적은 없었으나 치원에게 애란은 점점 더 소중하고 고귀한 사람이 되어 갔다. 그는 애란이 발해에서 보내온 마지막 서신을 서고 끝에 소중히 꽂아 넣은 뒤 겉옷을 집어 들었다.

치원은 율수현의 장터로 가볼 생각이었다. 치원이 순찰을 돌 요량으로 숙소를 나서자 어느 틈엔가 양가가 달려와 그 앞을 가로막았다.

"무슨 일인가?"

"어딜 가시렵니까 현위어른?"

"무료하여 시장에나 가 볼 생각이었네."

"뭐든 제가 갖다드리겠습니다요. 무엇이 필요하십니까요?"

양가는 잔뜩 곤란한 얼굴로 치원의 앞을 막아섰다. 치원은 귀찮게 달라붙는 양가를 보며 짐짓 싫은 티를 냈다.

"어허 이 사람! 대체 왜 이러는가. 내가 귀신을 본다는 걸 동네방네 떠들고 다니기라도 한 겐가?"

치원은 뻔히 알면서도 모르는 척 양가를 떠보았다. 양가는 치원 앞에 넙죽 엎드린 채로 두 손을 싹싹 빌었다.

"아이쿠, 나으리. 제가 죽을죄를 지었습니다요. 제가 입이 방정이라."

"거 참. 사내 입이 그리 가벼워 어디에 쓰겠나?"

"아이쿠, 죽을죄를 지었습니다. 용서해 주십시오, 나으리."

치원은 양가의 횡설수설에 여유로운 미소를 지었다. 자신이 귀신을 보는 신통한 능력을 가졌다는 것이 소문나길 바라 마지않았던 터였으니 속으로는 양가를 수천 번도 더 칭찬 해주고 싶었던 것이다. 치원은 아량이 넓은 사람인 척 거드름을 피웠다.

"뭐, 상관없네. 어차피 사실이니 숨길 이유는 없지 않겠는가. 그만 일어나게. 정 미안하면 오늘 내 순찰에 동행이나 하게."

치원이 양가를 스쳐 지나가자 큰 벌을 받을 줄 알고 졸아붙어있던 양가가 눈을 크게 떴다.

"벌을 내리지 않으신다굽쇼?"

"내가 자네 팔 자르고 다리 잘라 어디에 쓰겠는가. 그 손으론 붓도 잡지 못하고 고삐도 쥐지 못할 것을."

"그것이 참말이십니까?"

양가는 무릎에 묻은 흙도 털지 않은 채로 치원의 뒤를 따랐다.

"속고만 살았던가. 가세."

치원은 양가를 따라 바람같이 움직여 관청을 나섰다.

관청에서 나와 시장으로 가는 데만 해도 따가운 시선들이 따라 붙었다. 신기하다는 듯 보거나 의심스럽다는 눈으로 쳐다보는 이들이 대다수였다. 저희들끼린 소곤거림이지만 그 숫자가 워낙 많아 대화의 토막토막이 들려오기도 했다.

"저 이가 새로 온 현위라지? 계림사람이라던?"

"귀신을 본다는구먼."

"황제가 적임자를 보냈네. 적임자를 보냈어."

"이제 우리 마을 가뭄도 끝나는 것인가?"

사람들은 의심 반 기대 반으로 치원의 얼굴을 힐끗거렸다. 양가는 어찌 할 바를 몰라서 치원 옆에서 서성였다.

"죄송합니다, 현위어른. 소문을 내려던 것은 아닌데, 이렇게."

"괜찮네. 신경 쓸 것 없으이."

치원은 사람들의 원망이 생각보다 더욱 깊었던 것이리라 생각했다. 양가가 말을 옮긴지 채 하루가 지나지 않은 까닭이었다. 그는 양가를 데리고 시장 한 쪽에서 차를 파는 노인 곁으로 다가갔다. 차를 사서 가거나 잠시 앉았다 가는 등 손님이 노상 드나드는 것을 보니 그곳이 시장 사람들의 쉼터인 듯했다. 백발의 노파는 허리가 굽어 움직이는 것도 힘들어 보였으나 손놀림이 분주해 두 사람 몫은 거뜬히 하고도 남을 성 싶었다.

"차 한 잔 주시지요, 어르신."

갖은 약재와 과일들을 넣고 끓여낸 량차는 무더위 갈증 해소에 그만이었다. 노인은 치원에게 량차를 그릇 가득 따라 주었다. 치원은 차가운 음료를 한 잔 들이켠 후에 노인의 세간을 힐끗 쳐다보았다. 차를 담아 줬을 법한 그릇들은 죄 이가 깨지고 금이 갔으나 그 표면이 반질반질 깨끗했다. 날이 덥고 물이 마르는 탓에 노인의 차가 제법 인기인 모양이었다.

"소금장수란 이가 얼마나 악독했던 자이기에, 귀신이 잡아간다고 설치는데도 동정하는 이가 한 사람도 없습니까? 그래도 한 현에 사는 사람 아닙니까."

노인은 치원을 힐끔 보고나서 물었다.

"혼인했수?"

"아직 혼잡니다."

"다른 현으로 갔더라면 처녀들이 줄을 섰겠구먼."

"율수는 다릅니까?"

"처녀씨가 말랐으니 재미는커녕 긴밤 보내기가 영 적적할 거요. 다들 다른 고을로 도망가거나, 서둘러 시집을 가거나 했으니 말이오."

노인은 치원을 보며 뜻 모를 소리나 늘어두었다. 치원은 차를 한 모금 마시며 거리를 내다보았다. 노인의 말대로 율수현의 거리에는 젊은 여자들의 모습이 코빼기도 보이지 않았다.

"이것이 다 소금장수놈의 농간이외다. 자식 가진 부모라면 그를 동정할 수가 없지."

"젊은 여자에게 끌리는 것이 남자의 본능일진데, 그것이 그리 큰 잘못입니까?"

노인은 큰 솥 안에 약재들을 쓸어 넣다가 우뚝 멈춰 치원을 보았다. 양가가 미처 손쓸 틈도 없이 노인은 약재를 쓸어 넣던 큰 국자를 휘두르며 치원에게 소리를 질렀다.

"마음이 가서 수작을 거는 것이 아니라, 돈을 걸고 사람을 희롱하는 것이 어찌 죄가 아니겠는가!"

치원은 노인의 쩌렁쩌렁한 목소리에 깜짝 놀랐다.

"사람 목숨을 사고팔기로 작정을 하고. 제가 꼭 신인 줄 알았던 놈이니, 귀신과 궁합이 찰떡이겠지. 진짜 제 짝을 만나 논다는데 걱정해줄 것이 무엇이겠소."

그 말에 소금장수의 행실을 짐작하고도 남았다. 성질이 괴팍하고 모든 것을 돈에 연관 지어 일을 해결하려 했으리라.

"육실할 놈. 그놈이 설령 진짜 죽는다고 해도 이 고을 사람들은 아무도 슬퍼하지 않을게요. 하늘까지 노하게 한 놈이오, 그놈이."

노인에게 빈 그릇을 건네주러 온 사람들도 말을 거들었다.

"귀신이 아니었어도 우리가 죽였을 것이오."
"그 자가 버티고 있으니 세수가 내려가질 않더이다."
"현령과 소금장수가 짜고 우릴 쥐어짜려고 한 것 아니겠소?"

치원은 사람들의 분노가 극에 달했음을 느꼈다. 그들은 진심으로 소금장수가 이 마을에서 벌어진 모든 일의 원흉이라 여기고 있었다. 사람들은 소금장수 한 사람을 미워하는 방법으로 이 환난이 끝나기를 희망하는 듯했다. 그가 사라지면 모든 문제가 해결된다고 믿고 싶은 것이다.

"자자, 진정들 하십시오. 그래서 우리 현위님이 오신 것 아니겠습니까?"

양가는 허둥대며 치원의 앞을 막아섰다. 화가 머리끝까지 나있는 현민들 앞에 철없는 어린 선비가 말실수라도 하게 될까 걱정이 됐던 것이다. 양가가 나서 사람들을 진정시키자 치원이 다시 입을 열었다.

"제가 율수로 들어오며 보니, 저 돌산에 틀림없이 귀신이 있지 않겠습니까. 억울하다 억울하다 하면서요."

"언제 보신 겁니까? 그게 정말입니까?"

"자네가 코골며 태평하게 잠든 그 밤에 말일세. 나 홀로 깨어 이리저리 돌아다녀 보지 않았던가. 키는 이쯤 되고, 허리는 이렇게 낭창하고, 머리는 삼단같이 긴 것이…."

치원의 말에 사람들의 표정이 굳어졌다. 양가는 치원을 향해 대단하다는 눈길을 보내고 있었다. 치원은 양가의 눈빛이 양심에 조금 걸려 어색하게 미소 지었다. 장안이건 율수건 처자들의 차림새는 거기서 거기일 터였다. 치원은 열이면 여덟은 가지고 있는 처자들의 인상착의를 읊은 것만으로도 귀신을 보는 현위로 둔갑하게 되었다.

"틀림없는 작은 딸이구먼. 구낭자 말이야. 여리여리해선 아들이나 낳겠느냐고 얼마나 걱정이 많았던가!"

"머리가 삼단 같다는 걸 보니 참말이지요. 그 애만큼 머릿결이 곱고 예쁜 애가 또 어딨습니까요."

"억울하다니. 발을 헛디뎌 비명에 갔으니 어찌 억울하지 않겠소."

"정말 소금장수가 죽인 것 아니오?"

"그 밤에 도주하려다 실족한 것이니 소금장수가 죽인 것이 맞지!"

사람들은 치원의 말에 바로바로 살을 붙여 나눠 가졌다. 말이 옮겨 갈수록 어떤 이야기가 더 붙게 될지는 치원도 짐작할 수 없는 노릇이었다. 치원은 마지막 미끼를 던질 요량으로 다시 입을 열었다.

"듣자하니 요즘 그 치가 악몽에 시달리고 살도 쪽쪽 빠진다지요? 그것이 얼마나 됐답니까?"

"꽤 되었습죠."

"역시나. 기세를 보아하니, 곧 그의 목숨을 거둬가려 하는 모양이던데."

치원은 마치 진심으로 안타깝다는 듯 고개를 가로 저었다.

"정말 죽는답니까?"

"언제 죽는답니까?"

"그이가 죽음 가뭄이 끝난답니까?"

"그놈 그거 얼른 데려갔으면!"

사람들은 벌떼처럼 달려들어 치원의 말에 눈을 반짝였다. 그들의 눈은 미움과 호기심과 간절한 바람이 한데 뒤엉켜 묘한 분위기를 띄고 있었다. 그들은 이제 치원은 뒷전으로 둔 채 저희들끼리 쑥덕거렸다.

소금장수가 얼마나 괴팍하게 사람들을 괴롭혔고, 현령과 전 현위를 조종해 그들을 착취했는지에 대한 얘기들이었다. 몇 번씩 같은 얘길 반복하는 사람들 틈에서 치원은 조용히 빠져나와 걸음을 옮겼다. 미끼를 모두 던졌으니 기다릴 일만 남은 것이었다.

"어디로 가십니까요?"

"자매의 봉분이 어디 있다 했는가?"

"초현관이라는 여관 앞에 있습니다. 봉분이랄 것도 없이 들판에 작게 묻어 주었습죠."

양가는 치원을 쌍녀분으로 안내해 주었다. 두 자매의 무덤은 돌보는 사람이 하나도 없는 듯했다. 잡풀이 무성하고 봉분 한쪽은 무너진 채로 방치되어 볼썽사나웠다. 치원은 소매를 걷어 붙이곤 맨 손으로 벌초를 시작했다.

"뭘 하시려는 겝니까?"

"엉망이지 않은가. 좀 돌봐줄 생각이라네."

"정성이십니다. 그 아비도 돌보지 않는 무덤을요. 하긴 매일을 술로 지새운다니 무덤 돌볼 정신이 어디 있겠습니까."

치원은 양가의 말을 듣는 둥 마는 둥하며 잡풀을 뽑고, 무너진 봉분을 다시 흙으로 메웠다. 초라하기 그지없어 양가가 가르쳐 주지 않았더라면 무덤인 줄 모르고 지나쳤을 터였다. 치원은 쌍녀분의 주인들이 안 된 마음에 그 앞을 한참이나 떠나지 못했다.

'곧 그대들의 원한을 풀어주겠네.'

사방이 고요했다. 달빛마저 구름 뒤에 숨어 움직임이라곤 아무것도 없는 밤이었다. 벌써 나흘 째, 치원과 양가는 소금장수의 집 담벼락에 걸터앉아 날밤을 지새우는 중이었다. 양가는 두려움 반, 불만 반을 뒤섞어 구시렁댔으나 치원은 매서운 눈으로 담벼락 안의 기척만을 살피고 있었다.

"오늘쯤엔 나올 것인데."

"정말 귀신이 나온단 말입니까?"

양가는 잘못 걸렸다는 듯, 벌벌 떨었지만 그렇다고 자리를 피하거나 떠날 생각을 하는 것 같지는 않았다.

"어찌 퇴청한다 하지 않고 붙어있는 것이냐?"

"집에 가봐야 마누라쟁이 잔소리에 등골 서늘하기는 매한가지 아니겠습니까?"

치원은 나직하게 웃으며 허리춤에 찬 칼을 긴장감으로 매만졌다. 여차하면 소금장수의 집안으로 뛰어 들어갈 채비가 끝난 것이었다.

"헌데 현위님은 잠도 없으신가봅니다. 어찌 그리 혈색이 좋으십니까?"

"맥을 놓으면 귀신들에게 산채로 잡아먹힐 터인데, 어찌 지친 기색을 보이겠는가."

양가는 그 말에 침을 꿀꺽 삼켰으나, 곧 하품을 쩍 할 수 밖에 없었다.

"무리하지 말게나. 혼자도 충분하다네."

"아닙니다. 사내가 칼을 뽑았으면 무라도 썰어야 하는 것 아니겠습니까."

양가는 말은 그렇게 하면서도 쏟아지는 졸음을 숨기지는 못했다. 치원 역시 피로에 절어 저도 모르게 하품이 터져 나오던 참이었다.

그때, 별안간 '억.' 하는 소리가 들리더니 집안의 물건들이 부서지는 소리가 들렸다. 치원은 바람처럼 담벼락에서 뛰어내려 소금장수의 집안으로 달리기 시작했다. 양가도 재빠르게 치원의 뒤를 따라 달렸다.

우당탕하는 소리가 들리는 곳엔 광목천으로 목을 매달고 있는 소금장수가 있었다. 치원은 대번에 칼을 뽑아들고 허공에 매달린 광목천을 베어냈다. 천 끝에 목을 매달고 있던 소금장수는 버둥대다가 쿵 소리를 내며 바닥으로 떨어졌다. 소금장수는 연신 컥컥대며 정신을 차리지 못하는 듯했다. 양가는 놀란 가슴을 가라앉히며 치원과 소금장수를 번갈아 쳐다보기만 했다.

"어찌 함부로 목숨을 끊으려 했느냐!"

한동안 맥을 놓고 있던 소금장수는 치원의 얼굴을 확인하곤 펑펑 눈물을 흘리기 시작했다. 그는 그야말로 바짓가랑이를 붙든 채 애원했다.

"날 좀 살려주시오. 제발 나 좀 살려주십쇼. 무서워 죽겠습니다. 도저히 이렇게는 살 수가 없습니다."

"그게 무슨 소리냐."

"밤마다 꿈에 자매가 나타나 그렇게 갖고 싶었으니 이제라도 가져보라며 기괴한 모습으로 다가오는데, 도망을 가면 돌산의 낭떠러지요, 다시 도망가면 얼굴도 없는 마을 사람들의 조롱이 들리니, 차라리 죽고 싶소이다. 나 좀 살려주시오. 귀신을 좀 떼어주시오. 내게서 그 귀신들을 떼어주시오."

"나는 귀신들을 보고 달랠 줄이나 알지 떼어내는 방법 같은 건 알지 못한다."

"그럼 어찌해야 합니까!"

안달이 난 소금장수가 울부짖었다.

"바른대로 고하라. 네 죄는 스스로 구하여야만 한다."

치원의 말이 끝나기 무섭게 소금장수가 두 손을 싹싹 빌며 말했다.

"내가 죽였소. 내가 죽인 것이 맞소. 내가 다 잘못했으니 날 좀 살려주시오."

소금장수는 울먹이며 몸도 제대로 가누지 못했다.

"거짓을 고한다면 살아남지 못할 것이다!"

"정말로 내가 죽인 것이 맞소."

양가와 치원의 눈빛이 허공에서 부딪쳤다. 양가는 침을 꿀꺽 삼켰고 치원은 서슬퍼런 목소리로 소리쳤다.

"당장 이 자를 현관청으로 끌고 가라!"

현관청 뜰은 횃불을 밝혀 대낮처럼 환했다. 밤중의 소란에 관청의 담벼락엔 사람들이 다닥다닥 모여들었고, 모여든 현민들 앞에서 소금장수는 사실을 늘어놓기 시작했다.

이야기는 이러했다. 소금장수에게 시집을 보내기로 결정한 밤에, 팔낭자와 구낭자가 함께 야반도주를 계획했다는 것이다. 소금장수는 사람들을 괴롭히고 을러대어 어렵사리 혼인을 하게 된 마당에 신부가 도망을 간다는 얘길 듣고 성질이 뻗친 것이었다. 도망친 자매는 현어귀의 돌산으로 올랐는데, 사위가 어두워 얼마가지 못하고 소금장수에게 덜미를 붙잡혔다고 했다. 소금장수가 먼저 붙잡은 것은 구낭자였는데, 그이는 차라리 죽어버리겠다고 발버둥을 쳤다고 했다. 그러나 여인의 힘이 건장한 사내에게 비할 바가 아니어서 생각을 바꿨던 것이다.

"나를 껴안고는 같이 죽자고 했소. 그래서 저도 모르게 그 애를 밀치고 말았소이다."

커다란 바위와 함께 떨어진 구낭자는 골짜기 저 아래로 떨어져 그대로 즉사했다. 그 모습을 보고 아연실색한 팔낭자는 마을 사람들에게 도움을 청하러 뛰어 갔으나 겁을 먹은 소금장수가 필사적으로 그녀를 막았다는 것이었다.

"소리를 지르지 못하도록 입을 막은 것이었는데 죽일 생각은 없었소이다. 정말이오. 죽일 생각은 없었소."

치원은 소금장수가 악랄하긴 하나 사람을 죽일 정도의 배짱과 배포를 가진 것은 아니고 기껏해야 좀스러운 이득을 취하기에 급급한 자라는 것을 알아보았다.

"누가 도왔는가!"

치원의 말에 사람들이 웅성거리기 시작했다.

"대체 누가 도왔다는 것이오?"

"돕다니? 저 치 혼자 한 것이 아니란 말이오?"

사람들의 소리가 거세지자 소금장수가 눈물을 뚝뚝 흘리며 바른대로 이야기 했다.

"전 현위가 도왔소."

소란을 알고 순찰을 나온 전 현위가 소금장수와 팔낭자를 본 것이었다. 그는 머리를 굴려 시신의 은폐를 돕고 재산을 요구해 한몫을 단단히 챙겨 떠났다고 전했다.

"그리고 또!"

"그들의 아비가 도왔소."

그의 말에 사람들이 모두 뜨악한 얼굴이 되었다. 치원은 가히 짐작했던 바라 고개를 끄덕였다.

"자매의 아비를 데려오시오!"

사람들에 의해 팔낭자와 구낭자의 아비가 끌려와 관청의 뜰에 꿇어 앉았다. 그는 모든 것을 체념한 얼굴로 입을 열었다.

"먹고 사는 길이 버거워 그랬습니다. 그 애들을 보내면 평생 배곯지 않아도 된다 하여 그랬습니다. 저희들을 잘 먹고 잘 살게 해주려 그랬던 것인데 야반도주를 한다지 뭡니까. 그럼 난 어찌 살라고. 그 애들이 도망가면 그 빚은 다 어찌 갚으라고. 그래서 장가에게 말했습니다. 그러고는 모른 척 했습니다."

자매의 아버지는 서럽게 울었다. 치원은 그를 안타까운 눈으로 보았다.

'가난이 지옥이로구나. 자식이라도 팔아 벗어나고 싶은 지옥이야. 현령이 슬기로운 치세를 했더라면 이런 일이 생기지는 않았을 터.'

소금장수와 자매의 아버지는 차라리 자신들의 죄가 밝혀진 것이 개운한 듯했다.

"소금장수 장가는 그 죄질이 무거우니 마땅한 벌을 내릴 것이다. 자매의 아비 또한 사실을 방조하고 숨긴 혐의를 인정했으니 그냥 넘어가지 않을 것이다. 관리직을 관둔 전 현위는 끝까지 추적하여 죗값을 물을 것이며, 이곳 율수에 비극이 일어나게 된 경위를 황제께 낱낱이 고할 것이다. 그 전에 앞장서거라."

치원은 소금장수를 일으켜 세웠다.

"돌산으로 갈 것이다. 구낭자가 죽은 곳으로 안내하거라."

소금장수는 비틀거리며 길을 나섰다. 횃불을 든 사람들도 우르르 합세해 돌산으로 향했다. 그 숫자가 어마어마하여 먼데서 본다면 필시 전쟁이 났다 착각할 만했다. 그들은 횃불을 밝혀 돌산을 올랐다. 한참을 오르던 장가는 산세가 유난히 험한 골짜기 앞에서 멈췄다.

"이곳이더냐."

"예, 저 위에서 떨어졌소이다."

바닥의 나뭇잎들이 푹 썩어 악취를 풍겼다. 치원은 주변을 둘러보다가 떡하니 놓인 바위틈으로 물줄기가 비어져 나오는 것을 확인했다.

'여기로구나.'

치원의 머릿속에는 구낭자가 떨어질 적에 바위가 함께 굴렀다는 이야기가 계속 맴돌고 있던 터였다.

"구낭자가 진정 저주를 퍼붓고 갔구나."

치원은 바위를 밀어 보려 했으나 꿈쩍도 하지 않았다. 뒤따라온 사람들 모두 그를 도와 바위를 밀기 시작했다. 바위는 조금씩 밀리더니 별안간 우르륵 굴러 골짜기 한쪽으로 넘어갔다. 치원은 바위가 사라진 자리에 흙과 잔돌들이 꽉 막혀 있는 것을 헤치기 시작했다. 이끼가 가득 끼어 있던 잔돌들을 걷어내자 제법 많은 양의 물이 흘러나왔다. 물줄기는 그들의 발 가까이로 흐르다가 곧 방향을 바꿔 스며들었다. 이것이 마을로 들어와 연못과 우물을 채울 것이 분명했다.

"물입니다! 물이 흐릅니다!"

사람들은 탄성을 내질렀다. 치원은 안도의 숨을 내쉬었다. 그는 흙과 잔돌을 쌓아둔 더미 위에서 무언가 반짝이는 것을 발견했다. 여인의 머리장식이었다. 치원이 머리장식을 주워들자 소금장수가 주저앉으며 흐느꼈다.

"구낭자의 것입니다."

소금장수는 차마 고개를 들지 못했다. 치원은 한숨을 깊이 내쉬며 머리장식을 소중히 품에 넣었다.

초현관은 오랜만에 손님들로 북적였다. 치원의 발령을 축하하기 위해 뒤늦게 벗들이 모인 것이었다. 치원과 호는 같으나 자가 틀린 고운, 스승인 배찬과 양섬이라는 친우가 걸음을 해주었다. 고운은 치원과 같은 해에 진사에 합격하여 회남절도사 고병의 밑에서 일하는 자로 치원과 막역하기가 마치 동기간 같다 할 수 있었다.

"오느라 고생하셨습니다."

"이야, 이거 밥이나 얻어먹고 다닐지 걱정을 했더니만 상다리가 휘어지겠구먼. 현위로 온 지 얼마나 되었다고 벌써 민심을 사로잡은 것인가?"

"그런 것 아닙니다."

"그런 것 아니기는, 억울한 처자들의 원한을 풀어줬다는 얘기가 호남까지 들려온다네."

치원의 얼굴이 발갛게 물들었다. 스승인 배찬의 칭찬이 여전히 부끄러운 터였다. 호남 관찰사로 임명된 배찬은 국자감에서 수학할 시절부터 물심양면 치원을 지원해주고 아껴주었던 자였다. 치원은 기꺼이 율수까지 걸음해준 이들에게 부족함 없는 연회를 베풀었다.

"나은 형님은 결국 오지 않으신겝니까?"

"그 까칠이가 이 먼 곳까지 오겠는가? 가는 길에 시나 잔뜩 써서 갖다달라기에 싫다고 하였네. 한 번 당해보라지."

고운의 말에 양섬과 배찬이 껄껄 웃었다. 성격이 모나기로 유명한 시인이었으나 치원에게만은 살갑게 굴어 간혹 벗들 사이에 빈축을 사던 터였다.

"운이 좋다고 해야 할지, 나은 형님께 인정받은 것 아닙니까?"

양섬이 거들자 치원이 그를 툭 치며 흘겨보았다.

"그런 소리 말아라. 전에도 그때문에 싸움이 나질 않았더냐."

"치원이 여인보다 사내들에게 인기가 있으니 그것도 참 큰일이오."

"어지간한 여인들보다 곱지 않습니까. 이 살결 좀 보십시오."

모여 앉은 이들 틈엔 짓궂은 농담과 웃음이 끊이질 않았다. 서로가 서로의 인품을 사랑하고 학식을 존중하기에 허물없이 대할 수 있을 터였다.

"우리 치원이 언제 빈공진사에 응시하여 관료가 되나 했는데, 벌써 어엿한 현위가 되었으니 감회가 새롭습니다."

"미말관직입니다. 과한 말씀이십니다."

"허긴, 늘 궁금했습니다. 도대체 얼마나 큰 자리를 꿰차려고 그리 독하게 공부를 했는지 말입니다."

"그러게 말입니다. 그 정도 했으면 빈공과 장원은 따놓은 것이나 마찬가지였는데, 늘 무엇이 그렇게 부족하다는 것인지. 지나친 겸손도 병이 아닌가 했었습니다. 우리야 경쟁자가 줄어드니 기쁜 일이긴 하지만."

"응시하는 과가 달라 전혀 상관도 없었는데 일부러들 그러시는 것 다 압니다."

그들은 또 와르르 웃으며 술잔을 기울였다.

"자네같이 꼿꼿한 이가 큰일을 해야 하는데 말일세. 내 치원이 갈은 상사 밑에서 일을 하면 늘 기분이 좋을 것 같으이. 나는 자네가 웃지 않는 날을 본 적이 없네."

"헌데 쓴 시는 처연하고 쓸쓸한 매력이 듬뿍 들어있으니, 저 몸 안에 둘이나 셋쯤 다른 인물이 함께 사는 지도 모른다 하지 않았습니까."

고운은 치원의 술잔을 채우며 부러운 눈으로 그를 보았다. 치원도 고운의 잔을 채워주며 빙그레 웃었다. 당나라에 처음 도착해 외로운 시절을 달래준 이가 애란이었다면, 국자감에서의 힘들고 괴로운 시간을 견디게 해준 것은 이들이었다. 특히나 고운은 공부만 하느라 변죽은 좋지 못해 절간에 가서 나물반찬도 얻어먹지 못할 위인이었던 치원을 바깥세상으로 끄집어 내 생기를 불어 주었다.

"잘 지내는 것 같아 다행이외다."

"형님도 신수가 훤해지셨습니다."

"신수는 무슨. 사방에서 도적 같은 이들이 날뛰고 있으니 골머리를 썩고 있네."

"호남도 그러합니까?"

양섬의 물음에 배찬이 쓴 입맛을 다시며 고개를 끄덕였다.

"왕선지라고 복주(濮州, 하남성 범현) 지역의 소금장수들에게 우두머리인 자가 있는데, 농민 수천 명을 모아 장원(長垣, 하남성 일대)에서 봉기를 일으켰다네. 스스로를 천보평균대장군이라 칭하며 그 세를 불리는 모양이 가관일세."

"헌데 이제 막 등극한 희종(僖宗)까지 갖은 향락에 빠져 방탕한 시간을 보내고 있으니, 원"

"가렴잡세에다 해마다 이어지는 재해 때문에 농민들 살길은 터무니없습니다. 율수 역시 세수를 높여 사리사욕을 채우는 이들 때문에 사단이 난 것이지요."

머리를 맞대고 앉은 이들 모두가 한숨을 내쉬었다. 모두들 나라 걱정에 코가 빠질 지경이었다. 고운은 늘어진 분위기를 살리고자 젓가락을 들어 술잔을 때렸다. 맑은 소리가 퍼지고 나니 배찬과 양섬이 절로 치원을 보았다.

"치원의 현위 발령을 축하하는 날이니 오늘은 축하하고 즐기기만 하시지요."

"좋습니다. 치원 현위께서 한 소절 축사를 읊어주시지요."

양섬이 치원에게 시를 청하자 배찬이 천천히 입을 열었다.

"치원이 진사에 합격한 뒤에 연못에 배를 띄우고 시를 짓고 놀았던 날을 기억하는가."

당시 진사에 합격을 하면 합격생 모두가 연못에 배를 띄운 뒤, 그 위에 타 술을 마시고 시를 쓰곤 했었다. 배가 연못을 전부 돌고 나면 대안탑으로 가 탑돌이도 하고, 그 탑에 각자 지은 시를 붙이는 것이 축하행사의 식순이었다.

"내 그때 본 이 친구 시를 아직도 외고 다닌다네."

"연정시를 말씀하십니까?"

"아이 참. 형님!"

치원의 얼굴이 붉어졌다. 애란에게 보내려던 편지를 빼앗기는 바람에 그들 앞에 선보이게 된 싯구였다. 비 오는 날의 감상을 적은 시였을 뿐이었으나 고운과 양섬은 그것을 두고 연정시라고 못 박아 버렸다.

"내 그게 듣고 싶네. 간만에 읊어 주게나."

치원은 스승의 요청에 하는 수 없이 목소리를 가다듬었다.

秋夜雨中(추야우중)

秋風惟苦吟(추풍유고음) 가을바람에 울적한 맘 달래려 글을 읽어 보지만
世路少知音(세로소지음) 수많은 사람과 시간 속에 떠도는 외로운 내 마음
窓外三更雨(창외삼경우) 깊은 밤 창밖에 비는 내리고
燈前萬里心(등전만리심) 등불 앞에 아득히 외로운 마음만 흐르네.

치원이 낭독을 마치고 나자 고운과 배찬이 각각 술잔을 들어 목을 축였다.

"자네도 참 여러모로 지독하네. 장안에 여인들이 자네 얼굴 한 번 보려고 얼마나 애썼던지 아는가?"

"치원이 그것을 알겠는가. 공연히 따귀나 맞지 않으면 다행인 것을."

"스승님, 그만 잊어주십시오."

"무슨 일인데 그렇습니까?"

양섬이 눈을 반짝이자 고운이 신이 나 설명을 하기 시작했다.

"못 잊는 첫사랑이 하나 있지 않은가. 그 여인을 어찌나 기다렸던지, 장안의 여인들 중 그와 비슷한 이가 지나간다 하면 손목을 덥석 쥐고 애란 아씨! 하고 불러 대는 통에 뺨을 몇 번이나 맞을 뻔했는지 모른다네."

양섬은 배를 쥐고 웃었다.

"치원 형님은 당최 실체 없는 여인들과 정을 나누시나 봅니다. 이곳

에서도 처녀 귀신들 원한만 풀어주느라 도통 젊은 처자들과는 교류가 없었다지 뭡니까?"

"그래. 말 나온 김에 이곳의 여인들이나 소개를 시켜주게. 어디인가? 그 무덤이."

그들은 자리를 털고 일어나 초현관 너머에 있는 쌍녀분으로 자리를 옮겼다.

"사는 일이 점점 팍팍해지니 피해 입는 것은 이렇듯 약하고 가련한 자들이 아니던가."

"이들을 제대로 위로해주긴 했는가."

"해준 것이 없습니다."

"자네가 시를 하나 지어주면 어떻겠는가."

"좋은 생각이십니다. 자네는 시를 적게나, 나는 곡을 할 테니."

고운은 걸지게 취한 김에 무덤 앞에 앉아 곡을 하기 시작했다. 양섬도 그를 따라 곡을 해주었다. 치원은 나무 막대를 하나 찾아 그들의 봉분 사이에 시를 적어 내려갔다.

뉘 집 두 여인 여기에 무덤 남겼을까?
적막한 저승 원망스런 봄은 몇 해이던가
모습은 공중에 맴도는데 시냇가에 달빛이
성도 이름도 묻기 어려운 무덤엔 흙먼지만 가득
꽃다운 정 꿈에라도 통할 수 있다면
기나긴 밤 나그네를 위로할진데
외로운 관사에서 남녀가 서로 만나 즐긴다면

그대들과 <낙신부>를 이어 부르리라.

치원은 시를 다 적은 뒤 구낭자가 남기고 간 머리장식을 봉분 곁에 묻어 주었다. 한결 마음이 편안해지는 듯했다. 시를 다 적고 돌아보자, 고운과 양섬이 고개를 맞댄 채 꾸벅꾸벅 졸고 있었다. 곡을 하다가 그대로 고꾸라져 잠이 든 모양이었다. 배찬만이 멀쩡한 얼굴로 치원의 시를 읽고 있었는데, 그는 여전한 치원의 문장력에 감탄하는 중이었다.

"참으로 탐나는 재주로다."

"과찬이십니다."

"소는 올렸는가?"

"예, 사리사욕을 채우느라 공권을 남용한 현령과 전 현위에 대한 소는 이미 올렸고, 소금장수와 자매의 아비는 하옥시켰습니다. 그들을 어찌 벌해야 할지는 아직 잘 모르겠습니다."

"잘하였네. 헌데 어찌하여 귀신을 본다는 소문을 냈는가?"

치원은 배찬의 말에 잠시 망설였다.

"이방인인 제가 현위를 제수하게 되지 않았습니까. 별 다른 의심 없이, 마음의 경계 없이 이곳의 이모저모를 듣기 위하여 그러했습니다."

배찬은 고개를 끄덕였다. 그동안 치원의 마음고생을 오래 지켜본 탓에 그의 마음이 어떠할지 가히 짐작되는 바였다.

"허면 어찌 귀신도 보지 못하는 이가, 그 아비가 이 사건에 관여했다는 것을 알았는가?"

"아비란 이가 봉분도 돌보지 않고 술에 취해 산다지 뭡니까. 돈이 없어 딸자식을 팔려던 이가 술은 대체 어떻게 마신단 말입니까. 게다가 제게 어떤 호소도 하지 않는다는 게 이상했습니다. 현위가 새로 오면 응당 억울한 일부터 호소하기 마련 아닙니까. 귀신까지 본다는 현위였으니 도와 달라 통 사정을 했을 것이 당연한 일인데 말입니다."

"과연 그렇구먼. 허면 소금장수가 그 자매를 죽인 것은 어찌 알았는가?"

"율수로 떠나기 전 자매의 죽음에 의심 가는 부분이 많다는 것을 미리 알고 있었습니다. 무엇보다 그가 악몽에 시달리며 하루하루 말라간다는 것을 들어 확신했지요. 해서 계획된 것이 아니라 우발적으로 저지른 살인일 것이라 생각했습니다."

"우발적으로 저질렀다라…."

"진작 두 자매를 죽일 생각으로 악을 품고 계획했던 것이라면 전답을 팔아 다른 현으로 벌써 도주를 했을 것인데 이 마을에 남아 사람들이 자신에게 던지는 화나 저주를 그대로 받고 살지 않았습니까. 양심이 스스로를 위협하는 까닭에 이러지도 저러지도 못했을 것입니다. 겁이 났겠지요. 언제든 제 죄를 쏟아낼 기회만 엿봤을 것입니다. 못된 짓을 일삼아 제 배는 불릴 줄 알아도 사람을 죽일 만큼의 배포는 없는 자였지요."

"그 자가 제 풀에 자결이라도 하면 어찌하려 했는가."

"해서 그 집 담벼락에 사흘 밤낮을 죽치지 않았겠습니까."

배찬은 껄껄 웃으며 치원의 등을 두드려주었다. 단 며칠 새에 현민들의 마음뿐만 아니라 소금장수의 죄책감까지 깊이 이해한 치원이 기특했다.

"예나 지금이나 자네의 능력은 상상 그 이상이구만."

“이번에 제가 한 일은 아무것도 없습니다. 모두가 현민들이 스스로 한 것입니다.”

“그것은 또 무슨 소린가?”

“말이 소금장수를 벌한 것입니다.”

“말이라 했는가?”

“스승님께서도 본디 칼보다 무서운 것이 말이고 글이라 가르치셨지 않습니까. 그것을 응용해 본 것뿐입니다. 현민들이 제가 귀신을 볼 줄 안다고 소문을 퍼트리지 않았더라면, 그를 미워하여 실컷 욕하지 않았더라면, 그는 끝끝내 죄를 토로하지 못했을 것입니다. 말이 그를 궁지로 몰아넣은 것이었습니다. 저는 그저 마무리만 했을 뿐이지요.”

치원은 일찍이 말이 얼마나 무서운 것인지, 글의 힘이 얼마나 강한 것인지를 알고 있었다. 배찬은 자신의 가르침을 영리하게 이용하여 사건을 해결한 치원이 한편으로는 듬직했고, 한편으로는 두려운 생각이 들었다.

‘당나라에 저런 인재가 여럿 있었다면, 이 환난을 쉬이 이겨낼 수 있었으려나.’

배찬은 치원이 빈공과에 장원으로 합격했던 날을 잊을 수 없었다. 평소에도 똘똘하고 반듯하기로 소문난 생원이었으나 늘 부드럽고 유려한 모습만을 보였기에 정치적 포부를 거침없이 드러내는 야수의 속성이 있는 줄은 알지 못했던 것이다. 그는 충성을 다하는 태도를 취하면서도 자신이 변모를 꾀할 수 있는 범위 내에선 최선을 다하여 혁신적인 대책을 내미는 이였다. 배찬은 쓰러져 잠든 친구들을 챙기는 치원을 보며 그가 언젠가 신라로 돌아간다고 전할 날을 벌써 아쉬워했다.

"일어나보십시오. 형님. 고운 형님."

고운은 아예 코까지 골며 단잠을 잤다. 치원은 하는 수없이 그들을 업고 끌어 초현관으로 향했다. 시간이 늦도록 술을 마신 탓에 치원도 머리가 어질했다. 고운은 몸에 힘이 빠져 몇 번이나 바닥으로 쓰러졌으나 좀처럼 깨지는 않았다.

치원은 그들을 침상으로 옮긴 뒤 잔뜩 맺힌 땀을 닦아냈다. 숙소는 아늑하고 깨끗했으나 좀 낡은 것이 흠이었다. 그는 스승의 잠자리와 벗들을 차례로 살핀 뒤 부족하거나 불편한 것은 없는지 두루 챙겼다.

"시간이 늦었는데 예서 자고 가지 않겠는가."

"아닙니다. 아직 처리할 일들이 남아 집무실에 가봐야 합니다."

배찬은 늦은 밤까지 열성을 다하는 치원을 독려한 후 그를 배웅했다.

별 밝은 밤이었다. 치원은 고개를 쭉 빼 하늘을 보며 길을 걸었다. 며칠 째 집무를 보고 사건을 처리하느라 잠도 제대로 자지 못한 치원이었으나 늦은 밤의 공기가 퍽 상쾌해 피곤한 줄도 몰랐다.

"별이 밝습니다. 애란 아씨."

치원은 별을 볼 때마다 바다 위에서 터뜨렸던 폭죽을 떠올렸다. 그 후로도 벌써 여러 해 폭죽을 터트려 보았으나 처음 그것을 봤을 때의 심정만큼 강렬하진 않았다. 치원은 여기저기 수소문이라도 해서 애란을 찾고 싶었으나 당나라의 땅덩이가 워낙 넓은데다 상단의 이름이 도무지 기억나질 않아 애를 먹었다. 그는 애란 대신, 별을 보며 그리운 마음을 달랬다. 기억은 점점 흐려졌으나 잔상은 더욱 아름다운 모양으로 짙어지는 듯했다.

"제게 잘했다고 칭찬 한 번 해주시면 좋겠습니다."

치원은 혼잣말을 중얼거리고는 부끄러운 기분이 들어 두 손으로 뺨을 감싸 쥐었다. 술기운으로 달아오른 뺨이 뜨거웠다. 치원은 다시금 걸음을 재촉했다.

얼마큼 더 걸었을까. 아무리 걸어도 관청이 보이지 않았다. 치원은 술에 취해 길을 잘못 든 것이 아닐까 걱정되었다. 아무나 붙잡아 길이라도 묻고 싶었으나 야심한 시각이라 지나는 사람도 하나 보이질 않았다.

그때 저만치서 여인 둘이 재잘대며 다가오는 소리가 들렸다. 호리호리한 몸매에 길게 늘어트린 머리카락, 달빛을 받아 밝게 빛나는 얼굴들이 척 보기에도 미인인 듯했다. 치원은 그들이 마치 선녀처럼 보였다. 길 잃은 자기 앞에 홀연히 나타난 것이 기적처럼 느껴진 탓이었다. 그는 부끄러움도 무릅쓴 채 여인들에게 물었다.

"이 길이 혹 현관청으로 가는 길입니까?"

여인들은 수줍어 얼굴을 가리고는 고개를 가로저었다.

"허면 어찌 가야 하는지요?"

"이 길은 다른 현으로 연결되는 길입니다. 오셨던 길로 가셔야 초현관이 나오고, 그 길로 쭉 가셔야 현관청이 나옵니다."

치원은 하마터면 밤새 다른 길로 걸어갈 뻔한 것이 한심스러워 머쓱하게 웃어버렸다.

"소저들이 아니었다면 큰일 치룰 뻔했습니다. 감사합니다."

"저희도 초현관까지 가는 길이니 함께 가시지요."

"감사합니다. 정말 감사합니다."

치원은 뜻밖의 행운에 미소를 지었다.
"이곳 지리를 잘 모르시는 분인가 봅니다."
"부임한 지 얼마 안 된 신출내기라 그러한 모양입니다."
치원의 말에 여인들이 까르르 웃기 시작했다.
"선비님이 새 현위 어른이신가 봅니다."
"그렇습니다. 저를 아시는 걸 보니 율수현에 사시나 봅니다."
"오래 전에 살았었지요."
치원은 여인들과 이야기를 나누며 초현관을 향해 걸었다. 그들의 흰 옷이 달빛을 받아 어둠을 몰아내는 듯한 기분이 들었다.
"헌데 어찌하여 이 시각에 초현관엘 가신답니까?"
"일찌감치 출발한 것인데, 너무 먼 데서부터 오는 길이라 시간이 늦어졌습니다."
"그러십니까?"
치원은 고개를 갸웃거렸다. 먼 데서 왔다고 하기엔 짐이 하나도 없었다. 옷을 보아하니 귀한 집 자제 같았는데 몸종 하나 끼고 다니지 않는 것도 이상했다. 치원은 그들의 모습이 예사로 느껴지지 않아 자꾸만 그들의 모습을 살폈다.
"선비님은 어찌하여 이 시각에 거리를 배회하십니까?"
"오랜 벗들을 만나고 돌아가는 길이었지요."
"즐거운 시간을 보내셨겠군요."
"예, 그렇습니다."
"헌데 어찌하여 여인들을 힐끔힐끔 살피신답니까? 예의가 아닌 줄 압니다."
눈이 좀 더 크고 소매 끝을 붉게 물들인 여인이 새치름하게 말하자 곁에 있던 다른 이가 허리께를 툭 치며 말렸다. 치원은 그들의 얼굴을 유심히 보다가 입을 열었다.

“죽은 이가 산 이에게 장난을 거는 것도 예의가 아닌 줄 압니다.”

치원의 말에 두 낭자가 빙긋 미소를 지었다.

“귀신 본다는 현위님 소문이 거짓이 아닌가 봅니다. 어찌 저희가 귀신임을 아셨습니까?”

치원은 손을 들어 붉은 소매를 한 여인의 머리장식을 가리켰다.

“제가 돌려드린 것이 아닙니까?”

두 여인은 서로의 얼굴을 보더니 약속이라도 한 양, 그 자리에서 큰 절을 올렸다. 치원은 그들이 악의를 품고 다가온 것이 아니라는 것을 깨닫고는 절을 받아주었다.

“어찌 내 앞에 나타난 것입니까. 아직 억울함이 풀리지 않았답니까?”

“감사 인사를 하고 싶어 찾아왔습니다.”

치원은 고개를 끄덕이곤 비로소 마음을 풀었다.

“이쪽이 팔낭자이고, 이쪽이 구낭자겠습니다.”

치원은 머리 장식이 있는 쪽이 구낭자임을 알아보곤 두 사람을 구별할 수 있게 되었다.

“현위님 덕분에 마을 사람들이 더 이상 화를 내지 않습니다. 율수가 꼭 예전으로 돌아간 듯해 참으로 기쁩니다.”

“저희 아비가 비록 옥중이긴 하나 참으로 오랜만에 휴식 같은 잠을 자고 있습니다. 사실을 밝혀 그의 마음을 가벼이 해주신 것에 참으로 감사드립니다.”

치원은 두 딸의 아버지를 생각하는 마음이 지극하여 눈물이 핑 돌았다.

"그리고 아무도 돌봐주지 않았던 저희 무덤을 정성껏 돌보아 주시고 기댈 곳 없는 저희에게 환한 문장까지 내려주신 은혜 결코 잊지 않을 것입니다."

"현위님께 선물을 드리고 싶은데 받아주시겠습니까?"

"어떤 선물입니까?"

"인연입니다."

"인연이라."

"즐거움이 다 하면 슬픔이 오고 이별이 길어지면 만날 날이 가까워지지요."

"어떤 이든 살아있다면 다시 보게 될 터, 세상일에 가슴 아파하지 마셔요."

그들은 수수께끼 같은 말들을 던져 놓곤 치원에게서 다섯 걸음쯤 떨어졌다. 치원은 그들의 말이 어려워 되묻고 싶었으나 그들은 우아한 몸동작으로 천천히 공중으로 올라서 벌써 치원을 내려다보고 있었다.

"돌아가십니까."

"현위님 덕분에 비로소 갈 수 있게 되었습니다."

"편히 쉬시지요."

"현위님, 저희 선물이 마음에 드시거든 한 가지 부탁을 들어주실 수 있으시겠습니까?"

"말씀해 보시지요."

"뜻 다하지 못한 날 이곳에 다시 오게 되면 아무도 돌보지 않을 이 무덤을 다듬어 주시겠습니까?"

치원은 팔낭자와 구낭자를 향해 고개를 끄덕였다. 그들은 한 떨기 꽃 같은, 한 쌍 나비 같은 자태로 하늘 높이 날아 점점 시야에서 흐려졌다.

"당신은 한 점 구름입니다."

치원은 그 말을 끝으로 사라진 두 여인의 흔적을 찾느라 어둠 속을 두리번거렸다.

"정녕 내가 귀신을 보았단 말인가."

정신을 차리고 보니 그는 다시 쌍녀분 앞에 서 있었고, 벌써 아침이 오는지 주변이 보랏빛으로 물들어 가는 중이었다. 치원은 서둘러 구낭자의 머리장식이 묻혀있는 곳을 파보았으나 감쪽같이 사라져있었다.

"정말로 귀신이 곡할 노릇 아닌가."

치원은 황당하기도 하고 우습기도 하여 너털웃음을 터트렸다. 고운이나 양섬에게 말한다고 한들 아무도 믿어줄 것 같지가 않았다. 치원은 땅을 파느라 구부정하게 엎드렸던 몸을 펴 일어섰다. 그때 서늘한 감촉의 물건이 그의 목덜미를 파고들었다. 치원은 본능적으로 그것이 검의 날이라는 것을 깨달았다.

"웬 놈이냐."

그는 마른침을 꿀꺽 삼킨 채 상황을 파악하려 애썼다. 그러나 사위는 어둡고 상대는 뒤에서 겨누고 있으니 분간을 하려야 할 수가 없었다. 치원은 짐짓 대범한 투로 말했다.

"나는 이 고을 현위다. 나를 해한다면 너의 목숨 또한 부지하기 어려울 것이다."

그의 말에 칼을 겨누었던 상대가 경계를 풀었다. 치원은 때를 놓치지 않고 뒤에 섰던 상대를 집어 바닥으로 패대기쳤다. 아무리 샌님 같아 보인다고는 하나 그도 무술을 익힌 적 있는 사내였다. 치원은 그대로 상대를 누른 채 그 위를 깔고 앉았다.

"뭐하는 작자더냐!"

치원은 얼굴을 확인하곤 화들짝 놀라 급히 떨어졌다. 자신의 아래에 깔려 이를 악물고 있던 이가 여도사인 까닭이었다. 그녀는 거친 숨을 몰아쉬며 치원을 노려보고 있었다.

"왕선지의 끄나풀이더냐."

치원은 그녀의 분노 가득한 목소리에 의아한 얼굴이 되었다.

"나는 율수현위 최…."

치원의 말이 끝나기도 전에 여도사는 난데없이 그의 입을 막아 끌어안았다. 누군가 주변을 두리번대며 탐색하듯 지나치는 것이 보인 까닭이었다. 사내 몇몇은 저희들끼리 신호를 주고받더니 각각 다른 길로 흩어졌다. 치원은 그 모습을 보며 여도사가 누군가에게 쫓기고 있음을 알게 되었다. 두 사람은 한참동안 가슴을 맞댄 채 숨도 제대로 쉬지 못했다. 맞닿은 심장은 점점 거세게 뛰기 시작했다. 그것이 쫓기는 일 때문인지, 몹시 붙어 있는 자세 때문인지는 알 수 없었다.

더 이상 사람들의 기척이 없어진 후에야 치원은 몸을 일으켜 여도사에게서 떨어졌다. 그대로 더 있다간 심장이 터질 것 같았다. 치원은 여도사를 일으켜 주기 위해 팔을 확 당겼다.

"아악!"

짧게 비명을 지른 여도사의 팔에선 핏방울이 뚝뚝 떨어지고 있었다. 자세히 보니 치원이 그녀를 덮쳐누를 때 상처가 벌어진듯했다. 팔에는 칼에 찔린 듯한 자상이 이미 여럿이었다. 그중에 제법 깊어 보이는 상처에선 아직도 피가 비어져 나왔다. 치원은 급한 대로 품에서 손수건을 꺼내 들었다. 애란이 준 손수건이었다. 천의 끝이 해져 나달나달하게 닳았으나 여전히 소중하게 간직하고 있었다. 그는 손수건을 차마 그녀의 팔에 묶어 줄 수 없어 입고 있던 겉옷을 벗었다.

"무엇하는 것이오."

"내겐 소중한 물건이라 차마 그대에게 줄 수 없어 그러는 것이오. 신경 쓸 것 없소."

여도사는 치원의 손수건을 보고 입을 꾹 다물었다.

"대체 뭘 하고 다니는 작자이기에 아무에게나 칼을 겨누고 또 칼을 맞고 다닌단 말이오."

"알 것 없지 않소. 놓으시오."

여도사는 치원의 손을 뿌리치며 자리에서 일어나려 애썼다. 그러나 치원이 그녀의 손을 잡아 당겨 도로 주저앉히는 바람에 그들은 다시 숨결이 닿을 만큼 가까운 거리에 놓이게 되었다.

"지혈이라도 해야 할 것 아니오. 쫓기는 처지인 듯하니 이것만 묶어 주고 떠나리다."

치원의 말에 여도사의 눈빛이 흔들렸다. 그는 겉옷의 한 면을 찢어 여도사의 팔에 친친 동여매는 중이었다. 피도 통하지 않을 지경으로 꽉 묶는 중이었으나 여도사는 치원의 얼굴을 보는 데에 정신이 팔려 팔이 아픈지도 알지 못했다.

"율수현위라 했소."

"그렇소이다."

"신라인이오?"

"티가 나오? 허긴 간자 노릇을 하려면 눈치가 빨라야겠지. 쉽게 들킨 적 없었는데 꽤 능력 있는 간자인가 보오."

치원은 여도사의 팔을 동여 맨 후에 다른 곳은 다친 데가 없는지 살펴보았다. 이미 이곳저곳이 흙터로 가득한 것이 다친 곳이 이곳뿐만이 아닌 것 같았다.

"무엇에 쫓기는지는 묻지 않겠소. 그러니 잠시 기다리시오. 저 여관에 내 친구들이 있으니 고약이라도 얻어다 주겠소."

치원은 여도사를 쌍녀분의 봉분 곁으로 뉘였다. 그의 손 가는대로 몸을 맡긴 여도사는 치원이 빠른 걸음으로 초현관 안으로 사라지자 참았던 숨을 뱉어 냈다.

"참으로 귀한 청년이 되었구나."

여도사는 치원의 뒷모습을 애틋하게 보다가 쓰고 있던 삿갓을 더욱 내려 얼굴을 가렸다. 그녀는 아버지 고병의 심부름으로 왕선지의 진로와 퇴로를 은밀히 파악 중에 있었다. 여도사 분장을 하고 있었지만 그녀의 진짜 이름은 애란이었다.

그녀는 치원의 뒷모습을 한참 쳐다보다가 칼집을 지팡이 삼아 몸을 일으켰다. 꿈에도 잊은 적 없는 치원이었으나 지금은 대의가 먼저였다. 왕선지 무리가 반란을 일으켜 스스로를 대장군이라 칭하고 있는 시국부터 막아내야 했던 것이다.

게다가 비밀이야기를 엿듣다가 의심을 사는 바람에 더럭 쫓기는 신세가 된 터였다. 얼굴을 본 사내 두엇을 처치하긴 했으나 자신 역시 치명상을 입었고, 왕선지 쪽에선 벌써 애란의 존재를 찾기 위해 혈안이 됐을 일이었다. 애란은 서둘러 걸음을 옮기며 의심으로 들이댄 칼에 치원의 마음이 상하지는 않았을까 걱정했다가 피식 웃고 말았다. 별안간 떠오른 손수건 때문이었다. 그것이 소중해 겉옷을 벗어 찢는 모습이 그녀의 마음을 짜르르 울리고 말았다.

“그것이 무어라고 아직도 소중히 간직하고 있었답니까.”

그녀는 치원이 아직도 자신을 기억하고 있다는 것을 위로 삼아 미련 없이 그 곳을 떠날 수 있었다.

소금장수 왕선지,
천보평균대장군

소금장수 왕선지, 천보평균대장군

장원(長垣)성 안은 연기로 가득했다. 집채만 한 돼지를 통으로 굽느라 장작을 쉴 새 없이 불속에 쑤셔 넣은 탓이었다. 한겨울 추위에 바싹 말랐던 나무들은 순식간에 제 몸을 불태웠다. 성을 점령하던 왕선지와 봉기군들처럼 매서운 속도였다. 연기를 타고 사방으로 맛있는 냄새가 퍼져나가자 칼자루를 차고 성안 곳곳을 돌아다니던 봉기군들이 한데 모여들기 시작했다. 그렇지 않아도 식사 때가 한참 지나 벌써 사위가 어둑해진 터였다. 장정들은 빨갛게 타오르는 불 가까이로 모여 언 발이나 손을 녹였다.

"매일같이 술과 고기라니 어디 상상이나 해봤던 일입니까?"

"그러게 말입니다. 맨 풀뿌리나 캐고, 나무껍질이나 뜯어 먹고 살다 보니 이런 날은 꿈도 꾸지 못했는데. 이제 정말 태평성대가 오나 봅니다."

"암요. 배부르고 등 따듯하면 태평성대지, 태평성대가 별거랍니까."

사내들은 기쁨에 들떠 누가 먼저랄 것도 없이 자리를 치우고 술판을 벌이기 위해 분주했다. 움직일 때마다 칼자루가 이리 저리 휘둘릴 정도로 마른 몸들이었으나 행동하는 것은 제법 군기가 잡혀 있었다.

"이를 말이오. 풍년이었던 해보다 요즘이 훨씬 먹고 살만 한 것 같소."

봉기군이 되기 전까지만 해도 각각의 고을에서 전답을 일구거나 화전민으로 살던 자들이었다. 그들 중 누구도 칼을 쥐는 삶은 상상해본 적 없었다.

"나라꼴이 이렇지만 않았더라도. 지금쯤 파종할 씨앗이나 고르며 지냈을 것을."

한숨 섞인 푸념에는 농사짓던 삶에 대한 그리움이 짙게 묻어있었다.

"그래도 나는 지금이 좋소. 밭뙈기라고 부쳐봐야 수확하기가 무섭게 씨앗 한 톨 남기지 않고 거둬가니 어디 농사 지을 맛이 났어야지."

"어디 그뿐이오? 나는 꽤 큰 차밭을 갖고 있었는데 글쎄, 차밭 어디에서 생선이 난답니까? 그런데 우리한테서 생선을 내놓으라지 뭡니까. 생선이 없으면 세금의 두 배를 내라는데, 차라리 대놓고 도적질을 할 일이지."

"죽어라 죽어라 했었지요."

"흉년이면 흉년인대로 풍년이면 풍년인대로, 이미 살 곳이 못 되는 나라요."

"해마다 가뭄에 홍수는 어찌나 약속했는지."

사내들은 쓸쓸한 표정으로 술잔을 채웠다.

당시 당나라의 조정은 환관들의 횡포와 붕당지쟁으로 혼란하기 그지없었다. 선종이 죽은 후, 황제가 되었던 의종과 그 뒤를 이은 희종 모두가 향락이나 일삼는 방탕한 나날을 보냈던 탓이었다. 그들은 주색에 빠져 백성들의 삶은 전연 신경 쓰지 않았기 때문에 기울어진 조정을 붙잡을 이가 전무했다. 황제의 처지가 그러한 꼴이니 관리들의 부패는 극에 달했다. 그들은 제 배를 불리기 위해 지주들과 야합하여 농민들을 쉴 새 없이 괴롭혔다. 처음에는 세수를 차츰차츰 높이다가 그것으로는 성에 차지 않았는지 나중에는 말도 안 되는 명목에까지 세금을 붙여 황당무계한 세금 항목이 속출하는 식이었다. 그야말로 뼛골까지 뽑아내는 횡포가 만연해진 것이다. 그들은 천지 무서운 줄 모르고 날뛰며 농민들을 수탈했다. 세금을 감당하지 못하면 전답을 빼앗는 것은 예사요 가족들을 끌고 가 노비로 삼거나 함부로 희롱했다. 마음에 들지 않는다는 이유로 목숨을 거둬가는 일도 부지기수였다.

견디지 못한 농민들은 농기구를 버리기 시작했다. 일상을 포기하는 것이 쉬운 일은 아니었으나 전답을 일궈 가족들을 부양하는 일이 더 이상 불가능해지자 어쩔 도리가 없었다. 그들은 농기구뿐만이 아니라 인간다운 삶도, 나라도 버렸다. 세금을 걷으러 들이닥치는 지주나 관리들의 횡포를 견디다 못해 살해하고 도주하는 일이 왕왕 일어나게 된 것도 무리가 아니었다. 그러나 관리들은 반성이 없었다. 본인들이 살해당하는 일이 계속되자 병사를 늘리고 더욱더 강한 힘으로 백성들을 내리 누르며 핍박했다. 어리석은 힘겨루기가 시작된 것이다.

도망치듯 마을을 떠난 백성들은 칼이나 도끼를 쥐고 먹고 살길을 찾아 떠돌았다. 그들은 깊은 산중에 터를 잡고 화전민이 되었다. 푸성귀를 키우고 산짐승을 잡아 근근이 끼니를 이어갔으나 겨울에는 그마저도 녹록치 않았다.

"여기서 얼어 죽거나 굶어죽을 수는 없지."

"왜 우리만 이렇게 살아야 하는 것입니까?"

백성들의 분노는 극에 달했다. 먹을 것이 떨어지자 그들은 산길을 오가는 사람들의 보따리를 노리기 시작했다. 처음에나 어려웠지 빼앗는 방법과 요령 같은 건 아무래도 상관없었다. 그들도 세금을 걷으러 다니던 지주나 관리들과 다름없는 도적이 되어 버린 것이다. 죄책감이나 망설임 같은 것은 굶주림 앞에 무용지물이었다. 그렇게 거리로 쫓겨나고 산으로 도망친 백성들은 점차 거칠고 위태로운 삶에 적응했다. 착실히 밭을 일구던 지난 생활은 잊어버린 채, 처음부터 화적떼인양 살게 되었다.

당 조정에서는 그들 때문에 골머리를 앓았지만 여전히 무력으로 압도할 뿐, 민생의 안정이나 개선을 위한 정책 같은 것은 내놓지 않았다. 때문에 나라 이곳저곳에선 곪은 것이 터지듯 개혁을 주장하는 봉기가 일어났다. 몸부림 같은 전쟁이 시작된 것이다.

"우리가 지킬 땅뙈기만 있었더라도 나라에 충성했을 것이오."

"암만, 지켜야 할 것이 있는 이들은 그리 쉽게 배신하지 않는 법이지."

"나도 왕년엔 인정 많고 성실하기로 소문난 사내였다오."

"나야말로 법 없이도 살 사람이었소."

사내들은 한숨을 반쯤 섞어 농담조로 뱉어냈다. 제각각의 사연 때문에 쓸쓸한 얼굴들이었다.

"헌데 그 쪽은 어떻게 합류하게 된 것이오? 척 보니 그 쪽도 화적질 깨나 했을 법 한데 말이오."

"그러게 말이외다. 격문을 보고 온 것이오?"

질문을 받은 사내가 너털웃음을 터트렸다. 유난히 곱슬거리는 턱수염이 얼굴을 반 넘게 가린 터라 흡사 산짐승 같은 모습을 한 자였다. 그는 술을 한 잔 쭉 들이켜더니 입가를 훔치곤 말문을 열었다.

"얼마 전에 대장군의 소금 수레를 털려다 잡힌 도적놈들 얘길 들은 적 있었을 게요."

"그랬지. 들은 적 있소. 어느 간 큰 놈이 대장군의 수레에 손을 대려다 혼쭐이 났다고 했소이다."

"그 간 큰 놈이 바로 나요."

"뭐요?"

"내가 간 크게 그 소금 수레를 털려고 했었소. 나도 소금밀매를 해볼 요량이었지. 지금도 생각하면 뒷목이 다 뻣뻣해지는 일 아니겠소. 그대로 목이 달아나는 줄 알고 어찌나 겁이 나던지."

사내들은 흥미로운 얼굴로 그의 얼굴을 바라봤다. 그는 저를 보는 사내들의 얼굴을 두루 둘러본 뒤에 조금 자신만만한 얼굴로 뻐기듯 입을 열었다. 자신과 대장군의 사이가 남다른 인연으로 시작되었음을 자랑하고 싶은 듯했다.

"꼼짝 없이 죽었구나하는 생각에 눈을 질끈 감았는데, 칼날이 아니라 따듯한 것이 다가오더이다. 이쪽 어깨로 말이오. 눈을 떠보니 대장군이 내 앞에 한쪽 무릎을 딱 꿇고 어깨엔 손을 척 걸치곤 눈을 맞추고 계신 게 아니겠소?"

"대장군이 말이오?"

"뭐라고 하시더이까?"

사내는 뜸을 들이며 왕선지라는 이의 말투를 흉내냈다.

"나는 하남에 왕선지라는 자인데, 나랑 같이 가시겠소? 나도 자네 같이 비루먹은 백성이었소. 우리 이렇게 말고 사람답게 한 번 살아봐야 하지 않겠습니까."

"거참 그럴싸하게 흉내를 잘도 내는구먼."

사내들은 그의 말을 안주 삼아 배를 채우고 목을 축였다.

"내 살다 살다 그렇게 가슴 떨리는 말은 또 처음이더이다. 내가 우리 마누라쟁이한테 했던 고백보다도 설렜으니 말 다했지."

"우리 대장군이 그런 면이 있으시지. 사나이 가슴을 제대로 사로 잡는달까."

"그렇고말고. 그 눈빛을 잊을 수가 없습디다. 사람답게 살아보자는데, 이 분 아니면 내가 또 누굴 믿고 따르겠는가. 그 생각이 드는 게 아니겠소."

"나도 그 말이 참 좋더이다. 사람답게 살아보자는 말. 우리가 원체 그런 대접 자첼 받지도 못하고 살지 않았소."

"그렇지. 우리 대장군은 그것만으로도 영웅이오 영웅."

모두가 생의 기회를 차별받고 핍박받는 데에 진절머리가 난 자들이었다.

"나는 아무리 생각해도 이 봉기군에 합세한 것이 머리털 나고 제일 잘 한 짓 같소이다."

"머리칼도 몇 가닥 없는 양반이 너스레는."

와하하 웃음이 터졌다가 곧 왕선지를 추켜세우는 말들이 이어졌다. 그들 모두가 왕선지를 한 마음으로 믿고 있음이 분명해 보였다.

"내가 다른 이는 못 믿어도, 우리 왕선지 대장군은 믿소이다. 내가 전에 당신 꿈이 뭐요하고 물으셔서 그랬소이다. 다시 고향에 돌아가 밭떼기 부치며 처자식이랑 사는 거라고. 대장군이 뭐라셨는지 아시오?"

사내들은 그의 뒷말을 이미 다 알고 있다는 듯 입을 모아 합창을 했다.

"곧 그렇게 될 것이오."

그 말이 곧 건배사가 되어 모두 술잔을 들어올렸다. 곧 그렇게 될 것이라는 말은 왕선지가 봉기군들에게 건네는 희망이자 약속이었던 것이다. 그는 늘 '그렇게 될 것이다.'는 말을 달고 살았다. 그 말에 신뢰감의 무게가 실리는 것은 그가 보여준 행보 덕분이었다.

왕선지란 이는 본디 복주(濮州) 지역에서 소금밀매를 하던 자였다. 장사를 하는 것보다는 여러 소금장수들을 관리하던 우두머리 격의 인물로 아는 것이 많고 주변의 힘든 이들을 두루 살피는 등 인정과 배포도 남달랐기에 그를 따르는 사람들이 많았다.

"어째서 배부른 이들은 언제까지나 배부른 것이고, 가난한 이들은 언제까지나 가난한 것인가. 노력을 하는 것은 모두가 마찬가지인데 어째서 모두가 잘 살 수는 없는 노릇인가."

그는 가난을 없애고 모두가 잘 사는 세상을 만들고자 874년, 희종이 즉위한 해에 농민 수천 명을 모아 장원(長垣)에서 봉기를 일으켰다. 이전에도 숱한 이들이 크고 작은 봉기를 일으켰으나 그의 봉기는 그 규모와 기세가 남달랐다. 그 이유는 크게 두 가지를 꼽을 수 있었는데 첫째는 '평균'을 내세웠기 때문이고 둘째는 소금밀매를 해서 얻은 '재력'이 밑바탕이 된 까닭이었다.

일찍이 많은 이들이 봉기를 일으켰으나 '평균'이라는 말을 제창한 것은 왕선지가 처음이었다. 진승 오광의 난이나 태평도의 민란에서도 접한 적이 없는 낯선 단어였기에 백성들은 그에게서 새로운 희망을 발견할 수 있었던 것이다. 게다가 소금밀매로 얻은 재력이 든든히 뒷받침이 되니 백성들이 그를 믿지 않을 이유가 없었다.

당나라는 소금 산지가 일정 지역에만 편중되어 있었기 때문에, 이를 독점할 수만 있다면 엄청난 부가 보장되었다. 일찍이 이를 기반으로 국가가 일어나기도 했고, 소금을 쟁탈하기 위한 전쟁도 빈번하게 일어나던 터였다. 한 무제 이후 황실에서 이를 전매해 부족한 국고를 채워왔는데 그 수입이 황실 국고의 절반 이상을 차지할 정도였다. 그러한 실정이 지속되고 보니 그 값이 나랏님 마음대로라, 전매하기 전엔 한말 10전 하던 소금 값이 전매 후에 110전으로 오르더니 급기야 300전까지 폭등하게 된 것이다. 가장 커다란 피해자는 역시나 농민들이었다. 인간 생존의 필수품이니 없이 살 수는 없고, 돈을 주고 사려니 그 값이 너무 엄청났던 것이다.

"한 말에 삼백전이라니 너무 한 것 아뇨. 삼백전은 또 어디서 구하고, 대체 한 말로 얼마나 살 수 있을지."

"어떤 어리석은 이가 그 돈을 다 주고 소금을 산단 말이오. 답답하기는."

"그럼 다른 방법이 있소?"

"이것은 비밀에 부쳐야 하는 일이오만, 장안문 다리 아래로 인시쯤 나가보오. 백전이면 한 말을 구할 수 있으니."

"그게 정말이오? 아니 대체 어찌 그리 싸게."

"관아나 초시(부유층의 물산을 집산하는 곳)를 약탈하거나 소금 수레를 습격한다더이다. 그것을 시세보다 싼 값에 파는 것이지요."

암거래는 이곳저곳에서 왕왕 일어났다. 발각되면 사형에 처해지거나 중형으로 다스려지곤 했으나 백성들은 소금밀매를 멈추지 않았다. 오히려 관리들이 그들을 잡으려 안달을 낼수록, 암거래상들의 결속력이나 조직력만 단단해질 뿐이었다. 위기감을 느낀 조정에서는 그들을 발견하는 즉시 척결해도 좋다고 공표했다. 소금거래를 하던 자들은 조정의 선택에 코웃음을 쳤다. 조정에서 강수를 두면 저들은 초강수를 둘 준비가 된 덕분이었다.

"북방의 돌궐과 위구르 병사들을 부릅시다. 그들에게 호위를 맡기면 될 일입니다. 덩치도 크고, 용맹하기가 이를 데 없으니 그깟 관군들은 수십도 해치울 것입니다."

왕선지도 돌궐과 위구르 출신의 사병을 수백 불러들였다. 교통이 편한 황하 연변에서 기세등등한 용병들의 호위를 받으며 사염을 밀매했으니 그 위용이 벌써 떠르르 했다.

"재력에 조직력, 이제 전투력까지 갖췄으니 자리를 박차고 일어나지 않을 이유가 없습니다. 본때를 보여주시지요."

왕선지는 주변의 소리에 고개를 끄덕였다. 드디어 결단의 순간이 찾아든 것이었다. 왕선지는 삼일 밤낮을 꼬박 지새우며 고민하던 끝에 중대한 결정을 내렸다.

"백성들 수십만의 의지까지 더해진다면 못할 것도 없겠소이다."

그는 스스로를 천보평균대장군(天寶平均大將軍)으로 칭하고 극심한 빈부 격차를 빚어낸 조정의 죄악을 폭로, 규탄하는 격문을 전국에 살포했다. 그러자 수많은 농민들이 너무나 쉽게 왕선지의 봉기군에 가담했다. 산속에서 화적질을 하던 이들도 소식을 듣고 하나 둘, 무리로 합류했다.

"모두가 균등하게 먹을 것과 입을 것을 나눌 것이외다. 성별과 나이를 막론하고 모두가 한 사람의 인간으로 존중받아야 마땅하니 서로에게 예를 다해야 할 것입니다."

왕선지는 모여드는 사람들에게 규율을 숙지시키고 본인도 그 규율을 엄격히 따랐다. 그는 봉기군들과 한데서 먹고 한데서 잠들었다. 그것이 전해지자 백성들은 그를 더욱 믿고 따르며 봉기에 참여했다. 말뿐 아니라 행동으로 보여주는 왕선지의 모습에 크게 감동한 것이다.

순식간에 규모가 거대해진 봉기군들은 왕선지의 지휘 하에 일정 거점 없이 활동하며 동시에 여러 주를 공격했다. 그때문에 황실에서는 어디부터 방어를 해야 좋을지, 그들의 뿌리를 어디서부터 뽑아야 하는지 전연 알지 못하는 채로 쩔쩔매며 그대로 장원성과 그 일대의 성들을 내어줄 수밖에 없었다. 왕선지는 장원성을 거점으로 삼아 세를 확장했고 곧 전국 각지에서 일어난 봉기군들을 하나로 규합하기에 이르렀다.

"참으로 대단하십니다!"

"과찬이오."

"그러나 이제껏 이토록 큰 규모를 질서 있게 움직인 이는 없었습니다."

"이것은 우리가 아주 한 몸 같이 한 생각을 하고 있다는 증거일 뿐이오. 내가 대단한 것이 아니라 우리가 모두 같은 꿈을 꾸고 있기 때문에 가능한 것이오."

왕선지와 마주 앉은 사내는 진심으로 그를 존경하는 눈빛이었다. 그는 원구(冤句) 지역의 소금장수로 그 일대에서 봉기를 일으킨 황소(黃巢)라는 자였다. 본디 성품이 온화하고 말수가 적은 왕선지와 달리 황소는 성질이 불같고 그 태도가 꽤나 거칠었다. 전혀 다른 성미의 두 사람이었으나 세상을 바꾸려는 의지만큼은 동일한 듯했다.

"역사를 돌이켜 보건데, 도덕과 법을 공평한 가치로 매기는 사회는 반드시 흥하고, 감정에 좌우되어 사람을 우열로 가르고 핍박하는 사회는 필히 오래가지 못했소이다."

"그렇습니다. 역사 안에 늘 답이 있지요. 그때에도 지금도, 그리고 훗날의 어느 날에도 어리석은 욕심은 끝이 없을 테니 난세가 반복되는 것입니다. 우리의 할 일은 그것을 막고 새로운 중흥의 기틀을 마련하는 것이지요."

"한낱 환관들의 손에 좌지우지 되는 일이 없는 부정하지 않은 나라를 세워야겠지요. 탁상공론이 아니라 실제 민생에 도움이 되는 정치를 펼치는 것입니다."

두 사람의 눈빛은 의지로 활활 불타고 있었다. 가슴속에 품었던 뜻을 실현해낼 기회가 온 것이라 확신한 터였다. 왕선지와 황소 두 사람은 과거제도를 빌어 나랏일을 하려했던 포부가 있었다. 학문이나 역사, 정치에 대해 모자라지 않을 정도의 조예가 있었으나 유교에 관련된 지식을 겨루는 데에 치중되어 있는 과거제도와는 부합하지 않아 번번이 낙방한 터였다. 귀족 중심의 문학과 지식을 겨루기에 두 사람의 인생은 지나치게 굴곡진 것이었다.

"우리는 할 수 있을 것입니다. 겪어 보지 않았습니까. 통한의 굶주림과 핍박을! 개, 돼지 같은 취급을 당했던 우리였습니다!"

황소는 이를 바득바득 갈아 물었다. 모진 매질을 당해 흐린 날만 되면 뼈마디가 욱씬대고 시큰거리는 터였다.

"조정 놈들에게 보여줄 것입니다. 그들은 하지 못하고 우리는 할 수 있다는 것을 말입니다."

왕선지도 고개를 끄덕였다. 황소와 그 무리들의 합류로 천군만마를 얻은 기분이었다. 그의 머릿속에는 벌써 군사들을 동과 서로 나누어 당나라 전역을 제패할 계획이 들어 있었다.

"가십시다. 우리의 포부를, 모두의 뜻을 확인해야지 않겠습니까."

"그럽시다. 우리의 동지들을 만나러 가십시다."

황소와 왕선지는 곧장 장병들 앞으로 나가 섰다. 술과 고기를 나누어 먹던 장병들은 황소와 왕선지의 등장만으로도 결연한 의지를 띄며 눈빛을 반짝거렸다. 황소는 사내들 앞에 어깨를 딱 펴고 서서 큰 소리로 외쳤다.

"우리는 부패하고 무능하고 황음무도한 이 나라의 왕실과 귀족과 관료들의 폭압에 맞서 싸워, 우리 인민과 농민들의 세상을 만들어 나갈 것이다!"

그의 외침에 장병들이 한 목소리로 와아아 하고 소리쳤다. 그들의 목소리는 어느 군대의 것보다 사기충천하여 천지를 뒤흔들고도 남을 법했다.

"언제까지 부정부패, 사치와 향락, 붕당지쟁을 일삼는 자들의 핍박과 조롱을 참고만 있겠는가! 이제 우리 모두 힘을 모아 인민과 농민이 주인이 되는 세상을 만들고자 한다. 여기 왕선지 대장군을 따라 모두 분연히 일어나라!"

"와아아아아아!"

함성소리가 우렁찼다. 장정들의 기세에 황소가 한 발 물러섰고, 왕선지가 앞에 나섰다. 왕선지는 잠시 소리를 죽였다가 사방이 고요해진 뒤에 천천히 입을 열었다.

"우리가 만들 세상은 당나라와 다르오! 우리가 인민이고 우리가 주인이외다! 왕조 따위 끝장내버리고 우리 모두가 주인인 새 세상을 만들 것이오!"

사기가 하늘을 찌를 듯한 사내들은 왕선지의 말을 귀담아 들었다.

"우리 비록 나약한 인간이오만, 수십 만 수백 만이 모여 같은 뜻을 품는다면 못 이룰 일이 없을 것이오."

왕선지는 제 눈앞의 사내들을 하나하나 오래도록 바라봤다. 그것이 사내들의 열기를, 의지를 북돋는 일이라는 것을 너무나 잘 아는 터였다.

"우리는 다를 것이오. 달라야만 하오. 그러기 위해선 우리는 모두가 한 몸이어야만 할 것이오!"

왕선지의 힘찬 말투에 사내들의 얼굴에 감격이 깃들었다. 그들은 모든 것이 평등한 세상이 이뤄지리라 믿어 의심치 않았고, 그들은 절대로 당왕조와 다를 것이라 가슴에 새기고 또 새겨 넣었다. 사내들은 누가 먼저랄 것도 없이 앞다투어 왕선지와 황소의 이름을 연호했다.

"천보평균대장군 만세!"

"황소장군 만세!"

"천보평균대장군 만세!"

여기저기서 그들을 칭송하는 외침이 계속 되었다.

그 틈에 애란은 삿갓을 아래로 눌러 쓰며 조용히 사내들을 헤치고 나서는 중이었다. 떳떳하게 고개를 들고 다녔으니 누구도 그녀를 의심하지는 않았다. 애란은 대담하게 적군 사이를 헤집고 다니며 반란군 중 주요 인사들의 얼굴을 하나하나 확인했다. 빈 곳을 찾기 위함이었다. 아무리 한 마음으로 하나의 목표를 앞두고 있다 한들, 모난 곳이 있기 마련이었다. 애란은 왕선지와 황소의 측근들을 다시 한 번 훑어 본 후 조용히 장원성을 나섰다.

"쫓는 자는 없었더냐?"

"예, 그때 얼굴을 알아본 자들은 전부 처치했으니 걱정하지 않으셔도 됩니다."

"확신하지 말거라. 어떤 확신은 일을 그르치는데 결정적 역할을 하는 법이다."

"예."

부녀의 대화는 딱딱하기 짝이 없었다. 애란은 그런 것이 익숙하다는 듯 삿갓을 벗어 탁자 위에 올려 두었다. 끝이 낡고 해진 삿갓에는 군데군데 칠이 벗겨지거나 핏자국이 묻어 있기도 했다. 고운은 힘든 임무를 마치고 온 애란 앞에 따듯한 찻물을 건네주었다.

"왕선지와 상군장 무리는 서쪽으로, 황소는 동쪽으로 진격한다 하옵니다."

"기세는 어떠하더냐."

"말해 무엇하겠습니까. 마른 장작에 붙은 불씨처럼 매섭고 맹렬합니다."

고병은 앉아있던 의자의 팔걸이를 내리치며 한탄했다. 이마 가운데로 깊은 주름이 패어있어 고집스러운 인상이었으나 눈빛이 선량하고 뺨이 후덕하여 인정 넘치는 듯 보이는 사내였다.

"왕선지를 먼저 쳐야 할 것이다."

"그것이 유리할 듯합니다. 왕선지라는 이는 이성적으로 보였으나 황소보다 심약하여 전쟁이 길어지면 버티지 못할 성 싶었습니다."

"황소란 이는 어떠했습니까?"

고운이 묻자 애란이 답했다.

"기골은 장대하나 거칠고 음울해 보였습니다. 끌고 온 수하들도 마찬가지로 성질이 매섭고 난폭하며 열등감으로 가득 찬 무리들인 듯했습니다."

세 사람은 각각 동과 서로 나뉘는 진격로를 보며 앞으로의 계획을 짜기 시작했다.

"귀순을 권하면 넘어올 성 싶으냐?"

애란은 고개를 가로 저었다.

"지금은 어려울 것입니다. 황실에선 어느 선까지 포용해주겠다고 합니까?"

"원한다면 벼슬을 내리겠다고까지 하셨느니라."

애란은 기가 막혀 입을 꾹 다물어 버렸다. 고병 역시 가만히 눈을 감았다.

당시 당나라 황실은 이곳저곳에서 벌집처럼 시끄러운 반란군들 때문에 골머리를 앓는 중이었다. 왕선지와 황소 무리뿐만 아니라, 이국창과 이극용 부자 또한 북방 대동을 근거지 삼아 반란을 꿈꾸고 있었기 때문이었다. 황실은 어떤 수를 써서라도 국지적으로 일어나는 소란을 잠재울 요량이었다. 그러나 고운은 황실의 결정이 도무지 이해되지 않아 물었다.

"모두가 평등한 세상을 꿈꾸는 이들에게 벼슬을 내린다고 그것을 덥석 받아들이겠습니까."

그들이 거리에 뿌린 격문만 보더라도 그들이 바라는 삶이 얼마나 이상적인지를 알 수 있었다. 애란은 고운의 말에 가만히 대꾸를 해주었다.

"고운 공은 세상에서 가장 달콤한 것이 무엇인 줄 아십니까?"

"그것이 무엇입니까."

"차별입니다."

고운은 그 말에 입을 꾹 다물어버렸다. 왕선지의 논리가 세상을 현혹시키기에 충분하리만큼 이상적이라고 생각했으면서도 그것이 '이상'이라는 사실을 까맣게 잊고 있었던 것이었다. 그는 말문이 막혀 잠자코 애란이 하는 이야길 듣기만 했다.

"사람들은 돈의 맛을 알고, 불평등의 맛을 이미 잘 알고 있습니다. 모두가 평등하고자 바라는 것은 이상이지요. 그러나 '나'를 특별히 대우해준다고 하면 어떤 일이 생기겠습니까. 새로운 차별이 생겨나게 될 테지요."

"차별을 없애고자 했던 그들이 차별로서 자멸하게 되리란 말씀이십니까."

"그렇습니다. 본인만큼은 다르길 바라는 인간의 심리가 결국 모든 것을 그르치게 되는 것이지요."

"그래도 벼슬이라니요! 아니 될 말씀이십니다."

고병은 두 사람의 대화를 듣고 있다가 씁쓸하게 고개를 가로저었다.

"이미 무너져버린 조정이다. 썩은 기둥이 한둘 더 들어간다 해도 티도 나지 않겠지. 특히나 왕선지라는 이는 과거시험을 치러본 적이 있다지 않았더냐. 가슴 속 불덩이가 어찌 생겨난 것이겠느냐. 그가 무난히 관리가 되었더라면 과연 봉기를 일으켰겠느냐. 평등을 부르짖었겠느냐."

고병은 자리에서 일어섰다. 답답한 마음에 창문을 벌컥 열었으나 창밖은 황량한 나뭇가지만이 흔들리며 온통 스산한 기운만이 감돌 뿐이었다.

"지금 우리는 민을 만한 사람이 필요하다. 추천할 자가 있더냐."

방안은 잠시 침묵이 감돌았다. 고병은 마른 나뭇가지를 보며 한숨을 푹푹 내쉬는 중이었다.

"위로는 신임을 얻을 줄 알고, 아래로는 민심을 아우를 줄 아는 자를 하나 알고 있사옵니다. 학문과 재주 또한 뛰어난 청년입니다."

"그게 누구인가."

"국자감 시절 함께 수학했던 동문이온데, 신라 사람으로 이름은 치원이라 합니다."

고운의 말에 이제껏 미동도 없던 애란의 표정이 묘하게 변했다. 고병은 그것을 놓치지 않았는데, 그러는 동안 고운이 치원에 대해 설명하는 것을 반쯤은 흘려듣는 중이었다.

"설명은 됐으니 그를 데려와 보게나."

"예."

고운은 대답을 끝으로 방을 나섰다. 방안에는 가만히 미소 짓고 있는 애란과 그것을 의아하게 지켜보는 고병 부녀만이 남은 채였다.

"어찌 그러느냐."

"사람의 인연이 참으로 질기다 여겨 그렇습니다."
"질기다니."
"일전에 황해에서 해적을 만났던 것을 기억하십니까."
"기억하고말고."
"그때 저와 어머닐 구해준 신라 아이 하나를 아시지요?"
"허면 그때 그 아이가."
애란은 고개를 끄덕였다. 고병도 그제야 애란의 표정이 밝게 변했던 것을 이해할 수 있었다. 어린 애란이 당나라를 떠나지 않겠다 처음으로 고집했던 것 역시 신라의 사내 아이 때문인 것을 모르지 않기 때문이었다.
"잠시 스치는 인연인 줄 알았습니다. 만나는 인연이 아니라 지나치는 인연이라 생각했습니다."
애란이 자리에서 일어서자, 고병이 물었다.
"이젠 만나는 인연이라고 생각하는 게냐?"
"아무것도 확신하지 않을 것입니다."
애란은 그 말을 끝으로 틀어 올려 높이 묶고 있던 머리카락을 길게 늘어트렸다. 그러나 길게 늘어진 머리카락도 그녀의 뺨이 장밋빛으로 물든 것은 가릴 수 없었다.

종남산에 들다

종남산에 들다

양가의 등은 이미 땀으로 흠뻑 젖어있었다. 두순학의 재촉에 제대로 쉬는 시간도 갖지 못한 까닭이었다. 두순학은 진땀을 뻘뻘 흘리는 양가의 뒤에 서서 그를 바투 좇고 있었다. 한 손에는 부채를 다른 손에는 지팡이를 쥔 두순학은 완전히 백발노인이었는데 기세는 젊은 양가에 뒤지지 않는 듯했다. 양가는 어깨에 짊어진 보따리가 한쪽으로 기울어지지 않게 하기 위해 잠시 걸음을 멈추었다. 땀에 젖어 축축해진 보따리 끈이 살갗을 파고들어 여간 불편한 것이 아니었다. 아주 잠시 멈췄을 뿐이었는데도 두순학은 양가의 사정을 봐주지 않았다. 어김없이 부챗살로 그의 등을 콕콕 찌르며 채근하는 것이다. 양가는 잔뜩 볼멘 얼굴로 두순학을 향해 인상을 쓰며 싫은 소리를 뱉었다.

"것 참, 제가 말도 아니고 소도 아닌데 그만 좀 찌르십시오."

"해가 저물기 전엔 올라야 할 것 아니겠나. 이렇게 굼떠선 치원에게 따수운 밥 한 그릇 해 먹일 새가 있겠느냐 말이야."

양가는 그가 부식거리를 이렇게 많이 챙겨오지만 않았더라도 벌써 종남산 꼭대기까지 올랐을 것이라 생각했으나 그 말을 입 밖으로 꺼내지는 않았다. 보따리란 가벼운 것보다야 무거운 쪽이 백배는 좋은 일이었다. 양가는 두순학을 몰래 흘겨 본 뒤 입을 열었다.

"알겠습니다요. 이제부터 숨차게 올라 갈 테니 못 쫓겠다 붙잡아 세우지나 마십시오."

"다리는 잔뜩 풀려 나풀나풀 한 놈이 허풍은."

두순학은 백발의 수염을 쓸어내리며 호탕하게 웃었다. 그는 명성이나 재력에 비해 상당히 괄괄한 성미를 가지고 있었는데, 그것은 그의 시에서도 어김없이 드러나곤 했다. 지나치게 노골적인 표현으로 사회나 정치를 비판한다거나 곤궁한 백성들을 동정하는 식의 표현들이 많았던 것이다. 그때문에 어떤 이들은 그의 시가 평이하거나 저속하다고 험담했고, 또 다른 이들은 그의 시가 거침없고 아름답다 말했다.

두순학은 그런 입방아를 일일이 신경 쓰는 사람은 아니었기 때문에 그저 제가 하고 싶은 대로 떠돌며 풍류를 즐겼다.

"치원도 출사할 생각일랑 접고 이런 산이나 저런 들에나 함께 떠돌면 좋으련만."

두순학은 치원의 감성적이고 섬세한 시를 사랑했기 때문에, 그가 정치에 뜻을 버리고 자기처럼 방랑하며 살길 간절히 바라고 있었다.

"무슨 말 같지도 않은 소릴 하십니까? 현위어른 같은 분이야말로 반드시 큰일을 하셔야 하고말고요."

두순학의 푸념에 양가가 눈을 부릅뜨며 대들었다. 이제껏 투덜거리긴 했어도 눈을 홉뜨고 위협하듯이 을러댄 적은 처음이었다. 두순학은 양가가 하는 모양을 잠자코 지켜보며 흐뭇한 미소를 지었다. 율수현의 사람들이 치원을 얼마나 믿고 좋아하는지 알고 있었던 때문이었다.

"우리 현 사람들은 여적 현위어른이 돌아오시길 이제나 저제나 기다리고 있습니다요. 처음에 율수현을 떠난다고 하셨을 때 다들 어찌나 울고불고 했었던지."

양가는 순간 목이 메어 코를 훌쩍였다. 처음 치원이 현위직을 사임한다고 했을 때의 배신감과 서운함이 떠오른 것이었다.

"별안간 얻어맞은 것처럼 배신감이 들었던 걸 어르신은 모르십니다."

"내가 어찌 그걸 모르겠는가. 다들 바짓가랑이를 붙들고 늘어진다는 걸, 이부에 시험을 쳐서 돌아오겠다는 말에 놓아 준 것이 아닌가."

"그런 약속이라도 없었으면 절대 못 보내드렸습죠."

치원은 율수현위를 그만 둔 후, 종남산에 틀어박혀 이부의 박학굉사과(博學宏詞科)시험을 준비 중이었다. 현위는 미말관직이었기에 할 수 있는 일에 한계가 있었던 터였다. 좀 더 많은 일을 자율적으로 처리하기 위해서는 승진을 해서 높은 관직을 얻어야 했는데 그러려면 이부의 박학굉사과 시험을 쳐야 했던 것이다.

"지금의 학문도 출중하신데 대체 무슨 공부가 더 필요하다고 하시는 건지 쇤네는 대체 그 까닭을 모르겠습니다요. 지금 당장 시험을 쳐도 장원은 이미 따놓은 것 아니겠습니까?"

"제 느끼기에 어딘가 부족하다 여겼던 게지. 그이가 언제 남의 말을 듣던가. 고집으로 겨루자면 나보다 한 수 위일 걸세. 그의 호가 달리 고운인가."

"그건 그렇습니다요."

"그게 그이의 매력이니 할 말은 더 없지만 말일세."

두순학은 지팡이로 돌더미를 짚고 올라서며 숨을 천천히 내쉬었다. 벌써 석양이 지려고 하늘이 울긋불긋한 보랏빛으로 물들고 있었다. 깎아지른 듯한 절벽에다 비단병풍처럼 둘러싸인 봉우리들 덕분에 일출과 일몰이 전부 장관이었다.

"종남산 풍경은 언제 봐도 참 훌륭하구먼. 이런 풍류란 그저 두고 즐기기나 할 일이지 공부는 무슨 얼어 죽을 공부란 말인가."

"이곳이야말로 출세의 상징이고, 진정 선비들의 명산이 아니겠습니까?"

"그거야 잔머리를 쓰던 몇몇 정치꾼들 덕에 붙은 별명이지."

종남산은 섬서성, 하남성, 감숙성의 경계에 걸쳐 있는 산으로 일찍부터 출세와 영달의 상징으로 불려왔었다. '종남산 지름길'이라는 말이 있을 정도였는데, '종남산 지름길'이란 산중에 은거하면서 이름값을 올린 뒤 높은 벼슬자리를 차지하는 선비들의 우회전술에서 유래되어 온 것이었다. 당나라에서는 은둔하는 자가 현인으로 여겨졌고, 깊이 은거할수록 명성의 높이가 그에 비례하는 경향까지 있었기에 가능한 전술이었다. 현종 치세 때는 그런 일들이 특히나 비일비재 했으나 지금 같은 환란에는 어림없을 일이었다. 그러나 시절은 흘러도 이름은 남는 까닭에 종남산은 여전히 학문에 정진하려는 선비들과 도가에 귀의하려는 도사들로 북적였다. 치원 역시 도교를 공부중인 김가기를 따라 이곳으로 온 참이었다.

"그래도 터가 좋다니 십 년 걸릴 일이 오 년 걸리고, 오 년 걸릴 일이 삼 년 걸리겠지요?"

"그거야 하늘만 알 일이지. 드디어 치원의 거처가 보이는구먼."

양가는 걸음을 재촉했다. 이미 어둠이 내리기 시작한 터였다. 두순학도 발을 바삐 놀리며 멀리 치원의 움집에서 새어나오는 미세한 불빛을 따랐다.

김가기와 치원이 기거하는 집은 띠풀로 엮은 움집이었다. 집이라 표현하기엔 너무나 누추하고 남루한 지경이었기 때문에 양가와 두순학은 이곳에 올 때마다 마음이 편칠 않았다. 그나마 깎아지른 듯한 산세가 장관을 이루고, 기암괴석들이 켜켜이 둘러싼 형세여서 아늑해 보이는 것이 유일한 장점이라면 장점이었다.

두순학은 숨을 흠뻑 들이마신 뒤, 움집 앞에 마련해둔 야트막한 평상에 엉덩이를 부리고 앉았다. 양가는 서둘러 치원을 만나고 싶었으나 두순학이 그를 막았다.

"끝날 때까지 두시게."

치원은 인기척도 느끼지 못할 만큼 집중해 책을 읽는 중이었다. 자오곡에 흐르는 계곡 물소리와 치원의 낭낭한 목소리가 뒤섞여 듣기 좋은 소리를 만들어 내고 있었다. 두순학은 치원의 그림자가 흐릿하게 비치는 것을 보며 한참 눈을 감고 있었다.

"얼마나 아름다운 음악인가."

두순학의 애정 어린 마음을 보며 양가의 입가에도 미소가 걸렸다.

"어르신이 계셔 참으로 다행입니다."

"무엇이 말인가?"

"그런 것이 있습니다."

"싱겁기는."

양가는 말을 돌린 뒤 먼 데를 쳐다봤다. 마음 같아선 치원의 공부바라지를 전적으로 도맡고 싶었다. 사정이 곤궁한 탓에 늘 마음에서만 그쳐 그것이 내내 속상했던 터였다. 그나마 두순학이 철마다 때마다 부식이며 서신을 전해 달라 부탁하는 덕분에 도움이 될 수 있던 것이었다. 그는 치원을 알게 된 것이 큰 행운이라 생각했다. 진심으로 사람을 대하는 사람. 양가는 치원이 그런 사람이라는 것을 알고 있었다. 그래서 그것에 상응하는 보답을 하고 싶었던 것이다.

"가져 온 것들을 정리하러 가보겠습니다."

그는 땀이 축축하게 배어 늘어진 보따리를 들고 움집 옆으로 마련된 작은 부뚜막 안으로 다가갔다. 부뚜막이라기엔 화로나 간신히 놓여있는 작고 초라한 공간이었다.

부싯돌로 불을 밝히자마자 날벌레들이 모여들었다. 양가는 날벌레들을 손으로 휘휘 쫓으며 쌀독을 열었다. 거미줄이 아무렇게나 엉겨있는 곁으론 쌀벌레들의 알이나 번데기가 지저분하게 남아있었다. 참으로 오랫동안 비어있었음을 짐작할 수 있었다. 치원이 좀처럼 무엇을 바라거나 요구하는 사람이 아니었기에, 양가는 언제나 그가 걱정스러웠다.

"대체 그간 무얼 드셨던 게야."

다른 독들도 열어 보았으나 식재료라곤 찾아볼 수 없었다. 그나마 소금 반 되만이 남아 있을 뿐이었다. 양가는 속상한 얼굴로 보따리를 풀었다. 펼쳐 놓고 보니 그 양이 얼마 되지 않는 듯했다. 그는 쌀독을 깨끗이 닦아 쌀을 부어 두고 마누라 몰래 가져온 육포며 건식들을 한쪽에 채워 두었다. 이걸로 몇날 며칠이나 지낼 수 있을지 모를 일이었다. 양가는 저도 모르게 한숨을 내쉬고는 다시 바깥으로 몸을 돌렸다.

"땔감 좀 구해오겠습니다요."

"인사나 하고 가시게. 마지막 장을 읽기 시작했으이."

두순학의 말이 끝나기 무섭게 치원의 책 읽는 소리가 뚝 멈추었다. 인기척을 느낀 모양이었다. 곧 문이 활짝 열리며 치원이 얼굴을 비추었다.

"현위 어르신!"

"아니, 기별도 없이 어쩐 일이십니까?"

뜻밖의 방문에 깜짝 놀란 듯한 치원의 얼굴은 현위직을 사임할 때보다 반 뼘은 갸름해져 있었다. 그러나 눈빛이나 얼굴빛만은 그 때보다 훨씬 더 밝고 맑아 보였다.

"그간 자네의 싯구를 보지 못해 병이 다 나려지 뭔가."

두순학이 우스갯소리를 하자, 양가가 앞으로 치고 나가며 치원에게 볼멘소리를 쏟아냈다.

"대체 그간 뭘 드시고 사셨습니까요. 쌀독은 텅 비어 있고, 부뚜막에 있는 거라곤 소금뿐이지 않습니까?"

"그래서 또 무얼 갖고 온 것이냐? 그저 빈손으로 와도 된다는 대도! 또 바가지를 긁히려고 작정을 한 게냐?"

"이놈의 마누라쟁이 때문에 사람 도리도 못하고 살 순 없지 않습니까? 마음 같아선 전답이라도 팔아 뒷바라지를 해드리고 싶은데…."

양가의 얼굴을 보며 치원이 빙그레 웃음 지었다. 그 마음이 이루 말할 수 없이 갸륵하고 고마운 까닭이었다. 율수현에 있을 시절부터 한결같은 마음으로 자신을 보필했던 자였다. 남들 다 하듯 푼돈이라도 쥐어주거나 좋은 자리라도 소개해줬어야 했지만 그럴만한 주변머리가 없어 제대로 된 보답도 하지 못한 터였다. 치원은 여전히 근근하게 살아가는 양가를 볼 때면 서둘러 과거에 합격하고픈 생각이 들었다. 결국 자신보다는 주변 사람들을 위한 성공을 바랐던 것이다.

"자자, 우선 이리 들어오시지요. 밤공기가 찹니다."

세 사람은 두순학이 마련해 온 음식들을 부려놓고 조촐한 술상을 차렸다. 때 마침 참선을 끝낸 김가기가 돌아와 치원의 작은 방 안에 네 사람이 옹기종기 모여 앉았다.

"오실 때마다 이게 무슨 호사랍니까. 이런 날엔 정말이지 황제가 부럽지 않습니다."

"자네가 내게 보내준 싯구 값이네. 그리고 이것은 오늘 더 얻어 갈 시편들의 선불이고."

"고작 이런 것으로 치원의 시를 사겠단 말씀이십니까. 선생도 배포가 요만 하십니다 그려."

"좀 봐주게나. 나 역시 방랑하는 처지가 아니던가."

두순학과 김가기는 술잔을 주고받으며 농담을 했다. 치원은 오가는 칭찬들에 얼굴이 붉게 물들어 어쩔 줄을 몰랐다. 그토록 수많은 칭찬들을 받아왔지만, 여전히 자신에 대한 평가를 직접 들을 때에는 소년처럼 부끄럼을 타게 되는 것이었다.

"새로 지은 시들을 좀 보여주시게. 내 흥을 좀 돋워봐야겠네."

치원은 두순학의 말에 한쪽에 고이 접어 두었던 책을 꺼내 내밀었다.

"마음을 다스리려고 쓴 것일 뿐인데 이토록 융숭하게 대접해주시니 몸 둘 바를 모르겠습니다."

두순학은 치원이 쓴 시편들을 보며 함박웃음을 지었다.

"좋은 글을 본다는 기쁨은 쉬이 느낄 수 있는 것이 아니지."

두순학은 치원의 시첩들을 천천히 음미하며 장을 넘겼다.

"석상류천이라."

석상류천(石上流泉) 바위 위에 흐르는 샘

琴曲誰誇妙手彈(금곡수과묘수탄) 거문고 곡조를 아무리 잘 탄다 한들
遠輸雲底響珊珊(원수운저향산산) 저 구름 밑에서 들려오는 소리만 못해
靜無纖垢侵金鏡(정무섬구침금경) 맑아서 티끌 없으니 금거울을 능가하고
時有輕飇觸玉盤(시유경시촉옥반) 때로는 가벼운 바람이 옥소반을 때리누나
嗚咽張良言未用(오열장량언미요) 목 맺힌 소리 장량의 말 쓰지 않은 것을 후회하고
潺湲孫楚枕應寒(잔원손초침응한) 잔잔한 흐름 숨어 사는 손초의 베개가 차갑겠네
尋思堪惜淸泠色(심사감석청냉색) 생각하니 애석타, 그 맑은 빛이
流入滄溟便一般(유입창명편일반) 바다로 가 모두 한 모양 되니.

두순학은 치원의 시를 읽으며 자오곡의 물소리가 새삼스럽게 느껴졌다.

“그래서 내가 예 올 적엔 거문고를 가져오지 않는 것이 아닌가. 감히 저 대자연에 대적할만한 깊이가 없으니.”

두순학은 거문고에 조예가 깊었고 예악을 사랑하는 이였다.

“정말로 선생의 거문고 소리를 듣지 못한 지가 한참입니다. 참으로 멋들어진 연주를 하셨는데 말입니다.”

치원과 두순학이 술잔을 주고받았다. 그러자 가만히 있던 김가기가 난데없이 입으로 거문고 소리를 내기 시작했다. 뜬금없는 흉내에 둘러앉았던 이들이 박장대소를 하기 시작했다. 김가기는 심각한 얼굴로 한참이나 더 거문고 소릴 냈는데, 두순학은 김가기의 그런 장난을 좋아하는 편이었다.

“이렇듯 기행을 일삼으니 어디로 튈지 몰라 늘 긴장이 되네 그려.”

아니나 다를까. 김가기는 그토록 힘겹게 빈공과에 합격하고도 돌연 사직을 한 뒤, 온 세상에 머무르고 있는 도(道)를 찾는 중이었다. 그는 종남산 여기저기를 누비며 참선을 하기도 하고, 손수 기이한 꽃과 이상한 과수들을 구해 기르기도 했다. 치원은 곧잘 당나라 사람들과 어울리며 그들에게 크게 신임을 얻었던 김가기가 이렇듯 기이한 행보를 이어가는 것이 의아했다. 그의 박식함과 통찰의 깊이는 당대 최고의 학자들과 견주어도 전혀 손색없었기 때문이다.

“저는 형님이 저보다 먼저 신라로 돌아가실 거라 생각했습니다. 형님이라면 서라벌에 입성하는 일이 순조로우셨을 겁니다.”

“각자 가야 할 길이 따로 있는 게지. 나는 도를 찾는 일이 행복하다네.”

김가기는 신라로 돌아갈 마음을 완전히 접은 상태였다. 그는 그저 도를 좇으며 사는 것을 일생의 목표로 여겼고, 무위의 삶을 영위하려 애썼다. 치원은 그의 잔에 술을 가득 따라 주곤 빙그레 웃었다. 김가기와 두순학 그리고 치원, 이 세 사람의 행보는 마치 하늘과 땅만큼이나 큰 차이가 있었다. 그것은 누군가 강요할 수도, 설득해서도 안 될 일이었기에 그들은 서로의 선택을 기꺼이 존중했다.

"헌데, 자네는 이부 시험에 언제 응시할 생각인가?"

"아직 고민 중입니다."

"서둘러야 하지 않겠는가. 요즘 나라 돌아가는 꼴이 영 미심쩍어 말일세."

"그것이 어디 하루 이틀 사이의 일입니까."

김가기가 비아냥거리는 투로 대꾸하자 두순학이 고개를 가로 저었다.

"조정에서 혼란을 초래한 무리들에게 관직을 내려 회유하고 있다는 소식은 익히 들었을 게 아닌가. 과거제도가 언제 어떻게 바뀔지 모른다는 이야기도 나오고 있다네. 지금의 조정은 과거제도를 유지할 형편조차 되지 않으니 말일세."

치원은 그 말에 자못 심각한 얼굴이 되었다. 두순학은 치원의 눈치를 잠시 살피다가 이번 시험에는 반드시 응시를 해보라는 충고를 덧붙였다. 귀한 기회를 놓치지 않길 바라는 마음에서였다.

"너무 완벽을 기하려 애쓰기보다 부딪쳐 보는 것도 방법일 것이네."

김가기도 두순학의 의견에 동의하는 듯했다. 그러나 치원의 생각은 조금 달랐다.

"국자감에 있을 때의 제 모습을 기억하십니까? 환경의 조급함이 저를 병들게 했었습니다. 그때 스스로를 다스리며 약속한 것이 하나 있습니다. 나 스스로에게 떳떳한 뒤에 비로소 실천하자는 것이었습니다."

양가는 그의 말에도 일리가 있다 여겨 고개를 끄덕였다.

"무리를 하면 반드시 탈이 나게 되어 있었습니다. 게다가 스스로에 대한 믿음이 부족한 상태에서 나아간다면 제 말이 바로 서지 못할 것이고, 제 말을 듣는 이가 그르게 이해할 것이며 끝내 세상은 조금도 변하지 않을 것입니다. 그것은 제가 바라는 것이 전혀 아니지요."

치원은 단순히 부귀영화를 누리기 위함이 아니고 자신의 가치와 신념을 지키기 위해 조정으로 나아가려 했을 뿐이었다. 그때문에 그의 눈빛은 한 치의 흔들림도 없었다.

"그렇지. 내 괜한 이야길 꺼내 자넬 심란하게 만들었구먼. 미안하게 되었네 그려."

두순학은 쓸쓸한 미소를 숨기지 않은 채 수염을 여러 번 쓸어 내렸다.

"아닙니다. 저를 염려해주신다는 것을 모르지 않습니다."

"그리 생각해주니 고맙구먼."

"그래도 두공께선 양반이십니다."

"그게 무슨 말인가?"

"일전에 고운이 다녀간 적이 있는데, 글쎄 치원에게 하던 공부를 접고 고병의 막사에 들어오라고 제안을 하지 뭡니까?"

"고병이라! 내 듣기론 인품이 훌륭하고 충심이 깊어 황제의 큰 신임을 얻고 있다 했네. 아래로는 물심양면 백성들을 챙겨 두루 신망이

높다 했었지."

"그러니 심란하지 않겠습니까? 요즘 세상천지 그런 인물이 또 어디 있으며 그런 이와 함께 할 수 있는 기회가 생긴다는 것이 얼마나 큰 행운이겠습니까. 기실, 시험을 쳐 관직을 얻는다 해도 해외인이라 인정하지 않으려 드는 상관을 만난다면 치원의 거취가 불분명해질 것이 빤하지 않겠습니까?"

김가기는 말끝을 흐리고 말았다. 아무리 당나라에서 산 시간이 오래라곤 하나 그들의 뿌리는 신라였으니 고위 관직에 오르는 일이 쉽지만은 않을 터였다. 높은 관직이란 능력의 크기도 중요했으나 하늘의 뜻도 꽤나 필요한 일이었다. 티 없이 맑기만 한 치원에게는 가혹한 일들이 숱해 일어날 터였다.

두순학은 얌전히 눈을 내리 깐 채 술잔만 만지작거리는 치원을 보았다. 종종 잊고 지내지만 이런 일이 생길 때마다 치원이 신라인이라는 것이 못내 아쉬웠던 것이다.

"그래서 결국은 거절한 겐가?"

두순학의 질문에 치원이 고개를 끄덕였다.

"좋은 기회이긴 하나 저와는 목표가 다르질 않습니까. 저는 문인이기에, 무예에 대해서는 아는 바가 미천하여 도움이 되지 못할 것 같았습니다."

치원이 콧잔등을 찡그리며 머쓱하게 웃자 김가기가 술잔을 들어 한입에 몽땅 털어 넣었다.

"이래서 이름이 중요하다 하는 것입니다. 어쩜 저렇게 이름을 똑 따라 갈 수 있단 말입니까. 재고의 여지라도 남겨두었다면 좋으련만."

"형님께서도 만만찮으십니다."

"그냥 세 분 다 호를 '고운'이라 했어야 하는 것 아니겠습니까?"

양가의 말에 세 사람이 껄껄 웃음을 터트렸다. 그들은 약속이라도 한 듯 더 이상 심각한 이야기를 주제로 삼지 않았다. 그들은 밤이 늦도록 술을 마시며 회포를 풀었다. 치원 역시 신나게 웃고 떠들며 잠시 현실을 잊는 듯했으나, 그의 머릿속에는 작은 불안의 씨앗이 싹을 움트고 있었다. 아무래도 두순학의 말이 머릿속에 오래도록 남아 어지럼증을 일으키는 것이었다.

'과거제도가 언제 어떻게 바뀔지 모른다는 이야기도 나오고 있다네. 지금의 조정은 과거제도를 유지할 형편조차 되지 않으니 말일세.'

치원은 그 말이 체한 것처럼 가슴에 걸려 도통 내려가지가 않았다. 종남산에 들어와 가장 불편한 것은 시시각각 변하는 정세를 제 때에 알지 못한다는 것이었다. 무엇보다 도적떼들에게 관직을 내려 그들을 회유한다는 것이 못내 마음에 걸렸다. 대륙의 역사를 살펴 볼 적에 그들은 해외의 침략에 무너지기보다 해내의 분란이 멸망을 초래했던 적이 많았다. 치원은 반란을 꿈꾸던 자들이 관직을 꿰차고 앉았을 때 벌어질 불행들이 감히 짐작도 되지 않았다.

"세상이 어찌 되려는 것인가."

치원은 저도 모르게 한숨을 깊이 내쉬었다.

"계십니까?"

그때였다. 누군가 움집 쪽으로 들어서는 기척이 느껴졌다. 발걸음이나 기척의 크기가 전혀 낯선 자였다.

"누구십니까?"

치원이 밖으로 나가자 곱게 단장한 여인이 복사꽃 향기를 뿜어내며

서 있었다. 제법 귀한 신분의 여인인 듯 했으나 몸종도 없이 홀몸이었다. 치원은 그녀가 일전에 봤던 쌍녀분 여인들처럼 귀신이 아닐까 싶어 괜한 경계심을 가졌다. 그렇지 않고선 저토록 빛나듯이 아름다운 여인이 이 초라한 움집까지 찾아올 까닭이 없었다. 길게 늘어트린 머리칼은 바람에 나부껴 치원의 눈을 설레게 했다. 치원은 그 머리칼에서 향기가 나는 것이라 짐작하며 입을 열었다.

"어쩐 일로 오셨습니까?"

"고운 판관님을 아시지요?"

"예, 알다마다요."

"고운 판관님의 서신을 전하러 왔습니다."

"형님께서요?"

"예, 판관님께선 지금 고병 장군과 함께 전장에 나가 계십니다. 해서 직접 오시지 못하셨습니다."

치원은 그녀의 머리카락이 자오곡의 바람결에 살방살방 나부끼는 것이 자꾸만 신경 쓰였다.

"감사합니다. 잘 받았노라 전해주시지요."

여인은 치원에게 서신을 전한 뒤에도 돌아가지 않고 그의 거처 이곳저곳을 살펴보았다.

"하실 말씀이 남으셨습니까?"

"제가 목이 타서 그런데 물 한 잔 주시겠습니까?"

치원은 그제야 손님을 맞이해놓고 대접도 하지 않았다는 사실을 깨달았다.

"경황이 없어 죄송했습니다. 잠시 기다리시지요."

치원은 곧장 자오곡의 물을 길어 차를 끓이기 시작했다. 여인은 그런 치원의 동작을 오래도록 바라보았다. 치원은 그 시선에 저도 모르게 손끝을 파르르 떨었다. 그 눈빛이 결코 가볍지 않은 때문이었다. 치원은 입술이 바짝 말라 간신히 입을 떼었다.

"고운 형님과는 어떤 관계십니까?"

"고병 장군이 제 아버지 되십니다."

치원은 그녀가 도저히 심부름이나 할 법한 용모로는 보이지 않는다 생각하긴 했으나 고병 장군의 딸이라곤 상상도 하지 못한 터였다.

"어찌 귀하신 분께서 이곳까지 직접 오셨습니까? 아랫사람들을 시키시지 않고."

여인은 찻잔을 건네받으며 잠시 숨을 골랐다. 그녀는 찻물에 입술을 살짝 적신 뒤에 다시 입을 열었다.

"서신 먼저 읽어보시지요."

여인의 말에는 어딘가 안타까움이 묻어 있어 심호흡을 크게 해야 할 것 같았다. 치원은 그제야 서찰을 꺼내 들었다.

'내 친애하는 치원에게' 로 시작되는 고운의 서신은 전장에서 보내온 것인 듯 구구절절한 안부인사 같은 것은 생략되어 있었다. 치원은 그 간략하고 강렬한 서신을 읽으며 얼굴이 점차 흙빛으로 변해갔다.

'이부 박학굉사과 폐지. 고병의 막료가 되어주길 간절히 청함.'

치원은 말없이 고운의 서신을 한참동안 바라보았다.

"결국 과거제도가 폐지되었단 말입니까."

"짐작 하셨던 모양입니다."

"가끔 찾아오는 벗들이 이런 저런 세상 얘길 전해줬습니다."

치원은 저도 모르게 터져 나오는 한숨을 차마 숨길 수 없었다.

"제 대답을 가져가셔야 하는 겁니까?"

"고병 장군과 고운 판관께서 답신을 기다리겠다 전하셨습니다."

치원은 입술을 꾹 다문 채 한참 서신을 보고 있었다. 너무 황망하여 아직은 실감이 나지 않는 터였다. 꽃같은 모양을 하고 있던 여인은 그런 치원을 물끄러미 쳐다보았다.

"시간이 필요하시겠지요?"

"예, 죄송합니다."

"기다리겠습니다."

"답을 어디로 가져가면 되겠습니까?"

"종남산 아래 객장에서 묵고 있습니다. 그리로 오시지요."

여인은 그 말을 끝으로 짧게 인사를 한 뒤 자리를 털고 일어섰다. 치원은 그녀를 배웅하는 듯 마는 듯 하고선 평상에 앉아 한참을 멍하니 생각에 잠겼다. '이부 박학굉사과 폐지.' 고작 그 몇 개의 글자가 이토록 가슴을 쑤시리라곤 예상치 못했던 것이다.

"세상엔 참으로 갖은 풍운이 일어납니다."

김가기는 자신이 돌아올 때까지 평상에서 견디고 있던 치원을 보곤 상황을 짐작했다. 그는 치원의 곁으로 털썩 주저앉으며 다 식은 찻물을 훌훌 마셔버렸다.

"그러게 말이네. 이토록 사람을 급급히 몰아붙일 일이 무어란 말인가. 우리는 일생 단 한 번을 젊은 데 말일세."

"계획이란 참으로 계획대로 되지가 않습니다."

"그것이 운명이고 또 도가 아니겠는가."

치원은 김가기의 말에 쓴웃음을 지었다.

"양가가 이곳에 들렀다 가면 말입니다. 마누라 등쌀에 열흘은 밥도 제대로 얻어먹지 못한다 했습니다. 이곳에 채워놓고 간 쌀이 그의 집 쌀독에서 퍼온 것일 테니. 본인이 열흘을 굶어가며 저를 먹이려던 것이지요."

"그래서 고민했던 것 아니던가. 고병의 막료가 되는 것 말일세."

"맞습니다. 처음 고운 형님께서 제안을 하셨을 때 너무나 춥고 배고팠었지요. 게다가 고병 장군이라니 그 어찌 든든하지 않았겠습니까?"

"헌데?"

"헌데. 포기하지 말라며 저 쌀독을 채워주는 것이 아니겠습니까? 그이가 말입니다. 배운 것도 아는 것도 없는 이가 저를 믿고 기다리는데 어찌 이제와 뜻한 바를 접고 고병 장군을 따라가겠습니까? 저는 자신이 없었습니다. 그 마음을 모른척할 자신 말입니다."

"그래서 그토록 만반의 준비를 하고자 했었구먼."

"예, 그의 쌀독에 빌어먹지 않기 위해 일할 것이 아니라, 그의 쌀독을 채워주는 일을 하고 싶어 박학굉사과를 보고 싶었던 것이었습니다."

김가기는 치원의 마음이 참으로 어여쁘다 생각했다.

"그래. 그래도 사라진 제도가 언제쯤 다시 살아날지도 모를 일 아닌가."

"형님도 잘 아시지 않습니까. 우리는 일생 단 한 번을 젊다는 것을요."

치원의 웃음은 마음이 아리도록 서글퍼서 김가기는 그의 등을 가만히 쓸어주었다.

"그러면 답은 하나만 남지 않는가. 세상으로 나가야지."

"그런 것 같습니다."

치원은 그의 말에 시선을 하늘로 두었다. 야속하게 반짝이는 별들이 그의 머리 위를 어지럽게 수놓고 있었다.

삼일 밤낮을 먹지도, 자지도 않고 고민하던 치원은 결국 서찰을 품은 채 종남산을 내려갔다. 그는 객장의 우물 앞에서 이것이 옳은 선택인지 마지막으로 고민하며 두레박으로 물을 길어 올렸다. 마음을 가라앉히기 위해 세수라도 해볼 요량이었다. 얼음장 같은 찬물을 끼얹으니 화끈거리던 이마와 뺨이 천천히 가라앉았다. 그는 감았던 눈을 천천히 뜨곤 크게 호흡을 뱉어냈다.

"닦으시지요."

불쑥 내밀어진 손수건에선 복사꽃 향기가 퍼져 나왔다. 치원은 그녀가 일전에 자신에게 서신을 전했던 여인이라는 것을 깨닫곤 살풋 웃어 보였다.

"감사합니다."

그는 뺨에서 떨어지는 물기를 닦아 낸 후에 그것을 가지런히 접어 그녀에게 돌려주었다.

"이것 말고 그 이전에 드렸던 것을 주시겠습니까?"

치원은 그것이 무슨 소린가 싶어 그녀의 얼굴을 빤히 바라보았다.

"우리가 언제 또 만난 적이 있었습니까?"

"벌써 여러 번 만났었지요."

"제 기억엔 전혀 남아 있질 않으십니다."

"사내에게 흐리게 기억되는 여인이라 말씀하시는 겁니까? 그건 실례가 아닙니까?"

"그런 것이 아니라…."

"정말로 기억에 없으십니까?"

여인은 어쩔 줄 몰라 하는 치원을 놀리듯 새침한 표정이었다가 곧 환한 미소를 지었다.

"우리는 떠나오는 배 위에서 만났습니다. 장안의 시장에서 만났고, 그 옆의 화원에서도 만났습니다. 율수현에서도 만났었고 지금도 만나고 있습니다."

치원은 그제야 아득하게 기억하고 있던 그리운 얼굴을 떠올릴 수 있었다.

"설마."

눈이 반달처럼 휘어지게 웃는 여인의 얼굴에서 당돌했던 어린 애란의 모습이 보이는 듯했다. 치원은 그제야 여인의 얼굴을 바로 보았다. 늘 상상하던 여인이었다. 이제나 저제나 연락이 닿을 수 있을까 기대하던 바로 그 애란이었다. 그는 자신의 상상보다 훨씬 어여쁜 여인이 된 애란의 모습에 입을 다물 수가 없었다.

"애란 아가씨."

애란은 제 이름을 불러주는 치원 때문에 저도 모르게 눈물이 핑 돌았다.

"오래 기다렸습니다. 당신을 아주 오래 기다렸습니다."

치원은 저도 모르게 애란을 와락 끌어안았다. 맞닿은 심장에서 두근거리는 소리가 귓전을 때리듯이 울렸다.

"그동안 어떻게 지내신 겁니까? 어딜 다니시느라 연락도 닿지 않았던 겁니까? 제가 어디 있는 줄 뻔히 아셨으면서 왜 찾지 않으셨습니까?"

치원의 쉴 새 없는 질문에 품에 안긴 애란의 얼굴에 수줍은 미소가 피어올랐다. 그녀는 치원의 품에서 빠져나와 그의 얼굴을 바로 보았다.

"지금 이렇게 만나지 않았습니까. 이렇듯 반갑게 만나지라고 한참을 엇갈렸었나 봅니다."

치원은 여전히 섭섭한 마음이 가시지 않은 듯 애란을 원망어린 눈으로 보았다.

"손에 쥔 모래 같았습니다. 가득 쥐고 있다고 여겼는데 어느 날 펼쳐보니 아무것도 없었지요. 상단의 이름도 없었고, 애란 아씨의 흔적은 그 어느 곳에서도 찾을 수 없었습니다."

"사정이 있었습니다. 상단은 이름을 바꿨고, 제가 당나라로 돌아왔을 땐 공께서 빈공과에 합격해 만유를 다니시던 시절이었습니다."

"허면 근 십 년간 해외로 다니셨다는 것입니까?"

"예."

"이젠 아주 들어오신 것이지요?"

애란이 고개를 끄덕인 뒤에야 치원은 마음을 놓고 세게 쥐고 있던 애란의 어깨도 놓아주었다.

"헌데 우리가 율수현에서도 만났다니요."

"쌍녀분에서 여도사 한 명을 만나셨지요?"

치원의 머릿속에 팔낭자와 구낭자가 스쳤다. '인연'을 선물로 준다던 두 아가씨의 말이 이제야 이해가 되었다. 그는 진작 애란을 알아보지 못했음을 아쉬워했다.

"허면 그 여도사가 애란 아씨였단 말입니까? 저라는 것을 알아보셨으면서 왜 진작 사실을 밝히지 않으셨습니까?"

"그 땐 심부름을 하던 중이었기에 말씀 드리기가 어려웠습니다."

"왕선지의 수하들에게 쫓기고 계셨습니다. 대체 무슨 심부름을 하신 것입니까?"

"호랑이를 잡으려는 일이었지요. 호랑이를 잡으려면 그 굴에 들어가야 하지 않겠습니까?"

"그래도 그토록 위험한 일을 하시다니요."

"아버지께 인정받을 수 있다는 사실만으로 충분히 행복한 일이었습니다."

치원은 그제야 애란과 화원의 담벼락 아래서 했던 이야기들이 떠올랐다. 사내아이가 아니라 서럽다던 투정과 진사과를 보고 싶다는 욕심어린 이야기들이 생각나는 것이었다.

"그때도 그러셨지요. 아버님과 함께 일하고 싶다고. 사내로 태어났으면 좋았을 것 같다고요. 저와 함께 진사과를 보고 싶다지 않으셨습니까."

애란은 사소한 것들까지 기억하고 있는 치원을 놀란 눈으로 쳐다봤다. 가족이 아닌 자가 제 어린 시절을 기억하고 있는 것은 처음이었다. 애란의 가슴은 쿵쾅대며 뛰기 시작했다. 옛동무를 만난 반가움이 곧 저릿저릿한 떨림으로 바뀐 것이다. 두 사람의 시선은 허공에서 얽혔고, 그것을 견디지 못해 먼저 말문을 연 것은 애란이었다.

"답신을 가지고 오시면 아버지가 계신 곳으로 모셔오라 하셨습니다. 장군께로 가시지요. 기다리고 계십니다."

치원은 제 할 말을 마치고 홀연 뒤돌아서는 애란의 모습을 다시 놓칠 새라 빠르게 뒤따르기 시작했다. 그녀의 치맛자락이 내내 치원의 눈앞에서 꽃잎처럼 흩날리고 있었다.

적진으로 떠난 여인이
보내 온 소식

적진으로 떠난 여인이 보내 온 소식

막사의 분위기는 숨이 막힐 듯했다. 치원은 마주 앉은 고병의 표정을 전혀 읽을 수가 없었다. 대대로 금군장령(禁軍將領)을 지낸 사내답게 결코 얼굴에 감정을 드러내지 않는 까닭이었다. 그는 희종의 명으로 태평(太平)과 진해(鎭海)의 절도사를 지냈으며 현재는 회남(淮南)의 절도사로 황소 무리의 반란을 진압하기 위해 애쓰는 중이었다. 치원은 긴장감으로 굳어져 고병의 입이 떨어지기만을 바랐다. 고병의 곁을 지키고 서있던 고운도 치원과 같은 마음이었다. 그는 단지 추천을 했을 뿐, 막료로의 채용을 결정하는 것은 어디까지나 고병의 의지에 달린 일이었다.

시간이 얼마나 흘렀을까. 한참만에야 고병이 말문을 열었다.

"자네와는 함께 과거 급제 한 사이라고 했던가?"

"그렇습니다. 약관의 나이에 율수현위를 지냈는데 아래를 살펴볼

줄 알고 위에 충성하며 자신에게 엄격한 인물입니다."

"열둘에 당나라에 왔다지?"

"예, 그렇습니다."

고병은 서찰에서 시선을 옮겨 치원의 얼굴을 쳐다보았다. 여인네처럼 흰 피부에 총기어린 눈빛, 곧은 자세와 결연한 태도가 썩 마음에 들었다. 일전에 선하 부인에게서 전해들은 대로 곱상한 외모만 봐서는 결코 그 성미가 어떠할지 가늠이 되지 않는 청년이었다. 고병은 서찰을 접어 탁자 위에 둔 뒤 치원을 향해 질문을 던졌다.

"시절이 흉흉하네. 왕선지가 황매(黃梅, 호북 일대)에서 대패해 전사하고 일부 봉기군들이 흩어졌지만 남은 자들이 황소에게로 몸을 의탁했다네."

"들었습니다."

"그들이 황소를 왕으로 추대하고 충천대장군(沖天大將軍)이라고 부른다더군."

고병은 쓴 입맛을 다셨다.

"소금장수가 벼락출세를 해도 유분수지. 자네라면 이 어이없는 작태를 어찌 해결하고 싶은가."

치원은 잠시 고민하다가 침착하게 입을 열었다.

"백성 모두가 황소가 들어오는 것을 환영하고 좋아하고 있다 들었습니다. 민심을 얻고 있다는 것이지요."

"그래. 백성들에게 의복과 금품을 나누어주며 환심을 산다 하더군."

"그렇게 환심을 사겠지만 결국엔 그 한계를 맞을 겁니다. 그 자금도 곧 바닥 날 테니까요. 때를 기다려 민심을 돌려야지요."

"세월아 네월아 기다릴 수만은 없는 노릇 아닌가."

"자금이 바닥나면 황소는 의적 행세를 하려 들 것입니다. 병사들을 이끌고 약탈을 시작할 테지요."

고병은 팔짱을 척 끼고 치원을 바라보았다.

"그들이 의적 행세를 하려 하기 이전에 소금을 비롯한 조세를 낮추고 황소가 했던 일들을 호족들이 행해야 할 것입니다."

"주변의 호족들이 동의하겠는가. 다들 쥔 것을 놓으려 하지 않을 텐데."

"천하란 민초에게 달려 있사옵니다. 민초가 있고서야 왕후장상이 있으니 그들도 살아남기 위해서는 가진 것을 내놓는 시늉이라도 하게 될 것입니다."

"그렇지. 황소가 힘을 얻은 것 역시 전란과 민란으로 황폐한 이 땅에 강력한 패자가 새로이 천하를 재패하리라는 희망에서 비롯된 것일 테니까."

"예, 그러니 이제는 그 마음들을 다시 돌려야 할 것입니다."

고병은 깊은 눈으로 치원을 쳐다보았다. 얌전히 제 할 말을 다 하는 이 청년의 모습이 더욱 마음에 드는 것이다. 인재는 많을수록 좋았다. 제도가 인재를 낳고, 인재가 다시 제도를 낳는다 했으나 이토록 쓸쓸한 시절에는 제도를 믿을 수가 없는 노릇이었다.

"주변의 호족들을 설득할 자신이 있겠는가?"

"그들 역시 황소에게 제압당할 것을 염려하고 있을 것입니다. 작게 잃고 크게 얻는 일이라는 것을 강조하여 설득하면 뜻을 모아 줄 것입니다."

"그럼 그 일을 한 번 해보시게. 내 자네를 관역순관(館驛巡官)에 임명토록 하겠네."

관역순관이란 교통의 편의와 조세의 징수, 공물의 운송 등을 관리하고 책임지는 주요 직책이었다. 치원은 고병을 향해 예를 갖춰 인사를 올렸다.

"감읍드릴 따름입니다. 저의 역량을 높이 사주시어 임관을 청해주셨으니, 열과 성을 다한 노력을 기울이겠습니다."

"뜻있는 젊은 인재를 만났으니 그것은 내가 거듭 고마워해야할 일이네."

고병은 치원을 맞이한 뒤 처음으로 온화한 미소를 보였다.

'듣던 대로 호방한 인물이다.'

치원 역시 고병을 보며 가만히 미소 지었다.

두 사람의 면접에 가슴 졸였던 것은 도리어 고운이었다. 그의 입에서 탄식 같은 긴 한숨이 흘러 나왔다. 밖에서 대화를 엿듣던 애란의 입에서도 그와 비슷한 한숨이 흘렀다. 그녀는 당장이라도 날아갈 듯 뿌듯한 표정을 숨기며 복도를 사뿐사뿐 걸어 사라졌다. 고병을 보기 위해 걸음했던 선하 부인은 무엇엔가 가슴 졸였다가 또 금방 행복한 표정으로 돌아서는 애란의 모습이 의아할 따름이었다. 아주 어린 시절을 제외하곤 늘 대범하게 굴며 장정 셋, 넷의 몫을 해온 애란이었다.

선하 부인의 궁금증은 고병의 집무실이 활짝 열린 뒤 곧 해결 되었다.

"참으로 오랜만에 뵙습니다. 부인."

"귀공은 누구신데 제게 이토록 반갑게 인사를 하십니까?"

"십여 년 전, 계림에서 떠나오는 상단의 배를 얻어 탄 적이 있습니다."

선하 부인은 그제야 어린 치원의 얼굴이 스치는 것을 깨닫고는 아주 반가운 얼굴이 되었다. 그리고 애란의 미심쩍은 행동거지도 금세 이해되었다. 아직 철부지였던 어린 애란이 지극정성으로 쫓아다녔던 신라 소년이었다. 선하 부인은 애란의 마음에 춘풍이 일었음을 짐작하곤 치원을 살갑게 대해주었다.

"은인을 아주 오랜만에 뵙습니다. 어쩌면 이렇게 훤칠한 장부로 장성하셨습니까."

"과찬이십니다. 그간 강녕하셨지요?"

"예, 덕분에 아주 잘 지냈습니다. 헌데 여긴 어쩐 일로 와계신 겁니까?"

그녀의 말에 고병이 대신 입을 열었다.

"내가 임관을 청했고, 공자가 들어 주었으니 다시 한 배에 타게 되었습니다."

"임관이요? 그것 참 신기한 일입니다. 우리가 아주 깊은 인연을 가지고 있나 봅니다."

선하 부인의 말에 안달이 난 것은 고운이었다. 지방이 두둑한 눈두덩이 더 할 수 없이 커져 번득이며 치원과 선하 부인을 번갈아 보았으나 이렇다 할 접점을 찾을 수는 없었다. 고운의 두 눈에는 두 사람이 무슨 관계인지에 대한 호기심이 가득 어렸다. 그는 차마 둘 사이를 가르고 말을 건넬 용기가 나지 않아 잠자코 있었다.

"함께하게 되어 기쁠 따름입니다. 많은 가르침을 주십시오."

"나야말로 잘 부탁드립니다. 그럼."

선하 부인은 곧장 몸을 돌려 고병의 집무실로 들어섰다. 그녀가 사라지자 고운이 득달같은 말로 치원에게 물었다.

"대체 이게 다 무슨 일이란 말이냐?"

치원은 고운의 벼락같은 질문에도 빙그레 웃기만 할 뿐이었다.

고병과 마주 앉은 선하 부인은 서둘러 운을 뗐다. 신라로 갈 채비를 전부 마친 터였다.

"준비가 끝났으니 곧 출발할 것입니다."

"신라와 왜를 두루 들렀다 오신다구요."

"예, 이제 가면 두 계절은 지나야 볼 수 있겠습니다."

"바람이 좀 지고 물길이 좋아지니 가시려면 지금이 좋긴 하겠구려. 그래 이번에도 소금을 가져다주고 금을 가지고 오시려오?"

"아니오. 소금보다는 비단을 많이 원하니 비단을 준비해뒀습니다."

"요즘 계림은 좀 어떻습니까?"

"태평성대란 말도 들리는 것을 보면 헌강왕이 치세를 잘하는 듯합니다."

고병이 긍정의 의미로 고개를 끄덕이며 말을 이어갔다.

"그렇습니까? 그래도 시절이 하도 어수선하니 몸조심 하시오."

"예, 저야 문제 될 것이 없으나 장군과 애란이 걱정입니다."

선하 부인은 종전에 보았던 애란의 흐뭇한 얼굴과 치원의 모습을 떠올리며 천천히 말문을 열었다.

"외람된 말씀입니다만. 애란이 말입니다. 그 애를 너무 위험한 곳에 보내지 않았으면 해요."

"알고 있소이다."

"이제라도 평범한 여인으로 살게 했으면 좋겠습니다."

"제 운이 그렇다면 그렇게 살 수 있을 테지요."

고병 역시 애란의 몸에 난 흉터들이나, 그녀의 차가운 모습들이 내

내 마음에 걸리던 터였다. 과년하였으나 여도사 분장을 하고 적진을 헤매고 돌아다니는 까닭에 마땅한 혼처를 알아보지도 못하는 상황이었다. 고병은 끄응 앓는 소릴 하며 눈을 내리감았다. 자식을 걱정하는 마음이 크긴 했으나 지금에 와서 애란을 대체할 수 있는 사람은 아무도 없었다.

"애비가 되어서 나라고 마음이 편한 것은 아니외다. 하지만 지금은 누구도 믿을 수가 없는 시절이 아니겠습니까?"

"압니다. 어찌 그 마음을 모르겠습니까. 다만…."

"알겠소이다. 그 문제라면 내 진지하게 고민해 보겠소."

선하 부인은 더 이상 덧붙이지 않은 채, 창문 너머로 모여드는 젊은이들을 한참 바라보았다. 그녀는 애란의 웃음을 참으로 오랜만에 보는 것 같아, 그 웃음이 오래도록 지켜지길 간절히 바랐다.

고운은 괜한 배신감에 치원과 애란을 번갈아 쳐다보았다.

"아니, 어찌 이런 이야길 꽁꽁 숨기고 계셨단 말입니까?"

"저도 얼마 전에야 알았습니다. 두 분이 막역한 사이라는 것을요."

애란이 담담히 말을 이었다. 그러자 기가 막힌다는 듯 고운이 큰소리로 너털웃음을 터트렸다.

"그러니까 네가 반했던 여인이 둘 있었는데, 그것이 같은 여인이라는 것이지? 그리고 그 여인이 바로 여기 애란 아씨라는 것이고?"

고운의 말에 치원이 고개를 끄덕였다. 국자감에서부터 치원의 순정이란 것은 익히 소문이 난 것이었다.

"허면 추야우중도 그 주인이 애란 아씨라는 것이냐?"

"아이, 형님!"

"일생이 참으로 불공평합니다. 누구는 이역만리 타국에 와서까지 제 짝을 만나는데 저는 어쩌자고 여태 홀몸인지 말입니다."

고운 역시 약관의 나이를 훌쩍 지나 이젠 노총각 신세였다. 집안에서 정해준 혼처가 있었으나 약혼만 한 채 차일피일 미루다 혼기를 지나쳤던 것이다. 여인 쪽에서 다른 남자가 생겨 함께 도망을 갔노라고 전해 들었을 뿐 치원도 자세한 내막을 알지는 못하는 상태였다. 그러나 고운은 말만 요란할 뿐, 그것에 진심으로 상처를 받았다거나 하지는 않는 눈치였다. 김가기 못지않게 기이한 행동을 일삼는 자가 바로 고운이었다.

"열 여인을 곁에 두어도 마다하시는 형님이 아닙니까."

"그거야 곁에 온 열 여인이 노상 다른 사내를 바라보니 어쩔 도리가 있겠는가?"

고운은 맥이 탁 풀렸다는 시늉을 하며 바닥에 엉덩이를 깔고 주저앉았다. 그는 흘긋거리는 눈으로 애란과 치원을 번갈아 보았다. 치원이 여인의 앞에 선 모습도 낯설었으나 서릿발 같던 모습의 애란이 수줍게 구는 것은 정말이지 다시없을 진귀한 구경이었다. 고운은 때를 놓치지 않고 농담을 걸었다.

"새삼 부끄러운 일이지만 애란 아씨에게도 수작을 걸어본 일이 있었다네."

애란은 영문을 모른다는 양 두 눈을 크게 뜰 뿐이었다. 치원은 그가 또 되먹지 못한 농담을 시작하는 줄로 알고 터져 나오는 웃음을 숨기고 있었다.

"전혀 몰랐지 뭔가. 어찌하여 나 같은 사내를 다 마다하는가 말일세. 헌데 자네를 마음에 품고 계셨으니 당연히 내 까짓 놈이 눈에 찰 리가 있었겠는가?"

"대체 그게 무슨 말씀이십니까?"

애란이 발끈하여 얼굴을 붉혔다. 고운은 짐짓 이런 반응을 예상하곤 애란을 놀리느라 분주했다.

"제가 함께 식사라도 하자고 하면 급한 일이 있으시다 도망만 치시지 않으셨습니까? 그럼 차라도 한잔 하자고 하니 뭐라 하셨습니까? 이미 마셨다고 거절을 하지 않으셨습니까? 제가 얼마나 큰 상처를 받았는지 아십니까?"

"오해십니다."

애란이 난처한 기색을 표했으나 치원은 그녀를 돕지 않았다. 애란은 눈으로 치원에게 도움을 청했으나 그것 역시 모른 체했다. 율수현에서 자신을 모른 체했던 데에 대한 소소한 복수였다. 고운은 신이 나서 애란을 골리느라 여념이 없었다.

"허면 제가 이제라도 식사를 하자면 함께 가시겠습니까?"

"그것이…."

"여전히 차 한 잔도 어렵겠습니까?"

"한 잔 아니라 열 잔도 마실 수 있습니다."

"정말이십니까? 열 잔이라고 방금 말씀하셨습니다."

애란은 곤란한 얼굴로 어떻게 대답해야 할지 망설이고 있었다. 잠자코 지켜보기만 하던 치원은 이제야 입을 열어 고운을 말렸다. 이러다간 애란이 단단히 토라질 것 같았기 때문이다.

"차 얘긴 나중에 하시고, 제게 회남 구경을 시켜 주시지 않겠습니까?"

고운은 흥이 떨어졌다는 듯 입을 삐죽였다. 애란은 마땅히 해야 할 일이라는 듯 서둘러 치원을 붙잡았다. 이제라도 저를 구해줘 다행이라는 마음이 드는 것이다.

"그렇게 하고말고요. 기꺼이 구경시켜 드리겠습니다."

애란은 쏜살같이 걸음을 옮겨 사라졌고, 치원은 그 뒷모습을 흐뭇하게 바라보았다.

"일과 사랑을 모두 얻는 것도 나쁘지만은 않은 일이지."

고운은 치원의 등을 툭 치곤 진심을 다해 축하의 말을 건넸다.

"잠시 쉬어간다 생각하게. 곧 자네의 시절이 오지 않겠는가. 자네란 인물은 범군을 모신다 해도 천하를 감동시킬 재능이 있는 자가 아니던가."

치원은 고운의 신뢰가 고마울 따름이었다.

"형님의 배려가 늘 감사할 따름입니다."

"허면 정말 애란 아씨와 차 한 잔 해도 되겠는가?"

고운이 능글거리며 묻자 치원이 단호하게 고개를 가로저었다.

"아무리 형님이어도 그것은 아니 될 말씀이십니다."

"여자 앞에선 우정도 의리도 저버리겠다 그것인가?"

치원은 장난스럽게 고개를 끄덕였다.

회남(淮南)은 커다란 운하를 끼고 있어 그 길을 따르면 신라로 곧장 떠날 수 있었다. 치원과 애란은 말고삐를 쥐고 회남을 질러 흐르는 운하를 따라 달렸다. 날이 풀려 얼었던 땅이 녹아 바닥이 질척했다. 말발굽이 깊이 팬 땅에선 새싹이 움 트는 중이었다. 장안과 낙양에 이은 제3의 도시이자 최대 국제 무역항이 있는 회남을 터로 잡은 까닭에 애란과 선하 부인이 운영하는 객장은 제법 그 규모가 컸다. 교통이 편리하고 경제가 번영하는 까닭에 백성들도 여느 지역보다 안정적으로 생활할 수 있었던 것이다.

치원은 끝없이 달리는 말 위에서 호기가 차오르는 것을 느꼈다. 종남산을 내려오기로 결심한 순간부터 시달리던 고민에서 완전히 해방된 기분마저 느껴지는 것이다. 그는 넓게 흐르는 운하를 보며 막연히 자신감이 차오르는 것을 느꼈다. 그것은 곁에서 함께 말을 달리는 애란 덕분이었다.

말들은 잘 먹이고 돌봐준 덕분에 아무리 달려도 지친 기색이 없었다. 갈색의 윤기가 도는 종마는 연신 갈기를 푸르르 떨어댔다.

"워워."

고삐를 쥔 치원의 손에 힘이 들어갔다. 이대로 더 달리다간 회남의 경계마저 넘을 기세였다. 허벅지와 엉덩이에 한참 힘이 들어가 뻐근했으나 그런대로 버틸 만했다.

"잠시 쉬어가시겠습니까?"

치원의 물음에 애란이 고개를 끄덕였다.

두 사람은 나무 등치에 허리를 기대고 앉아 운하가 태양에 반사되어 반짝이는 것을 지켜보았다.

"어려운 결정을 하셨습니다."

애란이 먼저 입을 열었다.

"어쩔 도리가 없는 일이 아니겠습니까?"

"거절하실 줄로만 알았습니다."

"고병 장군의 명망은 익히 들어 알았으니 마다할 이유가 있었겠습니까."

"가지신 뜻을 펼치기에 너무나 작은 자리가 아닙니까."

치원은 애란을 지그시 바라보았다.

"제가 가진 숙명이지요. 이방인인 제가 어쩌면 너무 큰 꿈을 품었던 것인지도 모르겠습니다."

"어찌 그런 말씀을 하십니까."

"사기의 여포를 아십니까?"

"후한 말의 장수가 아닙니까. 무용이 가장 뛰어난 인물로 후세에도 훌륭히 평가 받고 있지요."

"그렇습니다. 감히 제가 여포라는 이에 필적할 수준이 아닌 줄은 알지만…."

치원이 말끝을 흐렸다. 애란은 치원이 무슨 말을 할 것인지 대략 짐작이 갔다.

여포는 그토록 뛰어난 무예를 가지고도 이곳저곳에서 이용만 당하였다. 그 능력이 아주 출중했다곤 하나 병주의 흉노 출신이었던 그가 차지할 수 있는 자리는 굳건하지 못했다. 천하를 뒤흔들기엔 그 뿌리가 너무나 약한 까닭이었다.

애란은 차마 말을 잇지 못한 채 치원과 같은 곳을 바라보고 앉아 있었다.

"양가라는 이가 있습니다. 율수현에서 저를 물심양면 돕던 이였습니다. 그의 얼굴이 스쳤습니다. 그 뒤엔 쌍녀분의 여인들이 스쳤고, 시장의 상인들과 벗들의 얼굴이 차례로 흘러갔습니다."

애란은 잠자코 치원의 이야기를 들어주었다.

"제 뜻은 언제나 하나였습니다. 같은 하늘 아래서 저와 같은 공기를 마시는 이들만이라도 인간답게 살길 바랐던 것이지요."

"그러셨습니까."

"그것이 자리와는 상관없다는 것을 너무 늦게 알았습니다. 그러니 기꺼이 내려올 수밖에요."

치원의 얼굴은 의지로 가득 차 있어서 애란은 그 뒤의 그늘은 모른 체 하기로 했다.

"게다가 고운 형님과 함께하고 있지 않습니까. 애란 아씨와도 함께 있고요."

"그것이 도움이 되는 일입니까?"

"장부가 한때 뜻을 품었으니 멀리 나아가야하고 함께 가게 되면 더욱 좋지요."

치원은 그 말을 끝으로 자리를 털고 일어섰다. 벌써 한낮이 지나고 바람결이 거칠어진 탓이었다. 그는 먼저 일어서 애란에게 손을 뻗었다. 내민 손이 희고 길어 애란은 그 손을 잡는 것이 잠시 망설여졌다. 자신의 손은 칼을 쥐거나 험한 곳을 부지런히 다닌 까닭에 굳은살이 배겨있는 탓이었다. 애란은 손을 보이는 것이 부끄러워 잡지 못하고 있었으나 치원이 다시 채근했다.

"싫으십니까?"

"그것이 아닙니다."

"내민 제 손이 무척 무안해합니다."

"손이."

애란이 망설임 끝에 사실대로 말했다.

"제 손이 너무 못나 잡을 수가 없습니다."

치원은 애써 숨기려는 애란의 손을 물끄러미 바라보았다.

"저는 그 손이 무척 아름답다고 생각합니다. 그것은 그간 아가씨가 얼마나 치열하게 살았는지를 보여주는 흔적들이 아닙니까. 누구도 할 수 없었던 일들을 해낸 자랑스러운 흔적입니다."

고백보다 달콤한 말에 애란이 천천히 손을 내밀었다. 두 사람의 손이 금방 닿았고 애란은 그의 손에 의지해 자리에서 일어섰다.

애란은 치원의 손을 잡은 후로 문득 두려워지기 시작했다. 마음은 이대로 깊어질 것이고 치원은 언젠간 신라로 돌아갈 인물이란 것을 모르지 않는 까닭이었다.

'여포의 고사를 예로 든 것이 아무래도 마음에 걸리는구나.'

애란은 남몰래 속앓이를 하면서도 잡은 손을 놓을 수 없게 되었다.

고병의 마음에 걸리는 것 하나도 치원이 신라로 돌아갈 거라는 사실이었다. 그는 시간이 갈수록 치원의 학문과 인품이 마음에 들어 그를 영영 제 사람으로 만들고 싶었다. 고병은 관역순관의 일을 순조로이 처리하고 주변 호족들의 마음마저 돌려놓은 치원의 재주에 감탄을 금치 못했던 것이다. 게다가 애란과 치원이 서로 좋아 지낸다는 것을 눈치 채고 있었으니 그 욕심이 날로 커졌다. 치원이 문인으로서나 사상을 함께하는 동료로서 빠짐도 막힘도 없었기 때문에 아끼지 않을 수 없었던 것이다. 고병은 어느덧 두 계절을 함께 보낸 치원과 눈 날리는 풍경을 함께 하고 있었다. 그는 종종 치원을 불러 학문을 나누고 시를 주고받았다. 그것이 고병의 유일한 낙이라고 해도 과언은 아니었다.

雪詩(설시) 고병

六出花飄立戶時(육출화표입호시)	눈이 나부껴 문에 들어올 때에
立看修竹變瓊枝(입간수죽변경지)	서서 긴 대나무가 구슬 가지로 변한 것을 보았더라
浚巡好上高樓看(준순호상고루간)	천천히 즐겨 높은 다락에 올라

가 보니

蓋盡人間惡路岐(개진인간악로기) 인간의 악한 일, 갈림 길을 다 덮었구나.

고병이 먼저 선창하자 치원이 가만히 뒤를 따랐다.

雪詠(설영) 최치원

五色毫編六出花(오색호편육출화) 오색 붓으로 육출화를 엮어내어
三冬吟徹四方誇(삼동음철사방과) 삼동에 읊조리니 사방에서 추앙하네.
始知絶句勝聯句(시지절구승연구) 절구가 연구보다 나은 줄 비로소 알았으니
從此芳名掩謝家(종차방명엄사가) 이로부터 꽃다운 이름이 사가(謝家)를 무색케 했네.

사도온의 연구보다 고병의 절구가 더 좋다는 뜻이었다. 고병은 저를 추켜주는 치원의 싯구가 싫지 않은 기색으로 치원과 술잔을 나눠 들었다.

"벌써 자네가 이곳에 온 지 반년이 넘게 흘렀네."

"장군의 산정하일(山亭夏日)을 들었던 것이 엊그제 같은데 시간이란 정말 유수와 같은 듯합니다."

"그러하네. 어떠한가. 여전히 이곳에 눌러 살 생각은 들지 않는

가?"

고병은 치원과 그의 아버지 견일이 당나로 떠나기 전, 신라의 왕가를 버리지 않기로 약조했다는 사실을 이미 알고 있었다. 경문왕과 했던 약속은 헌강왕에게도 전달이 되었고 여전히 신라를 드나드는 이들을 통해 밀서를 주고받는다는 것도 알고 있었다.

"시간이 되면 돌아가야겠지요. 지금의 시간과 시련들은 신라를 위한 것이니 말입니다."

고병은 그 말이 마음에 들지 않았다. 그러니 무작정 애란과 치원을 맺어줄 수도 없는 노릇이었다. 그는 치원을 보낼 수는 있어도 애란을 보낼 수는 없었다. 치원도 그 사실을 잘 알고 있었고 애란조차 그 사실을 정확히 알고 있었다.

그것은 고병의 욕심이 아니었다. 상황이었다. 그때문에 치원은 책임감을 느끼면서도 애란에게 함께 신라로 가자는 말이 선뜻 떨어지지는 않았다. 이곳에서 애란이 가지고 있는 위치가 얼마나 대단한 것인지를 아는 까닭이었다. 그렇다고 해서 자신이 이곳에 남을 수는 없었다. 그것은 아들을 믿고 당나라에 보내느라 일생을 바친 아버지에 대한 배신이었다.

이러지도 저러지도 못하는 시간에 감정은 더욱 애틋해지기만 했다. 고운조차 그 일만큼은 누구의 편도 들 수 없었다.

"섭섭하십니까?"

"예, 많이 섭섭합니다."

애란은 눈이 쌓여 이리저리 출렁이는 버드나무 아래서 타는 속을 홀로 달래고 있었다. 고운은 그 곁에 서서 살얼음이 언 연못을 바라보았다.

"빈말이라도 함께 떠나지 않겠느냐 물어주셨으면 했습니다. 어릴 적에도 그러셨습니다. 그러고 보면 참으로 한결 같으신 분입니다."

"달콤한 몇 마디 말로 해결 될 일이 아니니 하지 못하는 것일 테지요."

"압니다. 그걸 알아서 원망도 마음대로 하지 못하니 더욱 속이 아프기만 합니다."

애란은 텅 빈 눈을 하고선 살얼음 아래에 뻐끔대는 잉어들을 보았다.

"처음입니다."

"……."

"여염집의 아낙들이 부러우니 말입니다."

애란은 그 말을 끝으로 고요히 움직여 제 거처를 향해 사라졌다. 사방에 주의를 기울이지 않고 있는 탓에 멀리서 치원이 저를 물끄러미 보고 있던 줄은 까맣게 모르는 채였다.

"함께 가자고 하고 싶습니다."

"말을 해주지 그러느냐. 나는 결코 전하지 않을 것이니. 직접 들으면 무척 좋아하실 게다."

"그런데 감히 제가 아가씨께 그렇게 말씀드려도 될지 모르겠습니다."

고운은 치원과 애란 대신 한숨을 푹 내쉬었다. 지금이야 헌강왕의 치세가 훌륭하여 치원을 불러들일 일이 없다지만 당나라에 시절이 이렇듯 어려운 것처럼 신라의 상황이 언제 어떻게 바뀔지는 모를 일이었다. 고운은 치원에게 사내답게 끝맺음을 하라 이르고 싶었으나 감히 연모의 마음을 걱정할 겨를이 없을 만큼 상황은 걷잡을 수 없는 소용돌이 속으로 빠져들게 되었다.

"장군! 큰일 났습니다."

"무슨 일인가?"

"번방에 대학살이 일어났습니다!"

"뭣이라!"

번방(番坊, 당시 이슬람인들의 거류지)이라 함은 신라방처럼 대식국(지금의 아랍)이나 파사국(지금의 페르시아)의 상인들이 모여 사는 지역을 일컫는 것이었다.

"대학살이라니? 상세히 고하거라."

치원이 예견한 대로 자금이 모자랐던 황소가 해안을 따라 남진하면서 당나라 동남부의 해안도시를 중심으로 비적질을 하기 시작한 것이었다. 황소는 영리하게도 당나라의 민초들이나 관리들을 건드리는 것 보다, 교역권을 장악하고 있던 번방의 이민족들을 학살하기 시작했다. 어마어마한 양의 재물이 모여 있는 번방을 황소는 손쉽게 정복해 나갔다.

"피해 숫자가 얼마나 되느냐."

"정확히 셈할 수 없으나 어림으로 십이만이 넘는다 하옵니다."

장안 중심부의 인구가 오십만 명이었던 것을 생각하면 어마어마한 숫자였다.

고병은 자리를 떨치고 일어서 분노로 몸을 떨었다. 양주에서 교역품을 갈취하고 이역인들을 닥치는 대로 살해한다니 상권이 무너지고 고립될 것이 뻔한 일이었다. 게다가 번방 상인들의 나라에서 이 사실을 알게 되는 날엔 그대로 전쟁이 벌어질 터였다. 치원은 다급히 고병에게 고했다.

"번방의 상인들 역시 보호구가 필요할 것이니 파사국과 대식국에 도움을 요청하시는 것이 어떻겠습니까? 벌써 십이만이 넘는 숫자가 도륙 당했습니다. 죄 없는 백성들이 목숨을 잃고 있습니다."

고병은 치원의 말에 수긍한 뒤 곧장 황실로 파발을 띄웠다. 파사국과 대식국에 도움을 청하는 것이 어떻겠느냐는 것이었다. 그러나 당나라 조정은 혼란을 초래할 전쟁은 시도하려 하지 않았다. 내란으로 골머리가 아픈 와중에 해외의 군대까지 들어오는 것을 달가워하지 않았던 것이다. 황제는 다만 고병을 제도행영도통(諸道行營都統)으로 제수하고 황소를 토벌하도록 지시했다.

고병은 명을 받는 즉시, 치원을 천거해 그를 종사관(從事官)으로 임명했다. 그는 앞으로 표·장·서·계·격 등 숱한 군중문서를 관리해야 할 터였다. 치원은 급변하는 상황을 인지하기 위해 정보를 모으기 시작했다. 황소의 진격로를 알고 대비책을 세워야 할 일이었다.

"현재 봉기군은 강을 따라 내려가며 양주(鄂州)의 외성(外城)을 함락했고 더 나아가 요(饒)·신(信)·지(池)·선(宣)·항(杭) 등 15주(州)를 점령하여 군세를 회복했다 합니다."

"장린에게 십만의 군대를 인솔하여 요주를 지키게 하라."

장린은 훌륭한 장수였으나 요주를 지키는 것에 실패해 신주(信州)까지 물러나게 되었다. 봉기군은 한 치도 밀리지 않았다. 그들은 끊임없이 목주(睦州)와 선주(宣州)를 함락하고 나아갔다. 승승장구로 채석(采石)에서 강을 건너 곧장 고병이 주둔하고 있는 턱밑까지 다가왔던 것이다.

"황소가 이대로 낙양을 향한다면 큰일이 벌어질 것입니다. 이미 스스로를 충천대장군으로 부르는 자입니다. 이제는 왕이 아니라 황제로 추대 받을 작정인 듯합니다."

고병은 눈을 지그시 감은 뒤에 열을 토하는 치원과 고운을 내보냈다. 그 역시 누구보다 지피지기(知彼知己)를 중요시 하는 자였기에 더 이상은 상황을 묵과할 수 없었다. 그는 입술을 굳게 다문 채 심상치 않은 결의로 애란을 찾았다.

애란은 저를 찾아온 아버지의 마음을 이미 헤아리고 있었다.

"미안하구나."

"마고선녀라는 이름을 받았을 적에 각오했던 일입니다."

애란의 얼굴은 잔잔한 호수와 같았다. 차분히 가라앉은 딸의 얼굴을 보면서 고병은 적잖이 괴로웠다. 황소의 기세가 이전과는 많이 다른 까닭이었다. 게다가 왕선지가 죽기 전 애란의 정체가 탄로 날 뻔했던 전적도 있었기에 더욱 조심스러웠다.

"마음이 어지러운 것을 안다."

"……."

"다녀오거든 너와 치원의 혼례에 대해 얘기해보자꾸나. 나도 더 이상 모른 척하지 않을 것이다. 너를 치원과 함께 신라로 보내는 것도 생각 중이다."

애란의 잔잔했던 눈동자에 파문이 일었다.

"정말이십니까?"

"그러하다. 일찍이 네 어미와 약조한 것이 있었다. 너를 더 이상 위험에 빠트리지 않기로. 이번 일을 무사히 끝낸다면 내 그 약속을 꼭 지킬 것이다."

고병은 안쓰러운 마음을 감추지 않은 채 애란의 손을 꼭 잡았다.

"정말 미안하구나. 아비의 능력이 모자라 너를 사지로 밀어 넣게 되어서."

"그런 말씀 마십시오."

"이런 조건을 걸어 네가 이 부탁을 거절 할 수 없게 만들어서."

"……."

고병의 눈엔 어느덧 눈물이 고였다. 언제나 자랑스러운 딸이었다. 후계를 이을 아들을 간절히 바랐으나 애란이 성장한 뒤론 크게 아쉽지 않다 여겼다. 애란이 늘 아들의 몫, 그 이상을 해내고 있었던 덕분이었다. 어리광 한 번 제대로 부리지 못하고 이역만리 타국으로 세상을 전전하게 한 것은 늘 후회로 남았다. 가장 예쁘고 사랑스러운 시절을 함께 보내지 못한 것이 마음에 걸렸던 것이다.

애란은 고병의 마음을 다 안다는 듯 단호하게 말했다.

"반드시 무사히 끝낼 것입니다. 건강히 돌아올 것입니다."

"그래, 나는 너를 믿는다."

"예."

부탁을 마친 고병은 금방 자리를 비켜주었다. 마고선녀에게 허락된 시간은 언제나 달빛 밝은 밤뿐이었으므로.

애란은 옷장 깊숙한 곳에서 도사복을 꺼냈다. 다시는 꺼낼 일이 없길 바랐던 잿빛의 옷이었다. 그것을 가만히 쓸어보던 애란은 각오가 끝난 듯 단호한 눈빛으로 환복했다. 길게 풀어 늘어트렸던 탐스러운 머리칼은 높이 묶어 곧 삿갓 아래로 사라졌다.

'인사도 없이 다녀오는 것을 용서하십시오.'

망설임은 독이 될 뿐이다. 애란은 치원의 처소 앞을 잠시 서성이긴 했으나 곧 군막을 나섰다.

사흘. 단지 그 시간만을 견디면 되는 일이었다. 반드시 돌아올 것이니 괜한 걱정을 끼치고 싶지는 않았던 것이다.

그러나 치원의 생각은 그녀와 너무나 달랐다.

"애란 아씨가 황소의 군영에 들어갔다니요!"

"소리를 낮추어라."

고병의 묵직한 목소리에 치원이 입을 다물었다. 고운은 말없이 하명을 기다릴 뿐이었다.

"어찌 그러실 수가 있으십니까!"

"적진을 살피기 위한 불가피한 파견이다. 어찌 사사로운 감정에 휘둘려 일을 그르치려 한단 말이냐! 종사관은 서둘러 정비하고 출병을 대기하라."

치원은 더 이상 말을 붙일 수가 없었다. 고병의 표정이 누군가의 아버지가 아니라 제도행영도통의 것 그 이상도 이하도 아닌 탓이었다. 치원은 입술을 꽉 깨문 뒤 고병의 막사를 나섰다.

"아무 일도 없을 것이다. 나는 그 애를 믿는다."

고병은 피로감에 자리에 쓰러지듯 주저앉았다. 애란을 보내고 난 후엔 늘 걱정에 잠 못 이루었으나 이번엔 그 느낌이 좀 더 위태로운 것이었다.

'무사하셔야 합니다.'

고병의 막사를 나온 치원은 피가 나는 것도 모른 채 입술을 씹어대고 있었다.

"불안해 말거라. 언제나 힘들고 궂은 일을 너끈히 처리하셨던 분이니."

치원은 그 말을 믿고 싶었다. 그러나 간절한 마음과는 달리 부대가 모두 모인지 사흘이 지나도록 출정명령은 떨어지지 않았다. 애란이 약속했던 시간이 모두 지나도록 소식이 날아들지 않았던 것이다.

"부대가 모두 모였습니다. 지금 바로 출정을 시킬까요?"

"아직 전갈이 오지 않았다. 기다려라."

"하지만 당장 출병을 시키라는 어명이 왔습니다."

"낭패구나. 모든 군대를 동당으로 집결을 시켜라!"

"동당으로요?"

"그렇다 동당으로 집결을 시킨다. 황소는 지금 어느 정도의 병력인가."

"60만이라고 합니다."

그것은 장안을 쓸어버리고도 남을 만한 병력이었다. 명령을 전하기 위해 병사가 막사를 벗어났다. 치원은 침착하려 애쓰며 고병에게 애란과의 접선에 대해 물었다.

"전서매가 오기로 했습니까?"

"다른 이의 눈에 띈다면 위태로워 미리 약속한 장소에서 병사들이 대기 중이다."

막사에 모인 모두가 초조한 낯빛이 되었다. 천하의 선하 부인도 조급함을 숨기지 못해 발을 동동 구르는 중이었다. 고운은 선하 부인을 달래느라 애를 쓰고 있었다.

"이전에도 한 달 만에 연락이 닿았던 적이 있지 않습니까."

"그때완 시국이 완전히 다르지 않습니까."

그들이 실랑이를 벌이는 동안에도 고병은 가만히 눈을 감은 채 숨을 죽이고 있었다. 그는 한참만에야 눈을 떠 고운을 보았다.

"그렇다. 그때완 시국이 완전히 다르지."

잠시 입을 다물고 있던 고병은 이번에도 한참만에야 다시 입을 열었다.

"애란이 군사들에 대해 알고 있던 정보가 얼마나 되었지?"

고병의 갑작스런 질문에 치원의 눈에 핏발이 일었다.

"장군!"

"애란이 그 애가 무엇을 얼마나 알고 있었던지 물었다."

"전체 군사의 수와 기병, 보병들의 편성을 알고 있으며 황소가 장안과 낙양으로 진격할 시에 어느 지점에서 습격할 것인지에 대한 대략의 방책을 알고 있습니다."

고병은 애란이 이미 붙잡혀 황소에게 모든 사실을 털어놓았을 때를 대비하려는 것이었다. 애란을 믿었으나 한편으론 믿지 못했다. 그들이 저지르는 가혹한 행위 앞에선 그 누구라도 사실을 자백할 수밖에 없는 까닭이었다.

"지금 무슨 말을 하시는 겝니까? 장군!"

선하 부인의 낯빛이 하얗게 질렸다.

"지금 우리 전 병력이 움직인다면 황소는 필시 이 곳으로 몰려올 것이다. 황소의 병력이 만만찮으니 일부만 주둔시킬 수도 없는 일! 우선 전 병력을 동당으로 집결시킨다. 계획을 전면 수정하여 근처에 병사들을 매복하도록 한다. 황소가 움직이면 그 뒤로 허를 찌를 것이다."

치원은 이제 너무 많이 깨물어 다 헐어버린 입안을 또 깨물기 시작했다. 애란의 생사도 중요하지만 그들이 가장 먼저 격파해야 할 것은 황소 무리였던 것이다.

"우리의 첩자가 황소의 움직임을 감시하고 있다. 반드시 전갈을 보내올 것이다. 백의 경우를, 아니 만의 경우를 대비하여 이동을 시작하라.”

“예, 장군.”

고운과 치원은 일사분란, 동당의 병사들에게 수정된 계획을 전하기 위해 걸음을 옮겼다. 그러나 그때였다.

“장군! 마고선녀의 서신입니다!”

막사 안은 순식간에 숨소리조차 들리지 않도록 고요해졌다. 떨리는 목소리로 입을 연 것은 고병이었다.

“틀림없이 그녀의 서신이렸다.”

“예, 장군. 필체와 끝의 암호가 틀림없는 마고선녀님의 것이옵니다.”

“무어라 적혀있더냐?”

“기다리시라고 합니다.”

“기다리라?”

치원이 물었으나 병사의 대답은 그것뿐이었다.

“어떻게 해야 좋을 것인가.”

고병은 애란의 서신이 가뭄의 단비 같았으나 어딘지 석연치 않은 생각을 떨칠 수가 없었다. 그것은 치원도 마찬가지였다. 그러나 그는 그 느낌을 믿고 싶지가 않았다. 그렇다는 것은 이미 애란의 신변에 부정적인 일이 생겼다는 것일 터.

“어찌하실 생각이십니까?”

“마고선녀를 믿어야지 않겠느냐.”

“저희 모두의 생각이 그러합니다.”

“바람이 세다 이르고 출병을 대기하라 전하라!”

“예, 장군.”

치원은 동당으로 달려가는 병사의 뒷모습을 잠시 쳐다보다가 입을 꾹 다물었다.

'무사하셔야 합니다. 애란 아씨.'

치원의 마음은 그 어느 때보다 간절했다. 그녀에게 무슨 일이 생겼으리라는 것은 상상하고 싶지도 않은 일이었다. 그 뒤로도 고병은 몇 번이나 생생하게 증명되고 있는 애란의 서신을 받으며 파도가 세다, 시일이 불리하다는 핑계로 출병을 늦추었다. 그러나 나쁜 예감은 언제나 틀리는 법이 없었고, 그들의 노력은 끝내 배신당하고 말았다.

고병이 손을 놓고 출병을 거부하는 동안 은수의 수비군이 무너졌고, 그 기회를 이용하여 황소의 무리가 영주(潁州)와 여주(汝州)를 지나 낙양(洛陽)으로 접근했던 것이다.

"결국 내 꾀에 내가 당한 것이란 말인가!"

고병은 다 늦은 후에야 애란의 서신이 거짓이라는 것을 확신하게 되었다. 게다가 그가 잠자코 있는 동안 황실에서는 진격하지 않는 고병과 병사들에게 조서를 내려 그들을 여러 번 재촉한 참이었다.

"이미 늦었습니다."

"그러나 출병을 미룬 것으로 크게 책임을 물게 되실 것입니다."

"지금이라도 가십시오!"

병사들의 의견이 분분했으나 고운과 치원은 진격에 표를 던졌다.

"가십시오."

고병은 치원의 말을 듣고야 비로소 마음을 굳히고 출병을 명령했다.

그러나 그마저도 원대로 할 수가 없었던 것은 이미 황소가 낙양을 점령하고 제 깃발을 꽂아 버린 까닭이었다.

"황소의 부대가 낙양을 함락했다 합니다!"

불행한 소식은 그것이 끝이 아니었다.

"장군! 이제껏 마고선녀가…. 마고선녀가 황소에게 붙잡혀 거짓 정보를 흘렸던 것이라고 합니다."

"뭣이라!"

고병은 정신을 갈무리하지 못할 정도로 큰 충격을 받아 휘청거렸다. 주저앉으려는 고병을 고운이 부축해 잡았다. 치원은 붉게 충혈된 눈으로 전령을 전한 병사를 바라보았다.

"마고선녀는 어디에 있느냐!"

치원이에게 더 이상의 인내란 사치였다. 애란이 처한 상황이나 그녀가 겪었을 모진 고초들이 빠르게 그의 머릿속을 헤치고 지나갔다. 무엇을 상상하든 그는 최악의 상황을 떠올릴 수밖에 없었다. 치원은 분노로 인해 칼을 뽑아 들고 당장이라도 애란을 구하러 달려가고자 했으나 고병이 몸을 추스르며 그를 막아섰다.

"네가 할 일은 칼을 드는 것이 아니라 붓을 드는 것이다."

"제 여인 하나도 지키지 못하는 자가 무엇을 더 지킬 수 있단 말입니까."

치원은 그야말로 바짝 독이 올라 있었다. 전장으로 뛰어가려는 의지가 결연했던 것이다.

"문장을 쓰는 이가 어찌 칼을 쓰겠다는 것인가?"

"그 이전에 사내입니다. 붓으로 사람을 설득시키는 만 번의 일을 할 수 있을지라도 칼을 들지 못해 제 여인 하나를 지키지 못하는 사내가 어찌 구실을 할 수 있겠습니까."

"너는 네 자리를 지켜야한다. 만에 하나 너에게 무슨 일이 생긴다면 나는 정말로 얼굴을 들고 세상을 살 수 없을 것이다. 그 아이는 내가 구해 올 것이다. 당장 동당의 병사들을 출병하라!"

치원이 이를 악 문 채 그대로 주저앉아 죄 없는 제 가슴팍을 퍽퍽 내리칠 뿐이었다. 고병은 직접 진두지휘하여 전장을 누비려 했으나 전령은 그를 한 시도 집중할 수 없게 만들었다. 희망적인 소식은 단 한 줄도 없는 이야기들이었다.

"장안이 함락되고 왕이 사천으로 피신했다 하옵니다."

"남아있던 황자와 왕손 및 비빈, 공주 등 황족들이 농민들의 폭동으로 전부 목숨을 잃었다 합니다."

"마고선녀가 결국…."

마지막으로 들이닥친 전령은 끝내 말을 잇지 못했다.

고병은 애란의 생사를 가히 짐작했으나 입 밖으로 내지 않았다. 그곳에 있던 모두가 그 사실을 알았으나 침묵했다.

황소를 격분시킨 치원의 격황소서

황소를 격분시킨 치원의 격황소서

격황소서(檄黃巢書)

광명 2년 7월 8일에 제도도통검교태위 모(某)는 황소에게 고한다.

무릇 바른 것을 지키고 떳떳함을 행하는 것을 도(道)라 하고, 위험한 때를 당하여 변통하는 것을 권(權)이라 한다. 지혜 있는 이는 시기에 순응하는 데서 성공하고, 어리석은 자는 이치를 거스르는 데서 패하는 법이다. 비록 백 년의 수명에 죽고 사는 것은 기약하기 어려우나, 모든 일은 마음으로써 그 옳고 그른 것을 이루 분별할 수 있는 것이다.

이제 내가 왕사로서 말하면 장차 상경(上京)을 수복하고

진실로 큰 믿음을 펴려고 함에 공경스럽게 가유를 받들어 간사한 꾀를 쳐부수려고 한다. 또 너는 본래 먼 시골 구석의 백성으로 갑자기 억센 도적이 되어, 우연히 시세를 타고 문득 감히 떳떳한 기강을 어지럽게 하며 드디어 불측한 마음을 가지고 신기(神器)를 노리며 성궐을 침범하고 궁궐을 더럽혔으니 이미 죄는 하늘에 닿을 만큼 지극하였으니 반드시 여지없이 패하여 다시 일어나지 못할 것은 분명하다.

천하 모든 사람이 다 너를 죽이려고 생각할 뿐 아니라, 땅속의 귀신도 벌써 너를 죽이려고 할 것이다. 내 망언(妄言)하지 않는다.

지금 너는 간사함을 감추고 흉악함을 숨겨서 죄악이 쌓이고 앙화가 가득하였음에도, 위험한 것을 편안히 여기고 미혹되어 돌이킬 줄 모르니, 이른바 제비가 막 위에다 집을 짓고 막이 불타오르는데도 제멋대로 날아드는 것과 같고, 물고기가 솥 속에서 너울거리지만 바로 삶아지는 꼴을 당할 것이다.

만일 미쳐서 날뛰는 도당들에 견제되어 취한 잠을 깨지 못하고 마치 사마귀가 앞발을 들고 수레바퀴에 항거하듯이 어리석은 고집만 부리다가는, 곰을 치고 표범을 잡는 우리 군사가 한 번 휘둘러 쳐부숨으로써 까마귀 떼처럼 질서 없고 솔개같이 날뛰던 무리가 사방으로 흩어져 도망칠 것이며, 너

의 몸뚱이는 도끼날에 기름이 되고 뼈다귀는 수레 밑에 가루가 될 것이며 처자식은 잡혀 죽고 권속들은 베임을 당할 것이다.

옛날 동탁처럼 배를 불태울 그때가 되어서는, 사슴처럼 배꼽을 물어뜯는 후회가 있을지라도 시기는 이미 늦을 것이니, 너는 모름지기 진퇴(進退)를 참작하고 옳고 그른 것을 분별(分別)하라. 배반하다가 멸망하기보다 어찌 귀순(歸順)하여 영화롭게 되는 것이 낫지 않겠느냐. 다만, 너의 소망(所望)은 반드시 이루게 될 것이니, 장부(丈夫)의 할 일을 택하여 표범처럼 변하기를 기할 것이요, 못난이의 소견(所見)을 고집하여 여우처럼 의심을 품지 말라.

격문의 내용을 확인한 황소는 자리를 박차고 일어섰다. 치원의 분노로 쓰인 격문은 이미 사방팔방으로 뿌려져 모두가 그 내용을 확인한 참이었다. 아귀힘을 이기지 못해 제멋대로 구겨진 종이가 황소의 발밑으로 떨어졌다.

"내가 이까짓 문장 몇 줄에 벌벌 떨며 투항이라도 할 줄 알았던가!"

그는 약이 올라 씩씩거리며 앉았던 의자를 발로 차고 눈앞의 탁자를 뒤엎었다. 탁자 위에 올랐던 다기들이 바닥으로 뒹굴며 요란한 소리를 쏟아냈으나 여전히 분이 풀리지 않아 씨근댔다.

"감히 나를 세상의 조롱거리로 만들다니!"

미친 듯이 날뛰는 황소의 모습에 도열했던 수하들이 몸을 떨었다. 그의 성질상 화가 오르면 천지를 분간하지 못하는 까닭이었다. 희종이 장안을 탈출한 뒤에 손쉽게 황궁을 점거한 황소는 이미 스스로를 '승천응운계성예문선무황제(承天應運啓聖睿文宣皇帝)'라 칭하며 정권을 건립하고 국호를 대제(大齊)로, 원(元)을 '금통(金統)'으로 고친 상태였다. 봉기군의 장령들에게 관직을 나눠주고 새 황제로 군림을 하며 천하를 얻은 듯 으스대던 중이었으니 치원의 격문에 분기가 탱천한 것이었으리라. 황소의 곁에 기립했던 군사들은 격문의 내용이 궁금해 견디지 못했다. 이제껏 전장에서조차 황소를 저토록 분노케 한 인물은 본 바가 없었기 때문이다.

"대체 이것을 어디의 누가 쓴 것이라더냐?"

"제도행영도통 고병의 종사관 치원이라는 자가 쓴 것이라 합니다."

"어디에서 굴러먹던 자인가?"

"신라에서 유학 온 이로 문장이 빼어나고 머리가 영민하여 위로는 황제와 고병의 신임을 받고, 아래로는 인민의 마음을 사로잡았다 들었습니다."

"인민의 마음이라…. 그래봐야 바다 건너의 어설픈 풋내기가 아니겠는가."

"황제가 그를 승무랑 도통순관으로 승진시키고 비어대를 포상했다 합니다."

황소의 눈썹이 기묘하게 꿈틀거렸다.

"그때 확실히 잡아 죽였어야 했다."

우습게보고 놓아줄 일이 아니었다. 황소의 뒷목이 빼근하게 굳어졌다.

처음 장안을 장악할 적에 희종의 탈출을 눈감았던 그였다. 그를 두려워하며 성(城)과 백성을 버리고 숨을 죽이는 모습이 졸렬하고 우스워 내버려 두었던 것이 화근이었다. 성도(成都)에 도착하여 중앙정부를 재건한 희종은 정전과 정종초를 행영도통과 부도통으로 임명하여 소기의 성과를 올리고 있었다. 장안을 차지하고 앉은 황소를 사방에서 괴롭혔던 것이다.

"하늘 아래 태양이 어찌 둘이나 뜰 수 있단 말이냐. 황제라는 이름을 아주 뿌리째 뽑아 없애놓았어야 했다! 그랬으면 이런 한심한 짓거리를 할 수 없었을 테지!"

황소는 시뻘겋게 붉어진 얼굴로 격황소서를 가져온 병사를 노려보았다.

"당장 마고선녀를 이 앞으로 끌고 오거라!"

"예, 폐하."

황소는 자신에게 깍듯이, '폐하'라는 존칭을 쓰는 병사 덕분에 기분이 나아졌다. 그리고 오늘에야말로 마고선녀를 죽이겠노라 마음먹었다.

'건방지기 짝이 없는 계집이 아닌가.'

황소는 자신을 죽일 듯 노려보던 애란의 눈빛이 불경하다 여겼으나 한편으로는 꿈틀대는 정복욕을 느끼고 있었다. 이미 장안조차 수복한 그였으나 애란은 장안보다도 호락호락하지 않았다.

"독한 년."

황소는 이를 질끈 물며 지껄였다. 몇 번이고 끌고와 모질게 채찍을 휘두르고 고문을 해도 빳빳한 고개가 수그러드는 법이 없었다. 그녀의 눈빛은 오히려 선명하게 살아났다. 어디에선가 몰래 생명을 흠뻑 빨아들이는 것 같았다. 그러니 죽음의 문턱에 닿을지언정 소신을 굽히는 법이 없었고, 고병의 계획에 대해 입도 벙긋 하지 않았다.

'기다리라.' 그것은 애란이 할 수 있는 최선의 방책이었다. 고병이, 그리고 치원이 자신을 믿고 기다린다면 황소와의 충돌을 피할 것이고, 자신을 버리고 대의를 좇아간다 해도 그들이라면 황소를 능히 이길 수 있으리란 확신이 들었던 것이다.

황소는 애란을 통해 정보를 얻으려던 것을 포기하고 말았다. 그는 열 사내 못지않은 기백을 갖춘 애란이 탐났다. 그래서 아까웠고, 결국 애까지 닳았다.

그의 주변엔 그런 인재가 없었다. 돈과 권력을 준다면 당장이라도 제 목을 쳐낼 이들만 잔뜩이었던 것이다. 세상을 바꿔보겠노라 시작한 봉기였으나, 동시에 너무 많은 이들에게 쓸데없는 희망을 주게 되었다. 누구나 가능한 일이라는 것이, 도리어 뒤통수가 선뜩한 두려움을 주게 된 것이다.

그는 제 뒤를 노리지 못하도록 장령들을 어르고 달래며 숱해 많은 것을 퍼주었으나 불안을 떨칠 수는 없었다. 그것을 애란은 너무나 명확히 꿰뚫고 있었으니 황소는 그녀의 심연 같은 눈이 결코 마땅치 않았다.

"치원이라는 자가 감히 나를 비방하는 격서를 남발하였다."

무릎이 꺾여 바닥에 주저앉은 애란의 눈빛이 흔들렸다. 갈피를 잃었던 눈은 다시금 평정심을 되찾아 고요하게 가라앉았다.

"어떤 자인가?"

"지키지 못할 약속을 하느니 차라리 입을 다무는, 매순간 명예로운 인물이다."

애란에게 모두가 뻔히 알고 있는 제 마음조차 함부로 전하지 못했던 사내였다. 늘 진지하고 매사에 신중했던 사내였다. 황소는 애란의 덤덤한 인물평에 다시 화가 오르는 것을 느꼈다. 자신을 무시하고 업신여기는 눈빛조차 참지 못할 일인데, 치원의 이야기를 하는 그녀의 표정은 존경 그 자체가 아닌가.

"자신보다는 타인을 배려하고 그래서 죽음조차 두려워하지 않는 사내 중에 사내다."

"그런 이가 그토록 썩은 조정에 남아있을 리가 없지."

"썩은 연못에서도 꽃은 피어나는 법이지."

황소는 애란의 앞으로 성큼 다가섰다.

"내 사람으로 만들 방도를 아는가?"

"비위가 아주 약한 분이시니 너와 같은 무뢰배가 어찌 할 도리가 없을 것이다."

애란은 그 말을 끝으로 뱃멀리에 시달리던 어린 치원의 모습을 떠올렸다. 풍랑 위에서의 시간을 지금의 치원은 잘 견디고 있을 것인지 염려 되었다.

"그러면 죽이는 것 밖에 도리가 없지 않은가."

애란과 눈높이를 맞추느라 한쪽 무릎을 꿇어앉은 황소가 이글거리는 눈으로 덧붙였다.

"그이가 나를 비방한 덕분에 황제에게 어대를 하사 받고 승진까지 했다 하니 내가 친히 그를 주저 앉혀주어야지."

매섭게 빛나는 눈빛에 애란이 묶인 몸을 뒤틀었다.

"감히 그의 털끝하나도 건들 수 없을 것이다!"

애란의 반응에 황소는 기가 막혔다. 그들의 과거지사가 가히 짐작되는 바였다. 황소는 알 수 없는 배신감에 자리에서 일어섰다.

"죽여라."

그의 날선 말투에 애란이 그대로 얼어붙었다.

"감히!"

"황제인 내게 감히란 말을 쓰는 자 누구인가!"

황소는 애란의 양팔을 잡고 선 병사들에게 눈짓을 했다.

"쓸모를 다했으니 죽여라. 그리고 치원이라는 자의 목을 내 앞에 가져와라. 감히 황제를 능멸한 죄를 묻겠다."

애란의 눈이 크게 흔들렸다. 이대로 끝낼 수는 없다. 대의도 지키지 못했으나 사랑만은 지켜야 했다. 치원을 다치게 할 수는 없었다. 거짓 서신이 아버지와 치원을 살리기를 얼마나 간절히 바랐던가. 애란은 제 양팔을 잡아끄는 병사들을 뿌리치기 위해 온 힘을 다해 비틀었으나 역부족이었다. 사내들의 힘을 이길 수는 없던 것이다.

"절대로! 그를 죽일 수는 없을 것이다!"

황소는 그 말을 끝으로 사라지는 애란의 뒷모습을 보며 으득 이를 깨물었다. 치원이라는 자가 궁금한 동시에 스스로가 한심스럽게도 자격지심에 빠지고 만 것이다. 그것은 근본을 알 수 없는 질투이기도 하고 부러움이기도 했다.

"반드시 치원의 목을 가져와라."

황소의 눈이 붉게 물들었다.

황소와 달리 치원의 격문은 황제의 마음을 단 번에 사로잡은 듯했다. 황제는 치원에게 비어대를 하사하고 승무랑 도통순관으로 승진을 명했다. 그러나 치원은 그것이 하나도 기쁘지 않았다. 이제나 저제나 애란의 생사를 확인하는 것에 열을 올릴 뿐이었다. 시신도 터럭 한 올도 발견하지 못한 것은 절망이자 희망이었다. 치원은 밤낮으로 애란을 그리느라 넋이 빠져 분노하는 방법도 잊은 것 같았다.

"살아계시지요? 이리 허망하게 가실 분이 아니지요?"

그녀와는 마지막 인사도 나누지 못한 채였다. 남겨준 것이라곤 복사꽃 향기가 밴 손수건 한 장 뿐이었다. 치원은 먹는 것도 잊은 채 애란에 대해 시름했다. 그러나 마음 놓고 슬퍼할 시간도 그에겐 충분치 않았다. 여전히 상황이 불리하게 진행되는 탓이었다. 고병은 장안에 든 황소에게 투항을 권고하는 계책을 쓰고 있었다. 이미 60만 봉기군의 위세에 기가 바짝 눌린 탓이다. 군관들은 그들과 싸울 의욕을 잃었다. 출병한다 해봤자 화살받이가 될 뿐, 이길 가능성이 영 없기 때문이었다.

"순관은 안에 있는가?"

"예, 장군."

대답이 떨어지기 무섭게 치원의 군막으로 고병과 고운이 입장했다. 고병의 군막에는 기록을 위한 서기들이 진을 치고 있었기에 그들은 종종 고운이나 치원의 막사에서 은밀한 회의를 하곤 했다. 은밀한 회의가 필요한 것은 단지 황소 때문만은 아니었다.

"어쩐 일이십니까?"

"표문을 쓰고 강회로 오라는 어명을 받아들이지 않은 것이 화로 닥친 듯하다."

애란의 서신을 믿고 기다리며 출병을 꺼린 것이 희종황제의 미움을 샀던 것이다. 희종의 어명에도 곧장 진격할 수 없었던 것은 주변 번진들을 믿을 수 없었던 까닭이었다. 게다가 애란이 보낸 서신을 보면서 황소의 계략이 숨어 있을 수도 있다는 생각을 했던 터였다. 그러나 지금에 와선 그 모든 것이 변명에 불과해졌다. 결국 그들은 패배한 것이다.

"어찌하면 좋습니까?"

"이미 파직을 논한 모양이더구나."

"파직이라니요! 가당치 않습니다."

"누가 투항하고 누가 버티어 줄지 모르는 시절이니 겁이 나신 게지. 벌써 많은 번진들이 황소에게 투항해 관직을 차지하지 않았더냐."

"어찌 장군의 충심을 의심한단 말입니까?"

"내게서 제도병마를 지휘하던 권력과 경제대권을 취소시키고 왕탁을 제도행영병마도통에 임명하겠다는구나."

"아직 명이 떨어진 것은 아니겠지요?"

"내정은 진행되어 통고만이 남은 상태일 것이다."

희종은 나날이 의심이 짙어졌기에 고병의 충심의 크기를 가늠할 객관적인 눈을 가지고 있지 않았다. 그렇기 때문에 고병을 파직하는 것보다 왕탁에게 전권을 위임함으로써 겉으로는 회유하되 전쟁이 끝난 후 모든 책임을 그에게 물으려는 계략이었다.

어느 때에든 전쟁이 끝나면 책임을 져야 할 인물이 필요했다. 그것은 황제 스스로가 되기도 했고, 때로는 용맹한 장수가 되기도 했다. 불행히도 그 일은 왕권을 공고히 하고 질서를 지키기 위해 벌어지는 일이었다.

"방법이 없겠습니까?"

"먼저 사직을 청할까 한다."

"사퇴라니요?"

"꼭 그리하셔야겠습니까?"

"그리해야 어의를 알 수 있지 않겠느냐."

"장군…."

고병의 낯빛이 어두워졌다. 나란히 앉은 고운과 치원도 마찬가지였다. 한참 고민하던 치원이 입을 열었다.

"안 됩니다. 자리를 지키십시오. 의지를 꺾으셔선 아니 됩니다."

"이미 조정과 여러 번진들의 의심을 사게 되었다. 지금 우리의 꼴을 보아라."

고병이 씁쓸하게 미소 지었다. 몇 년 새 많이 늙어 버린 고병의 얼굴을 보며 치원의 속에서 울컥하고 무엇인가가 치밀었다.

"이렇듯 순관의 막사에 숨어 초라한 의견만을 개진하고 있지 않느냐."

"……."

치원도 고운도 이미 충분히 지쳐버렸다. 기실 그들이 의심받기 시작한 순간부터 의지는 꺾인 것과 다름없었다.

"이것만이 나의 진의를 알려드릴 기회이니라."

"장군…."

고운의 말소리에 울음이 섞였다.

"순관은 나의 사의를 표하는 장계를 작성해다오."

치원은 결국 고병의 뜻을 받아들여 고개를 끄덕일 수밖에 없었다. 더 이상 그들이 손댈 수 있는 일이 아니었던 것이다.

그런 분위기에 안달이 난 것은 선하 부인이었다.

"안 됩니다! 그게 무슨 말입니까! 사퇴라뇨. 당신이 어떻게 일했는데 당신이 어떤 사람인데! 절대로 안 됩니다!"

"부인, 고정하시오."

"그럴 수 없습니다. 허면 애란이는요. 그 애는 어쩌란 말입니까!"

선하 부인의 오열에도 고병은 입을 다물 뿐이었다. 선하 부인은 홀로 속이 타 고병의 가슴팍을 주먹으로 내질렀다.

"사표를 거두시고 그 애의 시신이라도 수습해오시란 말입니다. 머리카락 한줌이라도 찾아오시란 말입니다."

고병은 대답 대신 쓰러지듯 품에 안기는 선하 부인을 안아줄 뿐이었다.

"다 내 탓이니 누구를 원망하겠소."

고병은 아비로서도 상관으로서도 마음 놓고 아파할 수 없었다. 적진 한복판에 애란을 밀어 넣은 것도, 그때문에 출병을 차일피일 미루다 희종의 눈밖에 난 것도 전부 스스로 자초한 일이었다. 그는 이제껏 살아온 세월들을 통으로 후회하는 듯했다. 그저 흘러가는 것은 인생이 아니라 생각했기에 누구보다 열심히 살았던 그였다.

'인생이란 참으로 덧없는 것이구나. 무엇을 위해 이렇게 살았던가….'

고병은 속이 곪아 짓무르는 것을 숨기며 차마 눈물도 흘리지 못했다. 그저 희종의 처분을 기다릴 뿐이었다.

"왕탁을 제도행영도통에 임명하는 바요."

고병은 신음하듯 한숨을 흘렸다. 예상대로 희종은 고병을 버리고 왕탁을 새로운 수장으로 결정한 것이다. 왕탁은 양천(兩川), 서천(西川) 및 산남서도군(山南西道軍)에 령감사를 주둔시키고 다른 각 도군을 지휘하여 북·서·남에서 장안을 포위하였다.

그들은 의외로 황소군을 쉽게 위협할 수 있게 되었다. 장안에 크게 흉년이 들었기에 군량미가 부족해진 것이었다. 동쪽 문호에 드나들

구멍을 뚫어 놓은 왕탁은 그 길로 장안을 사면 포위해서 황소를 점점 옥죄기 시작했다. 결코 바뀔 것 같지 않았던 기세가 당군에게로 꽤나 기울게 된 것이다.

"장군! 왕탁 장군의 전갈입니다!"

고병은 사직한 후로도 왕탁의 진격이나 정세에 대해 촉각을 곤두세우던 중이었다. 선하 부인의 바람대로 애란의 시신이라도 수습하길 바라는 마음에서였다.

"무슨 일이더냐?"

"이것을 전하라 하셨습니다."

전령이 전하는 것은 낡은 손수건이었다. 고병은 그것이 무엇을 뜻하는 것인지 몰라 어리둥절했으나 치원만은 급격히 얼어붙어 당장 그 손수건을 낚아채듯 집어 들었다.

"이것이 어디서 난 것입니까."

"옥사를 탐문하던 중 발견한 것입니다."

고병의 눈이 치원을 좇았다.

"애란 아씨의 것이 확실합니다."

한눈에 알아볼 수 있었다. 열두 살 떠나오던 배 위에서 애란이 건네주어 십수 년을 품에 간직했던 것이었으니 몰라볼 수가 없었다. 재회한 뒤에 애란이 새것으로 바꿔주며 그 낡은 것을 제가 가지겠노라 말했었다. 평생 품에서 떨어트리지 않겠다 다짐하던 것도 생생히 떠오르는 바였다.

"시신을 찾은 것이냐?"

"그것이…. 시신은 어디에도 존재하지 않았습니다. 다만 일찍이 황소가 '격황소서'를 읽은 후, 곧장 마고선녀를 죽이라 명했다는 전갈입니다."

"뭣이라!"

치원의 눈앞이 순식간에 새카맣게 변했다. 제가 쓴 격문이 애란을 죽인 것이라 생각한 까닭이었다. 치원의 몸이 오한을 맞은 듯 떨리기 시작했다. 끝까지 믿었으나 낡은 손수건을 본 후엔 더 이상 그 믿음을 지킬 수 없어졌다.

선하 부인은 그 소식을 들은 후 완전히 맥을 놓아 버렸다. 고병 역시 말을 잃었다.

'결국 내 말이 애란 아씨를 죽음에 이르게 했구나.'

치원은 식음을 전폐하고 우울에 젖어들었다.

그들은 시신도 없이 장례를 치르기로 결정했다. 장례식이라고 해봐야 격식을 따져 진행하는 것은 아니었고, 그저 비명에 간 딸의 명운을 빌기 위한 선하 부인의 기도라고 하는 것이 알맞은 정도였다. 그녀의 극락왕생을 빌어줄 스님들이 법문을 읊었다. 그 뒤를 도가의 도사들이 주문을 외듯 기도를 하듯 중얼거리며 따랐는데, 그들은 선하 부인에게 애란이 생전에 쓰던 물건들을 태우는 것이 좋겠노라 말했다.

"미련을 버리게 해주어야 합니다."

선하 부인은 아직 체취가 사라지지도 않은 애란의 옷가지와 물품들을 챙겨 불길로 던져 넣었다. 까맣게 그을음이 하늘로 올랐고 치원은 그것을 허망하게 볼 뿐이었다. 그때 도사 하나가 치원에게로 다가와 섰다. 치원은 그를 보지도 않은 채 말했다.

"저는 못 보내겠습니다. 아직 보내지 아니했습니다."

애란이 간직하고 있던 손수건을 차마 내놓지 못한 것이다. 치원은 그것을 놓지 않으려 더욱 꽉 쥐었다.

"마음을 보내주어야 구천을 떠돌지 않을 것이외다."

"이것은 그녀가 아니라 나를 위한 것입니다. 도무지 다른 방도는 없겠습니까."

치원이 간절히 청하자 도사 하나가 삿갓을 슬쩍 들어 올린 뒤에 치원을 보았다.

"복을 비는 시문을 한 자 적어 보내시지요."

치원은 이제 전할 수 없을 마지막 서신을 천천히 적어 내려갔다.

여도사와 이별하며

매번 속세의 벼슬로 고생함을 한탄하다가
마고 선녀 알면서 수년 동안 기뻐했네
길을 떠나면서 당신에게 진심으로 묻노니
바닷물은 언제 모두 마를까요?

종이는 금방 잿더미가 되었다.

"저 때문입니다."

치원이 마음을 제대로 가누지 못하자 고병이 그를 위로했다.

"자네의 잘못이 아니다. 다 내 탓이다."

고병은 진심으로 그렇게 생각했으나 치원은 영영 깨어날 수 없는 악몽에 갇힌 듯했다. 국자감에서 패배감을 맛보았던 것보다 더 큰 충격이 그를 괴롭혔다. 게다가 엎친 데 덮친 격으로 신라에서 견일이 위독하다는 서신이 날아들었다.

"어찌하여 불행은 이렇듯 한꺼번에 닥치는 것인가."

사신의 자격으로 당나라에 도착한 사촌동생 김인규는 치원을 설득하여 신라로 돌아가고자 했다. 치원은 깊이 갈등했다. 지금 고병의 곁을 떠날 수는 없었다. 누구보다 힘든 시기를 견디고 있을 고병이었다. 그러나 치원 역시 많이 지쳐있었다. 그를 견디게 한 견고한 두 뿌리, 애란과 아버지 견일이 모두 사라지는 위기를 맞이한 까닭이었다. 치원이 깊이 고민하는 것과 달리 고병은 치원을 이 기회에 신라로 보내기로 마음먹었다.

"천륜의 도를 다해야 하지 않겠느냐. 신라로 가거라."

"허면 잠시 자리를 비우도록 하겠나이다."

"잠시라…."

고병은 신라에 다녀오겠다는 치원의 마음 씀이 고마웠다. 그러나 그는 다시 돌아와선 안 되는 인물이었다. 고병은 때가 왔음을 짐작했다. 치원이 제 아비와 제 국왕을 위한 약속을 지킬 시간 말이다.

"고운은 어디 있느냐. 당장 내 막사로 들라하라."

고운은 곧장 고병의 막사로 들어섰다.

"어찌 부르셨습니까?"

"치원의 공로를 치하하는 계를 올릴 것이다."

"치원을 신라로 보내시려 하심입니까?"

고운은 고병의 마음을 이미 짐작하고 있었다.

"보내야지."

"……."

"이제 내 그늘은 너무나 작아 그 아이를 돌봐 줄 수가 없지 않느냐."

고병은 그것이 자신이 해줄 수 있는 마지막임을 알고 있었다. 고운 역시 그것이 치원을 위한 길이라는 것을 알았기에 말없이 돌아서 희종에게 올릴 계를 작성하기 시작했다.

다행히 희종은 치원의 공로를 기꺼이 인정했다. 그가 쓴 격황소서의 잔향이 아직 존재하는 까닭이었다. 그는 치원을 천하의 명문장가로 칭송했으며 더 없을 충신으로 분류했다. 신라로 떠나는 것을 허락한 후에 그에게 사신의 자격을 부여하고 자금어대까지 하사하는 아량을 보였다. 왕탁과 그의 군사들이 장안을 수복할 날이 멀지 않았다는 예감에서였다. 그런 대우가 달갑지 않은 것은 치원 하나뿐이었다.

"이게 다 무슨 말씀이십니까! 어찌 저를 쫓아내려 하십니까? 싫습니다. 저는 반드시 이곳에 돌아올 것입니다."

"그럴 필요 없다."

"장군! 시대가 험난한데 어찌 그렇게 말씀하십니까?"

"이곳이 너의 나라더냐?"

"장군…!"

치원의 안색이 파리하게 변했다. 고병은 일부러 치원을 보내기 위해 모질게 굴고자 했다.

"너는 계림사람이다."

"……."

"당나라 안의 일은 당나라인들이 알아서 할 것이다."

고병은 '너마저 잃을 수는 없지 않겠느냐. 그러면 내가 우리 애란이 볼 낯이 없어지니 말이다.' 라는 말을 속으로 눌러 삼켰다.

치원은 고병의 뜻을 다 헤아리지는 못한 채로 서글픈 얼굴이 되었다. 언젠가는 떠날 일이었으나 지금은 아니었다. 적어도 황소가 굴복하는 꼴은 보고 떠나야 했다. 그것은 죽은 애란이 하려던 일이고, 그들이 하려던 일이고, 반드시 끝을 보아야 하는 일이었다.

"끝을 보아야지요. 사내란 무릇…."

치원의 말을 고병이 막았다.

"네 여인 하나도 지키지 못했느니라."

치원이 입을 꾹 다물었다. 건드려선 안 되는 상처였다. 치원은 고병의 잔인한 말에 입을 꾹 다물어 버렸다.

"지키고자 했던 것이 있지 않더냐. 그 약속이나마 지키거라."

고병은 그 말을 끝으로 아예 치원과 눈조차 마주치지 않았다. 그는 차라리 돌아서서 다 낡아 나달대는 창문살을 바라보았다. 바람이 들고 비를 견디느라 이곳저곳에 물 얼룩이 남아있었다. 치원은 작고 왜소해진 고병의 뒷모습을 보며 주먹을 꽉 쥐었다.

"참으로 모질게 말씀하십니다."

"이것은 내 뜻이 아니다. 이것은 애란의 뜻일 것이다."

고병은 쐐기를 박듯 말을 마쳤다. 치원은 그제야 주르륵 눈물을 떨어트렸다. 애란의 물건을 태우던 날도, 그녀가 죽었다는 소식을 번번이 들을 때도 흘리지 않았던 눈물이었다. 치원은 시야가 부옇게 흐려지는 것을 애써 닦아내며 고병의 뒤에 한참을 서 있었다.

"가야지요. 늘 가야 한다고 생각했었습니다."

"……."

"이렇게 떠나리라고는 생각지 못했습니다. 이렇게 불시에 쫓기듯."

"……."

"장군…."

치원의 작은 울음소리 끝에 고병의 억누르는 소리가 섞여들었다. 고병 역시 눈시울이 붉어져있는 채였다. 두 남자는 그 뒤로 오래도록 말이 없었다. 다만 마음으로 진심을 전할 뿐이었다.

'건강하거라.'

고병의 등이 그렇게 말하는 듯했다.

'무탈히 천수를 누리십시오. 아버님.'

치원도 차마 할 수 없었던 마지막 말을 속으로 삼켰다. 당나라에 와 국자감에서 마음을 나눌 동무들을 만나고 배움을 얻을 스승을 만났으나 가슴 한켠은 여전히 가족들과 고향에 대한 그리움으로 텅 비어 있었다. 종남산에서 내려와 애란과 재회한 후로 그녀의 가족들이 그를 친아들 이상으로 대해주고 아껴주었으니 그 마음을 차마 갚을 길이 없었다. 그들이 아니었더라면 배를 곯다 쓰러져 아무렇게나 버려졌을지도 모를 일이기 때문이다. 치원은 고병의 막하에 들어와 지냈던 지난 시간들이 얼마나 값지고 귀한 시간들이었는지 알았으므로 감사하고 또 감사히 여겼다.

"그간 감사했습니다. 강녕하십시오."

치원은 마지막 말을 끝으로 고병의 막사를 나섰다.

고운과 양섬은 회남까지 따라와 치원을 배웅했다. 양섬은 치원을 따라 신라로 가겠다고 생떼를 부렸으나 치원이 그를 말렸다.

"저도 형님을 따라 신라로 가겠습니다. 부디 저를 데려가 주십시오."

"반드시 다시 볼 날이 있을 것이다. 네 적이 여기 있지 않더냐."

"그래도 이제 가면 언제 다시 뵐 수 있을지 모를 일 아닙니까?"

양섬과 고운은 얼굴 가득 섭섭함을 숨기지 않았다.

"살며 한 번은 만나지지 않겠느냐. 그리되면 아주 반갑게 만나질 것이다. 그 날을 기약하자꾸나."

치원의 말에 고운의 코끝이 찡하고 저렸다.

"곧 볼 것이니 나는 서운해하지 않을 것이다."

"예, 형님."

"그래도 한 번 안아보자꾸나."

고운은 치원을 와락 끌어안았다. 타국에서 만나 형제처럼 지낸 두 사람이었다. 국자감에서나, 고병의 막료가 되어서나 늘 든든했던 이가 바로 고운이었다. 치원은 고운의 너른 등을 쉼 없이 쓸었다. 고운의 거친 손길도 한참이나 치원의 어깨에서 물러날 줄 몰랐다.

"다시 보는 날까지 건강하셔야 합니다."

고운은 고개를 끄덕였고, 곧 출발을 알리는 호각이 길게 울렸다.

"가시지요, 형님."

김인규가 치원을 재촉했다. 그는 신라에서 떠나올 때와 마찬가지로 단출한 차림이었다.

"제 서책과 지필묵은 형님께 맡기겠습니다."

"천하제일 문장가 치원의 것이라 말하며 다 팔아먹을 것이다."

치원은 끝까지 제 마음을 편하게 해주기 위해 농을 던지는 고운을 향해 웃어 보였다.

"얼마든지 그러십시오."

말투는 밝았으나 걸음은 납덩이를 매단 듯 무거웠다.

"술이나 왕창 사마실 것이다."

"꼭 그러십시오."

치원의 눈시울이 붉어지는 것을 보고나서야 고운은 장난을 관두었다.

"어서 가거라. 어서."

"안녕히 계십시오."

치원은 뱃머리에 올라 자기를 향해 손을 흔드는 고운과 양섬을 보았다.

"잘 가시게! 서신 기다리겠네!"

고운의 우렁찬 목소리가 치원의 귀에 아득하게 들렸다. 치원은 팔을 휘저으며 고개를 끄덕이는 것으로 대답을 대신했다. 배는 곧 항구를 떠나 바다로 접어들었다. 그 뒤로도 고운과 양섬이 하나의 소실점으로 보일 때까지 치원은 연신 팔을 흔들었다.

장장 17년 만의 고국행이었으나 생각만큼 기쁘지는 않았다. 어쩐지 쫓기듯 떠나온 것이 마음에 걸렸기 때문이다. 황제로부터 받은 수많은 선물과 사신의 자격들이 분명 금의환양임을 말해주었으나 그의 머릿속엔 뱃머리에서 터지던 폭죽들과 그에게 내밀던 수줍은 손수건이 가득 차있을 뿐이었다.

'애란 아씨.'

뱃머리에 저 먼 지평선에 고개를 돌리는 어디에든 그녀의 흔적들이 남아 있었다. 치원은 이대로 떠나기 싫은 마음이 들어 거칠게 불어드는 풍랑이 차라리 반가웠다.

"태풍이 강해 시일이 좀 더 걸리겠습니다."

"그래."

치원은 인규의 말에 대충 고개를 끄덕였다. 내심 그러기를 바라던 마음을 들킨 기분이었다. 치원은 고개를 돌려 바닥이 새카맣게 느껴지는 바다를 보았다. 파도가 몰려 들어 금방이라도 그가 올라탄 배를 집어 삼킬 것만 같았다. 치원의 눈가가 다시금 촉촉이 젖어들었다.

'시끄럽다 얘, 촌스럽긴.'

치원은 귓전에 낭랑한 애란의 목소리가 들리는 것 같아 피식 웃음이 터지고 말았다. 마치 그녀의 목소리가 울지 말라 어르고 달래는 것만 같은 까닭이었다.

'애란 아씨….'

그는 떠나오던 날부터 다시 돌아가는 날까지, 그 시작과 끝 모두에 애란이 있었음을 또렷이 기억했다.

'결코 잊지 않겠습니다. 내게 여인은 숨 다하는 날까지 아가씨 하나뿐임을 약속하겠습니다.'

바야흐로 883년. 치원의 나이 스물일곱.

그는 한 점 구름처럼 떠나왔던 긴 여행을 조금은 쓸쓸하게 마무리하고 있었다.

泛海(범해)

掛席浮滄海(괘석부창해) 푸른 바다에 배 띄우니
長風萬里通(장풍만리통) 긴 바람이 만 리를 불어가는구나.
乘槎思漢使(승사사한사) 뗏목 탔던 한나라의 사신이 생각나고
採藥憶秦童(채약억진동) 약초 캐는 진시황의 아이를 추억하네.
日月無何外(일월무하외) 해와 달은 허공의 밖에 있고
乾坤太極中(건곤태극중) 하늘과 땅 태극 속에 있어라
蓬萊看咫尺(봉래간지척) 봉래산이 여기 가까이 있으니
吾且訪仙翁(오차방선옹) 나, 이제 신선을 찾아가리다.

신라로 돌아온 치원,
참혹한 실상을 보다

신라로 돌아온 치원, 참혹한 실상을 보다

아버지의 임종을 지키지 못한 것은 안타까운 일이었다. 치원은 살갗을 에는 추운 겨울에 당나라를 떠났으나 태풍이 심하고 바람이 순조롭지 않아 이듬해 봄에나 신라에 도착할 수 있었다. 이제나 저제나 치원이 돌아오기만을 바라던 견일은 끝내 장성한 치원의 모습을 보지 못하고 숨을 거두었다. 눈을 감는 그때까지도 당나라로 떠나던 어린 치원을 그리워하고 가엽게 여겼노라고 현준이 견일의 마지막을 전해주었다.

"자네를 많이 그리워하셨다네. 그리고 많이 자랑스러워하셨어."

말을 전하는 현준과 정현사의 얼굴에는 옛 시절이 거의 남아있지 않았다. 파르라니 깎은 머리카락과 까슬까슬한 승려복이 그 거리감을 더해주고 있었다.

"우리 모습이 많이 낯설 것이다."

"저 역시 낯설게 느껴지실 테지요."

"자네가 아버지와 참 많이 닮아 낯설지가 않네 그려."

"그렇습니까. 제가 아버지와 그리 닮았습니까?"

"눈매며 콧대며 닮지 않은 곳을 찾기가 더 어렵겠네."

치원은 그 말에 가슴이 울컥했다. 언제나 그리워하던 고국이었다. 꿈에서도 잊어본 적 없던 가족들이었다. 비록 기억 속의 풍경들이 꽤나 변하긴 했으나 헛헛했던 마음 한켠이 따듯하게 채워지는 기분이었다.

"아버지께선 어디에 묻히셨습니까?"

"해인사에서 식을 치러 화장을 해드렸고 골호에 담아 절 근처에 모셔두었다."

당시 신라의 장례는 불교의 영향으로 거대한 고분형태의 무덤을 만드는 대신 시신을 화장하여 석관이나 옹관에 담아 안치하는 식으로 변해 있었다. 모든 사람들이 그런 형식을 따르는 것은 아니었으나, 현준과 정현사 두 형제 모두가 승려가 되는 등 불교와 관계가 깊었으므로 불가식의 장례를 치렀던 것이다.

"이제 네가 우리 집안의 가장이로구나."

장성한 세 아들을 두루 쳐다보던 진영 부인이 나지막이 입을 열었다. 내내 치원의 손을 꼭 잡고 있던 진영 부인은 저도 모르게 눈물을 흘리고 있었다.

"예, 제가 마땅히 가문을 이어가야겠지요."

치원은 진영 부인의 손을 맞잡으며 담담히 대꾸했다. 위로 두 형제가 전부 불가에 귀의했으므로 막내인 치원이 가문을 책임져야 했던 것이다. 서신을 통해 두 형이 전부 승려가 되었음을 알고 있었기 때문에 치원은 그것을 부담스럽게 느끼지 않았다.

"허면 혼인부터 서둘러야 할 게 아니겠소? 벌써 한참이나 늦었으니 언제쯤 이 사람에게 손주 재롱을 보여줄 생각이오?"

스물이 되기 전 혼례를 올리는 것이 보통이었다. 특별한 이유가 없다면 벌써 자식을 둘 셋쯤은 보고도 남을 때였다. 치원의 나이가 벌써 서른에 가까웠으니 진영 부인은 살짝 조급증이 일었다.

"어머니께서 마땅한 혼처를 말씀해주시지요. 뜻에 따르겠습니다."

진영 부인은 눈을 내리깔고 대꾸하는 치원을 의아하게 쳐다보았다. 앞으로 치원이 걱정할 것은 오직 후계에 관한 것이었으나 시큰둥하게 반응을 하는 모양이 어쩐지 혼인엔 관심도 없는 사람처럼 보였던 것이다. 진영 부인은 혹 마음에 둔 여인이 있었는지 물었다. 혈기 왕성한 긴 세월을 당나라에서 보낸 자식이었다. 어쩌면 당나라 여인을 며느리로 맞이할 지도 모른다고 생각한 적도 있었다. 그리 꽉 막힌 인사가 아니었으므로 진영 부인은 치원이 당나라 여인을 데려온다 하더라도 기꺼이 예뻐할 요량이었다.

"그간 정을 나눈 여인이 하나도 없었단 말입니까?"

치원은 다른 대답 없이 빙그레 웃기만 했다.

"그 긴 세월을 정녕 학문만 하며 보냈단 말이오?"

"소자는 그저 어머니의 결정을 믿고 따를 것입니다."

"그것이 누구든 여인으로서 행복하게 살게 해줄 자신이 있는 것이오?"

진영 부인의 말에 치원의 얼굴이 굳어졌다. 후계를 위해 혼인을 해야 하는 것은 치원이 지닌 의무였으나 아직 그는 애란을 보내지 못한 까닭이었다. 치원은 별안간 애란의 향긋한 얼굴이 떠올라 가슴이 쿵하고 떨어지는 것을 느꼈다. 떠나는 배 위에서 약속했었다. 평생에 여인은 그녀 하나뿐일 거라고. 치원은 저도 모르게 주먹을 꼭 쥔 채로 얕은 한숨을 내쉬었다. 진영 부인은 그런 치원을 보며 다른 사연이 있으리라 짐작했다.

"반드시 신라의 여인일 필요가 무어랍니까. 당나라 여인이라 한들, 서역의 여인이라 한들 다 괜찮습니다. 데려와도 좋습니다."

한참 말을 잇지 못했던 치원이 마음을 다스린 뒤 간신히 입을 열었다.

"데려올 수가 없습니다."

"……."

"이미 이 세상 사람이 아닙니다."

"어째서…."

"환란에 목숨을 잃었습니다. 저 때문에…. 제가 함부로 말하여 그녀를 죽음에 이르게 했습니다."

진영 부인은 치원의 말에 입을 다물지 못하였다. 사연이 있으리라 생각은 했으나 그런 이유일 줄은 상상도 하지 못했던 것이다. 치원은 간신히 사실을 뱉어낸 후에 급격한 슬픔에 빠져들었다. 진영 부인은 쉽사리 잊으라고도 할 수 없었다. 말을 꺼낸 것만으로도 텅 빈 껍데기처럼 굳어버린 치원의 모습이 마음 아픈 탓이었다.

"어찌 이 어미에게 거짓말을 했습니까. 그런 마음을 가지고 마땅한 혼처를 정하라니요. 뜻에 따른다니요. 죄입니다. 알맹이 없는 서방을 끌어안고 살 여인은 무슨 죄랍니까."

"송구스럽습니다."

“어찌 이리 못났답니까.”

진영 부인의 얼굴은 안타까움으로 가득했다.

“그러게 말입니다. 나이를 먹는다고 어른이 되는 것도 시간이 지난다고 연륜이 쌓이는 것도 아닌 모양입니다.”

그녀는 치원을 꼭 안아주었다. 평범한 삶이 녹록치 않은 막내아들이었다. 당나라에서의 힘겨운 시간을 이겨내고 끝내 황제의 인정까지 받아낸 막내아들이 무척 자랑스러웠으나 한 사람의 인간으로서 사내로서 살아갈 그의 삶이 과연 행복한 것인가 염려되었다.

“되었습니다. 내 욕심이 지나쳤습니다. 이토록 장성한 아들을 공으로 얻은 기분에 괜한 소릴 했습니다.”

“어머니.”

“위로 두 자식은 부처님께 드렸고 막내아들은 일찍이 나라에 바쳤습니다. 그렇게 생각하기로 했던 것을 깜빡 잊었습니다.”

진영 부인의 눈가가 촉촉이 젖어 들었다. 치원은 그런 어머니의 모습에 가슴이 짜르르 울렸다.

“이제 되었으니 일을 하십시오. 사념에 잠기지 말고 그리움에 파묻히지 말고 하고자 하는 일을 하십시오. 돌아가신 아버지는 그대가 신분의 한계에 부딪쳐 뜻을 굽히는 일이 없기만을 바라셨습니다.”

치원은 진영 부인의 품안에서 점차 안정되었다. 고향이란 그런 곳이리라. 치원은 제 동기부여의 모든 것이었던 신라의 공기에 빠르게 적응하고 있었다. 이곳이라면 애란을 잃은 슬픔을 잠시 잊을 수 있을 거라 생각했다.

다행히 일은 끝도 없이 넘쳐났다. 헌강왕이 치원을 크게 신임하게 된 터라 시독 겸 한림학사 수병부시랑에 지서서원감사까지 겸임

하며 사대외교문서 작성과 교섭사절 일체의 업무를 맡긴 참이었다. 헌강왕의 총애는 지극한 것이어서 치원은 당나라에 보내는 국서뿐만이 아니라 왕실에서 필요로 하는 비문·기·찬·원문 등 모든 문장들을 써내야 했다.

"과연 당나라에 다녀온 것이 빛을 보고 있나 봅니다."

하루에도 수십 번씩 교지를 내리고 치원을 불러들이는 헌강왕의 행보에 귀추를 주목하고 있던 육두품들은 이것이 정해진 일이라는 반응들이었다. 황제의 사신 자격으로 귀국한 치원이 아니던가. 그러나 헌강왕이 치원을 신임하게 된 데에는 그들이 모르는 다른 이유들이 있었다.

"공의 계원필경집은 참으로 보배 중의 보배로다."

학문적 전문가들을 키워 왕권을 강화하려는 정치적 의지가 아니었더라도, 치원이 진상한 <계원필경집>은 귀중한 기록서였다.

치원은 당나라에 있을 당시 지은 시문들과 양주에서 지내는 동안 조정에 상주한 문건, 군사 기밀을 작성한 문건, 하늘과 땅에 제사를 지내는 문건, 친우 및 동료와 주고받은 문건들을 한데 엮어 <계원필경집>이라고 이름 붙여 두었다. 그 안에는 치원이 가장 최근까지 생생하게 겪었던 '반적을 다스리는 방법'이 주로 나열되어 있었기 때문에 헌강왕의 입장에서는 흥미를 가지지 않을 수 없었다.

"이것만 있다면 신라에서 벌어질 일들 또한 예견할 수 있을 것이니 이 어찌 보배가 아닐 것인가."

"황공하옵니다, 전하."

"이것이 필요치 않다면 좋겠으나…."

헌강왕은 말끝을 제대로 마무리 짓지 않은 채 곁에 시립해 있던 시중 민공에게 시선을 돌렸다.

"마땅히 보고 들은 바가 거짓되니 어찌 요행을 바라겠는가."

"송구하옵니다 전하."

민공은 변명조차 하지 못했다. 헌강왕은 노기 어린 얼굴로 입을 열었다.

"시랑이 아니었더라면 눈을 감는 날까지 몰랐을 일이 아니던가. 내가 백 번을 생각하고 만 번을 떠올려도 참으로 부끄럽고 또 두려운 일이었네."

치원도 입을 다물었다. 헌강왕은 숨을 고르고 진정하려 애쓰는 듯했으나 한 번 치밀어 오른 울화가 쉬이 가라앉지 않는 모양이었다.

"서라벌에서 바닷가에 이르기까지 집과 담장이 연이어져 있는데, 초가는 하나도 없다 했다. 풍악과 노랫소리가 길에 끊이지 않고 백성들이 태평성대를 이야기하니 짐의 성덕의 소치라 하였다!"

헌강왕의 입에서 기어이 씨익씨익 하는 거친 숨소리가 터져 나왔다. 민공은 여전히 고개를 숙인 채 입도 벙긋 하지 못하는 중이었다.

"이 배신감을 다 어찌 하란 말인가."

그간 헌강왕은 자신의 치세가 훌륭하여 태평성대가 이어진다고만 알고 있었다. 날이 좋아 몇 해째 풍년이었고 그 역시 자신의 성덕이라 여기던 중이었다. 그러나 그것은 사실이 아니었다. 조정의 신하들이 헌강왕의 눈과 귀를 달콤하게 속여 왔던 것이다.

"죽을죄를 지었나이다 전하."

시립했던 민공이 허리를 깊이 숙였다.

"꼴도 보기 싫으니 이만 퇴청하시오!"

헌강왕의 말에 민공이 조용히 걸음을 떼었다. 오른팔 같았던 민공이었다. 소리를 지르는 헌강왕의 마음이 편할 리 없었다. 치원은 제가 입궁할 때마다 번번이 이런 일이 생기는 것이 껄끄러웠으나, 한편으로는 다행이라고 생각했다. 헌강왕이 이제라도 제대로 된 민심을 읽게 된 까닭이었다.

당나라에 있을 적에도 신라의 소식은 심심찮게 전해 들을 수 있었다. 그러나 그 소식들 모두가 태평성대를 말하고, 헌강왕의 덕망 높은 치세를 칭송하는 것이었기 때문에 치원도 그런 줄로만 알고 살았다. 그것은 그가 당나라 생활을 견디게 해주는 자부심이기도 했고, 당나라의 환란에 더욱 집중할 수 있게 해주는 든든한 버팀목이기도 했다.

그러나 신라에 돌아와 본 실상은 실로 참혹했다. 태평성대를 노래하는 것은 일부 상류층들인 진골들의 이야기였고 민초들은 한없이 괴로운 나날들을 보내고 있었던 것이다. 그 모습은 마치 소금 대란이 일어나기 전의 당나라 모습과 다르지 않아 치원은 등골이 오싹해지는 것을 느끼게 되었다.

"전하께오서는 진정으로 이 나라의 국왕이라 할 수 있으시겠습니까?"

치원의 당돌한 물음에 사실을 알 수 없었던 헌강왕은 그가 건방지다 여겼으나 곧 치원이 전하는 민초들의 생활상을 듣고는 부끄러움에 고개를 들지 못하였다.

"민초들은 과도한 세금에 허덕이며 배를 곯고 있사옵니다. 자식이 칭얼대도 달리 방도를 찾지 못해 지켜볼 뿐이며, 부모가 소금물조차 마시지 못해 쓰러져도 눈을 감을 밖에 도리가 없다 하였사옵니다. 인의 도리를 베풀어야 할 관리들이 제 배를 불리기에 급급하니 보고 배운 바 없는 백성들 또한 그릇된 생각을 품고 있나이다."

"그것이 사실인가?"

"어찌 전하 앞에 거짓을 고하겠나이까."

치원은 사태가 이토록 심각한 것을 모르는 헌강왕이 딱하게 여겨졌다. 백리 밖에 눈이 있고, 천리 밖까지 귀가 있어야 할 왕이 아니던가. 그러나 헌강왕의 눈과 귀는 온통 거짓에 가려져 있을 뿐이었다.

치원의 말에 충격을 받은 헌강왕은 한참 말을 잇지 못했다.

"그 모든 것이 나의 부덕이다."

"그것이 어찌 전하의 잘못이라 말할 수 있겠나이까. 위기를 제대로 읽지 못하고 제 배를 채우기에 급급한 귀족들의 욕심이옵니다. 사태의 심각성을 전혀 파악하지 못한 아둔한 이들의 실수입니다. 저 역시 책임을 통감하나이다. 기실 당나라가 위태로울진대 신라는 태평성대를 누린다고 믿어버린 것이 저의 불찰이었나이다."

치원의 말은 진심이었다. 제 어리석음을 절절히 느끼는 중이었다. 들은 것을 전부라고 믿는 실수를 저질렀던 것이다. 생각해보면 단순하게 답이 나올 문제였다. 무역의 대부분을 당나라에 의존하고 있던 신라였으므로 당나라의 위기는 곧 신라의 위기가 될 터였다. 그것은 신라뿐만 아니라 당나라를 접경에 둔 다른 나라 어디든 마찬가지였다. 당나라의 위기가 국제의 정세를 크게 뒤흔들고 있었던 것이다.

"당나라 또한 민초들의 괴로운 나날들이 곪고 썩어 혼란이 도래한 것이 아니었던가?"

치원은 헌강왕의 말에 고개를 끄덕였다.

"그렇사옵니다. 세금을 과하게 징수하는 귀족들 탓에 민초들의 생활이 무너졌나이다. 궁지에 몰린 민초들은 도적이 되었고 제 목숨을 살리기 위해 황제를 공격하기 시작했습니다."

헌강왕의 입에서 탄음이 새어나왔다.

"이를 어찌하면 좋을 것인가. 이 나라에는 그런 일이 일어나선 아니 될 것이네."

"아직 늦지 않았사옵니다. 충분히 위기를 막아내실 수 있으실 것입니다."

헌강왕은 그 날로부터 치원의 도움을 받아 민초들의 삶을 살피려 애썼다. 그는 치원의 경험과 경륜을 높이 평가하여 그에게 군제 개혁의 임무를 맡기기로 했다. 그것은 호족들이 개인적으로 사병을 키우며 백성들에게 과도한 세금을 징수하는 일을 뿌리째 뽑으려는 것이었다.

민공을 내쫓은 헌강왕은 한숨을 크게 내쉬고는 치원을 향해 시선을 돌렸다.

"개편안은 잘 마련되고 있는가?"

"예, 전하. 마땅한 방도를 찾고 있사옵니다."

"민생을 안정시킬 방안은 어찌 되어 가는가?"

"그렇지 않아도 드릴 말씀이 있었나이다."

"그것이 무엇인가? 어디 말해보게."

"예, 전하. 신라는 일찍이 서라벌에서 멀리 떨어진 서원경의 촌락에도 진골이 몇 명 살고 있는지, 또 육두품이 몇 살고 있는지를 훤히 꿰뚫고 있지요."

"3년마다 늘고 줄어든 것을 상세히 기록하고 있지. 사람뿐만 아니라 소나 말, 돼지같은 가축들과 잣나무, 호두나무 같은 것들의 수량까지 세밀하게 말이오."

"그것을 기록하기 시작한 본래의 목적이 무엇이었습니까?"

"지방 곳곳까지 알맞은 조세를 부과하고 마땅히 노역을 나누는데 사용하려 했던 것인데….”

“원칙이 지켜진다면 말이지요.”

헌강왕은 치원의 말에 고개를 끄덕였다. 당시 신라는 지방민의 실정까지 손바닥처럼 샅샅이 들여다 볼 수 있는 지배구조를 가지고 있었다. 원칙대로 백성들의 생활을 낱낱이 파악하여 노역을 나누고 조세를 부과했다면 장안에 곡소리가 들리지 않을 터였다. 뿐만 아니라 원칙대로 귀족들의 사치를 치밀하게 통제한다면 그들이 사사로이 백성들을 약탈하는 일도 막을 수 있을 것이었다.

“민중문서를 새로 작성함이 옳을 듯하옵니다. 이미 거짓 기록이 많을 것입니다.”

“그렇겠구먼. 믿을만한 사람을 붙여 면밀히 파악하겠노라. 그 기록만 거짓되지 않는다면 제대로 된 조세를 부과할 수 있겠지.”

“성덕을 베풀어 주소서.”

“어찌하여 그런 간단한 방편도 잊고 살았단 말인가.”

“너무나 익숙해졌기 때문이지요. 이미 천년을 이어온 구조입니다. 잠시 타성에 젖어 잊은 것뿐이니 다시 찾으시면 될 것이옵니다. 초심을 잊지 마시옵소서.”

헌강왕은 그 말에 쓴웃음을 지었다.

“시랑의 말이 정확하오. 태평성대라는 말에 젖어 처음을 잊고 살았소. 그대에게 큰 가르침을 얻었으니 참으로 고마운 일이오.”

“망극하옵니다, 전하.”

치원이 부복하자 헌강왕이 다시 입을 열었다.

“나는 곧 시랑을 태수로 진급시켜 사람들의 눈을 피하고 민정문건을 기록하는 데에 만전을 기할 것이오. 그대에게 하사하는 자리가 비록 그대의 그릇보다 터무니없이 작을 것이나 이는 다른 이들의 시기와 질투를 피해 그대를 안전하게 보호하려 함이니 서운하게 생각하지 마시게나."

"여부가 있겠습니까. 명 받들겠나이다."

헌강왕은 한 시름 놓았다는 듯 긴 숨을 내쉰 뒤에 덧붙였다.

"어디서부터 손을 대야 할지 도통 모르겠구려."

이제와 시중 민공을 쳐낼 생각은 없을 것이었다. 그가 시중 직을 물린다 해도 다른 마땅한 재목이 존재하지 않았던 까닭이다. 그가 아니라면 숙부인 위홍을 다시 불러야 했으므로 헌강왕에게 선택의 여지란 존재하지 않았다.

"숙부는 우리 가문이 보다 많은 것을 누릴 수 있도록 해주었소이다. 작금의 상황도 좋은 의도에서 나온 결정이었을 것이오."

"그렇습니다. 다만 좋은 의도가 반드시 좋은 결과로 나타나는 것은 아니지요."

"시랑의 말이 맞소."

헌강왕의 숙부 되고 승하한 경문왕의 동생 되는 이었으니 그들과 용모가 많이 닮았으리라. 치원은 한 번도 본 적 없는 위홍이란 인물을 상상으로 그려보았다.

각간 위홍. 현존하는 성골 귀족 가운데에서도 왕족의 피를 제대로 물려받은 사내. 일찍이 명석한 두뇌로 경문왕가의 왕권강화에 큰 힘을 보태고 있었으며 왕자와 공주들의 후견인을 자처해 태어난 순간부터 지금까지 무소불위의 권력을 가지고 있는 정권의 핵심인물이었다.

어쩌면 살아있는 것이 부담스럽게 느껴지는 부왕 같은 존재. 헌강왕 즉위와 함께 상대등에 올라 헌강왕대 전반을 수렴청정하다시피

했으므로 그것이 넘치는 비유는 아니었다. 치원은 헌강왕이 국무에 어두운 눈을 갖게 된 배경이 그에게 있으리라 여겨져 입맛이 썼다.

"이제는 그 방식이 달라져야 하오."

"합리적이고 현실적으로 변해야 합니다. 이전과 같은 방식으로는 백성들의 마음을 얻지 못할 것이옵니다."

왕실이 현실적이고 합리적인 정신에 입각한 통치이념을 제시하지 못하였던 것은 경문왕과 지배층의 한계였다. 위홍은 헌강왕이 임금이기 이전에 '신'으로 불리길 바랐다. 그것은 경문왕 역시 마찬가지였는데 그들은 스스로를 특별한 힘을 가진 자들로 포장하여 백성들로 하여금 경외심을 갖게 만들었다. 일찍이 왕위에 오른 경문왕이 흩어진 민심을 모으기 위해 불사를 일으키고 종교적인 권위에 기대어 왕권을 강화한 것이 화근이었다. 얼마간은 그 방법이 효과를 보이며 진골들 간의 불협화음을 없앨 수는 있었으나 왕권이 종교적 신이함에 의존하게 되는 부작용을 가져오게 된 것이다.

경문왕은 뱀의 수호를 받는다거나, 헌강왕이 호국신의 보좌를 받아 그들과 소통할 수 있는 존재라는 것은 궁핍한 백성들에겐 더 이상 흥미로운 사실이 아니었다. 왕가의 사람들이 신성한 존재라는 것은 배고픔 앞에 무용지물인 셈이었다. 헌강왕은 그 사실을 깨닫고 난 후로부터 여전히 옛 방식을 고수하려는 위홍을 경계하기 시작했다. 천년의 역사를 제 대에서 물거품으로 만들 수는 없는 일이었다. 틀린 것은 바로 잡아야 했고, 더 좋은 방식이 있다면 그것을 따르는 것이 옳았다.

"그러나 너무 괘념치는 마십시오. 이제부터 바꿔 나가면 될 일입니다. 미래의 일을 펼쳐나가실 분이 과거에 얽매이셔서야 되겠습니까?"

헌강왕은 치원의 말에 자신감이 생기는 기분이었다.

"그대가 내 곁에 남아준다면 할 수 있을 것도 같구려. 오래 오래 남아 주시오. 이렇게 청하겠소."

"황송하옵니다, 전하."

치원은 비로소 제가 있을 자리를 찾은 것 같아 가슴이 꽉 차는 기분을 느낄 수 있었다. 그 위치가 어디든 상관없었다. 제 능력이 제대로 발휘될 수만 있다면 그 관직이 높고 낮은 것은 개의치 않았다. 그는 어떻게 하면 헌강왕을 도와 더 큰 신라를 만들 수 있을지, 태평성대를 다시 누리게 할 수 있을지 만을 고민하고 매달리기로 결심했다.

그러나 그들의 바람과는 상관없이 시절은 풍운에 떠밀려 전혀 새로운 곳에 가 닿게 되었다. 치원이 군제개혁을 맡아 은밀히 일을 진행하던 그 해 여름 급작스레 헌강왕이 승하하고 정강왕이 즉위하게 된 것이다.

치원은 태산의 태수로 부임해 민정문건을 기록하고 군제개편의 방안을 골몰하던 중이었다. 소식을 들은 치원은 황급히 서라벌로 달려갔다.

'아직은 아닙니다. 아직 가시면 아니됩니다.'

아직 군제 개편에 대한 논의가 완성되지도 않은 터였다. 치원이 귀국한 지 1년도 채 되지 않은 때의 일이었다.

서라벌의 매미들은 유난스럽게도 울어댔다. 치원 역시 입궐하여 헌강왕의 장례를 참관했다. 그곳에 모인 사람들은 저마다의 불안이나 불만을 숨기기 위해 급급했다. 불안이나 불만은 모두 후사에 대한 논의로 이어졌다.

“정강왕이 보위를 얼마나 지킬 수 있다 생각하십니까?”

“헌강왕 치세 때도 오늘 내일 했었습니다. 말을 아끼자니 속이 터지고. 이미 왕이 된 인물이니 함부로 떠들 수도 없고 이거 원.”

정강왕은 본래도 몸이 약해 헌강왕이 많은 신경을 쏟았던 아우였다. 이제나 저제나 숨을 거둘까 불안에 떨며 바깥출입을 거의 하지 않은 채로 헌강왕의 비호를 받으며 살았던 터였다. 치원 역시 헌강왕에서 정강왕으로 이어진 왕좌가 불안하게만 느껴졌다.

‘이것은 단순한 집안일이 아니라 나랏일이 아닌가.’

안타깝게도 왕실에는 더 이상의 성골 남자가 존재하지 않았다. 물론 헌강왕에게 자식들이 있었으나 너무나 어린 나이였다. 이제 막 걸음마를 떼었으니 갈 길이 먼 것이다. 이래서는 어렵게 얻은 왕실의 권력이 금방 분산될 수밖에 없었다. 그것은 또 다른 내분을 예고했다. 치원은 정강왕이 단단한 인물이기를 바랐다. 엄청난 정신적, 육체적 고통을 감내하고 어떻게든 헌강왕의 자식들이 장성할 때까지 버텨 준다면 소란은 일단락 될 수도 있었다. 기실 왕위가 다른 권문세가에게로 넘어가는 것이 문제가 되는 것은 아니었다. 다만 권력과 권력이 이동할 적에 치러야 하는 희생이 치원은 두려웠다. 특히나 민심이 진정되지 않은 상황에서의 권력 다툼은 더욱 위태로웠다.

“대체 원인이 뭐랍니까?”

“아닌 밤중에 돌아가셨다니 귀신이 곡할 노릇 아니겠습니까?”

“정말 귀신이 데려갔을지 누가 압니까? 북악산의 산신들과 대화도 하셨던 분 아닙니까?”

여기저기서 헌강왕의 사인을 두고 잡담이 쏟아졌다. 치원은 허튼 소리들을 헤치고 저 멀리 눈물을 훔치고 있는 만을 바라보았다. 오라비의 죽음을 애도하느라 이런 저런 정치적 이견이나 흉험한 이야기가 오고가는 줄은 꿈에도 모르는 순진한 여인이었다. 며칠 만에 터무니없는 일을 겪은 공주는 여전히 죽음에 익숙하지 않은 것 같았다.

치원이 안타까운 시선을 거두려 하기 전, 공주가 먼저 치원을 보게 되었다. 시선이 마주친 덕분에 만은 치원에게 한달음에 다가올 수 있었다.

"오랜만에 공주님을 뵙습니다."

"태수의 얼굴을 보니 잠시 마음이 평온해집니다."

헌강왕 때문에 더러 궁을 드나들다가 마주친 적이 있는 사이였다. 만이 당나라에 대한 관심이 많았으므로 두 사람은 간혹 당나라의 생활에 대해 담론을 나누곤 했었다.

"작은 오라버니 곁에도 계셔 주실 것이지요?"

"원하신다면 기꺼이 머무를 것입니다."

치원의 말에 비로소 얼굴이 밝아진 만은 어렵게 입을 열었다.

"오라버니는 왕이 되기 위한 준비를 한 적이 없는 사람입니다. 그저 서책이나 읽는 것이 최고의 낙이었던 분이시지요."

"그러니 공주께서 잘 보필해주셔야 합니다."

"제가 할 수 있는 일이 무어랍니까. 그런 일이 있기는 한 것입니까?"

치원은 한참을 망설이다가 긴 한숨과 함께 입을 열었다.

"숙부님을 믿으시면 될 것입니다."

'아직 위홍이 건재한 것은 다행한 일 아닌가.'

헌강왕과 자신이 합리적인 정치를 외치며 그토록 경계하려 했었으나 지금은 그를 믿을 밖에 다른 도리가 없었다.

"그렇지요. 숙부님이 계시지요."

만이 빙긋 웃음을 지었다. 그 웃음이 너무나 쓸쓸해 보여 치원은 가슴이 저릿하게 아파왔다. 위홍이라면 정강왕을 제대로 보필할 수 있으리라. 아니 그래야만 할 것이다. 그는 한편으론 위안이 되면서도 마음에 불안이 움트는 것을 느낄 수 있었다.

그러나 인명은 그야말로 하늘에 달린 것이어서 정강왕은 적응할 새도 없이 치세 1년 만에 눈을 감게 되었다. 여동생 만을 왕으로 추대한다는 유지를 남기고서.

"할 수 없습니다."

단호한 말투였다. 만은 자신을 보위에 오르도록 지목한 정강왕의 유지를 이해할 수도 믿을 수도 없었다. 울음이 반쯤 섞인 목소리에선 두려움이 보였다. 만은 가슴이 두근거려 숨도 제대로 쉴 수 없었지만 거절의 태도는 확고히 했다.

"작은 오라비의 끝이 어떠했는지 보았습니다. 준비가 되지 못한 자들은 그 자리에 앉아선 아니 됩니다. 이리저리 흔들리고 또 고통받으며 그 자리를 지킬 재간이 제겐 없습니다."

"해내야 합니다."

"숙부님!"

백발이 희끗희끗한 사내는 여전히 풍채가 당당하여 나이보다 대여섯 살은 젊어 보였다. 그가 각간 위홍이었다. 만은 거의 울음이 터질 기세로 위홍을 바라보는 중이었다.

"제가 할 줄 아는 것이라곤 비단으로 옷을 짓는 것입니다. 패물을 몸에 두르고 한낮 볕이나 쬐는 것입니다."

"그러니 지금부터 정신을 차리셔야지요."

"할 줄 아는 것이 없습니다. 제가 무엇을 할 수 있단 말입니까."

위홍은 정신이 반쯤 나간 사람처럼 구는 만을 단단히 붙잡아 세웠다. 일 년 새에 두 번의 상을 치른 만이 제 정신일 수 있을 리가 없었다. 유난히 많은 예쁨을 받고 자란 공주였다. 부왕과 오라비들의 애정으로 그녀는 여전히 궁에 머무르며 온갖 좋은 것들과 희귀한 것들, 호사스러운 것들을 누리고 살 수 있었던 것이다.

그러나 이제 상황은 바뀌었고 위홍은 그녀의 어리광을 마냥 받아 줄 수가 없었다.

"너는 할 수 있을 것이다! 내 말을 잘 듣거라. 네가 왕이 되지 않는다면 이 나라는 혼란에 빠지게 될 것이다."

저마다 왕이 되어야 한다며 명분을 찾아 일어설 터였다. 그것은 전쟁이었다. 간신히 잡아놓은 약간의 안정감마저 철저히 짓밟을 내란이 될 것이었다.

"저는 두렵습니다. 무섭습니다, 숙부님."

"네가 누구더냐."

"……."

"경문왕가의 고명한 막내딸이다. 그 자체만으로도 신성함을 지닌 고결한 존재다."

위홍은 온몸을 사시나무 떨 듯 떨어대는 조카딸의 어깨를 단단히 감싸 쥐었다. 그가 할 수 있는 것은 전부 다 해 줄 생각이었다. 이대로 경문왕가가 몰락할 수는 없는 일이었다. 만은 이러지도 저러지도 못한 채로 주르륵 주저앉아 버렸다.

여왕! 그것은 만이 한 번도 생각해본 바 없는 일이었다.

"진성이라 할 것이다."

진(眞)은 성골 왕들에게 대대로 사용되었던 것이며, 성(聖)이란 말 그대로 신성함을 의미하는 것이었으므로 위홍은 다시 한 번 하늘의 힘에 만을 맡겨볼 생각이었다.

"유조에 의해 왕이 된 것이니 정당한 일이다. 나는 거기에 약간의 이야기를 더할 생각이다."

실상 유조만으로는 당위성이 충분하지 않았다. 백성들과 귀족들을 설득하고 무리 없이 왕위를 유지하기 위해서는 더 많은 정당성의 확보가 필요했다. 위홍은 그녀가 신적인 존재임을 강조하고자 했다. 그가 가장 잘하고 또 좋아하는 방식이었다.

진성왕은 이제 모든 것을 위홍에게 기대야만 했다. 그녀가 스스로 결정할 줄 아는 것은 아무것도 없었다. 그녀는 위홍이 향가집인 <삼대목>을 편찬하는 것도 화랑들을 앞세워 자신을 호위하게 하는 것도 그저 지켜볼 뿐이었다.

"향가란 주술의 성격이 강하지요. 삼대목을 편찬해 여왕의 즉위를 축하하고 정당성을 부여하는 일이 가장 시급했다는 것은 결국 실질적인 힘의 한계를 스스로 드러내는 것 아니겠습니까?"

"화랑들을 무리하게 등용하는 것은 또 어떻구요. 경문왕이 화랑 출신이었다 하여 그 점을 강조하려는 것 같은데…."

"화랑들이야말로 이미 그 역할이 퇴색된 자들입니다. 오만하고 방자하기가 이를 데 없는 사치스런 무리들입니다."

"터무니없지요! 여인을 왕으로 세우려니 이것저것 장치가 필요한 것입니다. 우리가 그걸 모르겠습니까?"

진골 귀족들은 진성왕과 관련된 일이라면 무엇이든 반발하고 나섰다. 위홍과 그 측근들이 삼대목을 편찬하면 편찬하는 대로 화랑들을 등용하면 등용하는 대로 사사로이 시비를 걸어댔던 것이었다. 심지어는 정강왕이 즉위했을 때에도 등을 돌리지 않던 귀족들조차 진성왕의 치세는 달가워하지 않았다. 그것은 단지 진성왕이 여성이라는 이유에서였다.

치원은 그것이 안타까웠다. 얼마든지 훌륭한 여성 지도자가 나올 수 있는 일이었다. 비명에 떠난 애란 역시 남성인 저보다 훨씬 강인한 사람이었다. 치원은 진성왕이 겪을 마음고생이 가늠도 되지 않았으나 단순히 여성이라는 이유만으로 그녀가 제대로 된 뜻을 펼치지 못한다는 것이 싫었다. 그것은 그가 육두품이라는 신분제에 갇혀 빛을 보지 못하는 것과 일맥상통하는 것이었다.

"귀족들을 얻을 수 없다면 백성들을 전하의 편으로 만드십시오."

치원은 헌강왕에게 했듯이 진성왕에게도 충심을 다해 조언해주었다.

"지금 백성들은 간신히 숨통이 트였다가 다시 조여드는 느낌을 받아 여느 때보다 위태로울 것입니다."

"허면 어찌하는 것이 좋겠습니까."

"세금을 일정기간 면천해주는 등의 선정을 베푸소서. 빈 국고는 귀족들을 통해 채우시면 될 것입니다."

진성왕은 위홍과 치원을 두루 의지했다. 처음엔 거의 모든 것을 내려놓은 채로 자리만 지키고 있는 허수아비 같았으나 치원과 위홍의 공로로 차츰 의지를 찾아 가는 듯했다.

"나를 돕는 이유가 무엇입니까. 내가 불쌍해서입니까."

"저는 야망이 큰 사람입니다. 군주가 비록 그 경륜이 미진하고 권세가 약하다고 하여 떠난다면 그것은 졸장부들이나 하는 일일 테지요.

군주의 빈칸을 채워 스스로를 더욱 빛나게 하려 함입니다."

진성왕은 치원의 말에 피식 웃음을 터트렸다. 그의 농담이 기분 나쁘지 않은 터였다.

"그대 같은 인재가 다섯만 되어도 좋겠습니다. 그런 이들을 어디서 얻을 수 있겠습니까."

"자신을 믿고 귀하게 써주는 이에게 목숨을 바치는 것이 사내입니다. 진가를 알아보고 옳은 방식으로 얻으면 그는 기꺼이 충성을 다할 것입니다."

진성왕은 고개를 끄덕였다.

"추천서를 만들어 주실 수 있겠습니까?"

"기꺼이 그리 하겠습니다."

치원은 머릿속으로 각 처에서 빛을 보지 못하는 육두품 관료들을 떠올렸다. 그들을 빠르게 잡아야지만 진성왕이 버틸 힘이 생길 터였다.

"진골 귀족들은 여전히 부마간택을 하라 난리들입니다."

여왕들은 삼서제를 통해 세 명의 남편을 간택할 수 있었다. 그것은 여왕의 힘을 공고히 해주는 일종의 거래인 셈이었다. 그들은 여왕에게서 제 가문의 아이가 태어나기를 바랐다. 그리고 그가 왕위를 잇길 바랐다. 그것이 현실에서 일어난다면 경문왕가의 명맥은 완전히 끊기는 셈이 되었다. 남은 헌강왕의 자식들이 안전하게 성장할 수 있을지도 모를 일이 되는 것이다.

"버티십시오. 혼맥을 맺으면 반드시 그들의 천하가 될 것이옵니다. 무엇보다 전하께선 위홍 어르신을 남편으로 모시고 계시지 않습니까."

실로 위홍과 진성왕은 부부의 연을 맺고 있었다. 왕가가 가진 귀한 핏줄에 대한 집착이 종종 근친혼으로 이어지기도 했으니, 그것은 이상한 일은 아니었다.

“제가 버틸 수 있을까 모르겠습니다. 이제 말문이 겨우 트인 어린 아이들입니다.”

“헌강왕께서는 열넷 어린 나이에 보위에 오르셔서 태평성대를 이루고자 하셨습니다. 세월은 유수와 같으니 견딜 수 있으실 것입니다.”

진성왕의 미간엔 깊은 주름이 패였다. 언제나 화사하게 웃는 낯이라 잔주름 하나 없던 여인이었다. 치원은 어느덧 그녀에게서 늘 은은하게 풍기던 향유 냄새가 사라진 것을 깨닫게 되었다.

‘자리가 사람을 만들 수도 있을 것입니다.’

준비가 되지 않아 두려워했으나, 진성왕은 생각보다 굳건했다. 그야말로 혼신을 다하여 자리를 보존하고자 한 것이었다. 그러나 진성왕이 굳건해질수록 손해를 보는 것은 어쩐지 치원이 되었다. 진성왕이 치원을 가까이에 두고 의지한다는 것이 화근이었다.

사람들은 치원을 두고 입방아를 찧어댔다. 단지 육두품이라는 이유만으로 받는 멸시였다.

“헌강왕의 신임을 얻어 위세가 하늘 높은 줄 모르더니, 이제는 진성왕에게까지 빌붙어 살 궁리를 하는 모양입니다.”

“당나라에 그토록 오래 있어서인지 신라의 정취는 느껴지지도 않더이다.”

말도 안 되는 트집이었다. 호족들은 당나라에 오래 있었다는 것을 빌미로 그를 서라벌에서 밀어내고자 했다. 치원이 눈엣가시가 된 것이다. 귀족들은 진성왕에게 도움이 될 것 같은 자들은 전부 없애려는 모양이었다. 치원은 그것을 한탄했다. 그러나 진성왕은 아직 힘이 없었고 외려 자신이 폐가 되어선 안 된다는 판단이 들어 지방직을 자처하게 되었다.

"태수까지 떠나면 저는 어찌합니까."

진성왕은 곧 눈물을 글썽였으나 치원은 그녀에게 위로의 말을 건넸다.

"헌강왕께서 승하하시기 전 제게 맡기신 일이 있었나이다. 그것을 발전시켜 전하께 기필코 도움이 되어 드리겠나이다. 곧 돌아올 것이니 굳건하셔야 합니다."

그는 일찍부터 준비해온 개혁안을 드디어 정리할 생각이었다. 그것은 헌강왕의 군제개편 논의로부터 출발하여 수없이 덧붙이고 개선된 것들이었다. 진성왕은 치원을 믿었다. 그가 도망치듯 떠날 위인이 아니라는 것을 아는 까닭이었다.

"준비가 되면 언제든 와주세요. 기다리겠습니다."

진성왕의 맑은 눈을 보며 치원은 다음을 기약했다.

그러나 치원이 떠나고 난 뒤, 서라벌은 급격히 진골들의 천하가 되고 말았다. 헌강왕이 간신히 통제해 두었던 방책도 전부 소용이 없어졌던 것이다. 진골들은 저마다 제 이익을 챙기기에만 혈안이 되어 있었다.

진성왕이 1년간 세금을 면제해 주는 것 또한 농민들에겐 아무런 도움이 되지 못했다. 호족들이 사사롭게 농민들을 수탈했기 때문이었다. 진골들이 막대한 이익을 독점하다시피 하면서 백성들의 생활은 말할 수 없이 황폐해지고 말았다.

치원은 점차 거대해지는 위기를 타파하고자 시무책을 마련하는 중이었다.

당나라에서 황소와 왕선지의 난을 겪어보았으므로 왕권이 어떻게 흔들리고 몰락하게 되는지를 누구보다 잘 알고 있었다. 치원은 조금이라도 서두르기 위하여 먹는 것도 자는 것도 잊은 채 시무책의 마무리에만 매달리기 시작했다.

그러나 시간은 치원을 기다려 주지 않았고, 기어이 거대한 폭풍을 맞닥뜨리게 하였다. 또 한 번의 장례를 치르게 된 것이다. 각간 위홍. 그토록 위풍당당했던 사내였으나 그야말로 세월을 막을 수는 없었다.

진성여왕 대의 혼란은 위홍의 죽음과 함께 시작되었다. 위홍은 분열의 위기에 처해 있었던 신라를 간신히 지탱해 온 기둥이었으므로 진성왕은 큰 타격을 입고 속절없이 흔들리기 시작했다. 천 년의 제국이 기어이 몰락의 길로 접어들게 된 것이다.

퇴진 압박받는 진성여왕과
귀족들의 견제받는 최치원

퇴진 압박받는 진성여왕과 귀족들의 견제받는 최치원

조정으로 가는 길목 곳곳에 벽서가 붙었다. 숨길 생각도 없이 여봐란 듯 뿌려놓은 벽서는 왕실을 향한 명백한 도전이자 저항이었다.

"나무망국찰니나제(南無亡國 刹尼那帝) 판니판니소판니(判尼判尼蘇判尼) 우우삼아간(于于三阿干) 부윤사바하(鳧伊娑婆訶)."

"찰니나제란 진성여왕을 가리킨 것이요, 판니판니소판니는 각간 위홍과 그 부인인 부호 부인을 뜻하고, 우우삼아간은 진성여왕 곁의 세 명의 총신이며, 부윤사바하는 주문의 내용이 반드시 이뤄지기를 바란다는 주문이옵니다."

그 말인 즉 진성왕과 위홍, 그리고 부호 부인으로 인해 신라가 망하리라는 것이었다. 왕궁은 발칵 뒤집어졌다. 위홍이 죽은 지 얼마 되지도 않아 이런 일이 벌어진 것이었다. 진성왕은 위홍의 죽음으로 심신이 위태로운 상황이었기에 충격을 크게 받은 듯했다. 벽서의 해석을 들은 진성왕은 어지럼증 때문에 몸도 제대로 가누지 못했다. 지끈거리는 두통이 하루가 멀다 하고 그녀를 괴롭혔다.

"괜찮으시옵니까, 전하?"

"나는 괜찮습니다. 문제없습니다."

진성왕은 멍한 눈빛으로 허공을 보았다. 무엇을 어찌 해야 할지 감도 제대로 잡을 수 없는 것이었다. 분노 대신 강한 무력감이 그녀를 덮쳤다. 진성왕 대신 노기가 탱천한 예겸만이 벽서의 뜻을 해석해온 관리들을 향해 소리를 질렀다.

"당장 이 벽서를 붙인 자를 잡아 오세요, 당장!"

불같은 명령이었다. 그러나 누구 하나 제대로 움직일 줄 아는 자가 없었다. 여전히 벽서의 저자를 알지 못하는 까닭이었다. 그때문에 진성왕은 더더욱 초조했다. 그 말인즉, 누구나 벽서를 쓸 수 있을 것이고 언제든 또 어디에든 벽서가 붙을지 모른다는 것이었다. 다음엔 어떤 내용으로 왕실의 기강을 흔들는지 진성왕은 예측도 되지 않아 불안했다.

"무슨 수를 써서라도 잡아 들여야 합니다. 더 이상 왕실을 농락하는 것을 두고 볼 수만은 없습니다."

"상대등께오서 알아서 해주시지요. 나는 잠시 쉬어야겠습니다."

"예, 전하. 반드시 범인을 색출하여 다시는 이런 일이 없도록 하겠나이다."

부복했던 예겸은 그길로 치원을 찾아 나섰다. 그에게 긴히 남길 말이 있기 때문이었다.

장안은 시끄러웠다. 사람들은 벽서의 주인을 두고 할 말이 많았다. 말은 상상력이란 날개를 달고 이곳저곳으로 퍼져 나갔다. 신라가 망하리라는 벽서는 곧 장안을 뒤덮는 예언이 되었고, 그것은 흉흉하던 민심에 불을 붙여 백성들 모두가 진성왕이 보위를 물리고 왕위에서 내려오길 바라게 만들었다.

"명문장이오. 참으로 명문장이야."

"어찌 명문장이라는 게요?"

"몇 마디 말로 진성왕을 몰아내게 만드니 어찌 명문장이 아니겠소."

"해설 한 번 그럴싸하구먼. 허면 누가 쓴 글인지 짐작이 가시오?"

"분명 등용되지 못한 지식인일 겝니다."

"허면 육두품 중 명문장가를 찾으면 될 일이로군."

"어허, 입조심하시오. 육두품이라고 콕 집어 말할 일이 무엇이오?"

"아닌 말로 육두품 중에 억울하게 제 재주를 숨기고 사는 이가 얼마나 많소이까?"

"그런 이가 한둘이어야지요."

"거 참, 소문 못들었소? 대야주의 왕거인이란 이가 주동자라 하지 않소?"

치원은 사람들이 떠드는 소리를 잠자코 듣고 있다가 왕선지와 황소가 떠올라 눈을 감고야 말았다. 어쩌면 이렇듯 비슷한 양상으로 흘러간단 말인가. 치원은 흉흉해진 민심만큼이나 보잘 것 없어진 시장 골목을 이리저리 누비고 다녔다.

여기든 저기든 모두 벽서 얘기뿐이었다. 호사가들의 담화에 그간 명문장가라고 칭찬 받은 육두품 인물들의 이름이 한 번씩은 오르내렸다. 심지어는 그 담화에 이름이 오르지 못하면 지식인으로 인정도 받지 못하는 꼴이 되어 은근히 제 이름이 그곳에 오르는 것을 즐기는 이들까지 생기게 되었다.

꼴이 이렇게 되고 보니 우스워지는 것은 왕실뿐이었다.

"반드시 범인을 잡아야겠습니다."

치원이 먼저 입을 열었다. 예겸은 고개를 몇 번 끄덕인 뒤 찻물을 입에 머금었다. 백발의 노인은 조금 마른 얼굴에 코가 우뚝 커서 마치 도인처럼 보였다. 한 나라의 최고 관직인 상대등이며 시중을 두루 거친 사람치고는 소박하고 또 검소한 차림이었다.

"그래서 태수를 보자고 한 것이외다."

"묘수라도 가지고 계십니까?"

"공공연히 범인으로 지목되는 이가 있으니 그를 잡아들일 작정이오."

그는 헌강왕 시절 위홍과 함께 상대등과 시중으로 정치 일선에서 잔뼈가 굵은 사내였다. 상대등과 시중은 국정을 이끌어가는 두 개의 축이었으나 위홍과의 관계가 좋지만은 않았다. 사사건건 하늘의 뜻을 운운하는 위홍과 합리적이고 실리적인 통치 방안을 모색하자는 예겸의 정치적 성향과 색이 완전히 달랐기 때문이었다.

"왕거인을 이르심입니까? 무고한 이를 희생시키는 것은 반대할 것입니다."

치원이 미간을 찌푸리며 말했다. 저와 생각하는 바가 비슷하고 또 오랜 경륜이 쌓인 정계의 웃어른이라고는 하나 그의 눈빛은 늑대처럼 형형하고 뱀처럼 음흉스러웠다.

"나만 좋자고 그런 일을 하겠습니까?"

예겸이 슬며시 미소를 지었다. 그는 나름대로 진성왕에게 힘을 보태고는 있는 듯 보였다. 그러나 진정으로 진성왕을 위하는 것인지는 알 수 없었다. 그도 그럴 것이 그의 행보는 여왕을 위하는 듯, 또 그렇지 않은 듯 애매하기 짝이 없던 것이다. 사실 그는 진성왕 이후를 내다보고 있었다. 예겸은 헌강왕의 둘째 사위인 양아들 경휘가 여왕 이후의 왕이 되길 바라던 것이다. 정계에서는 진성왕의 후사로 헌강왕의 첫째 사위인 효종과 둘째 사위인 경휘, 이 두 사람이 거론되는 중이었다.

첫째 사위인 효종은 화랑 출신에다 시중을 지낸 민공의 손자였으므로 경휘보다는 월등히 우위를 점하고 있었으나 예겸은 그런 것을 신경 쓰지 않는 편이었다. 그것은 위홍이 살아있을 때에나 문제가 되는 부분이었다. 예겸은 그가 이미 비명을 달리 했으므로 자신이 이겼다고 여겼다. 시간이 곧 자신의 편을 들어주었다 여긴 것이다.

"공공연히 범인으로 지목한다 하여 그가 범인인 것은 아닙니다. 괜히 벌집을 건드리는 꼴이 될지 모릅니다."

"그것도 나쁘지 않지요."

치원을 중용하라 한 것은 의외로 예겸이었다. 그는 치원의 역량을 높이 평가하면서도 동시에 그를 이용할 생각으로 가득했다. 치원을 통해 육두품들을 결집시키고 그들을 철저히 신분제의 한계 아래에 가둬둘 생각인 것이다. 그것 역시 자신의 양아들 경휘가 왕이 된 후를 내다본 때문이었다.

치원은 예겸의 당당한 태도에 속이 꽉 막힌 듯 답답해졌다. 도대체 신라의 정치가들은 하나도 변하는 것이 없었다. 이런 자들의 틈바구니에서 진성왕이 겪을 심리적 압박감과 고통은 너무나도 가혹할 터였다.

"저를 대체 왜 보자고 하신 겁니까?"

"나는 왕거인을 잡아들일 것이외다."

벽서 사건의 주동자로 지목된 자는 왕거인이었다. 그는 육두품 도당유학생 출신으로 대야주에서 은거하던 인물이었다. 신망이 두텁고 학문의 견해가 깊어 육두품들 사이에서도 존경하고 따르는 이가 많은 터였다. 치원은 예겸의 말에 저도 모르게 큰 소리를 뱉었다.

"어르신!"

"육두품들이 들고 일어설 것이니 태수께서 그들을 잘 다독이라는 전하의 명입니다."

치원은 그 말을 믿지 않았다. 그는 진성왕이 비록 식견이 부족하나 백성을 대하는 마음만은 진실한 사람이라는 것을 알고 있었다.

"그것은 상대등 어른의 명이시지요. 제가 아는 전하는 그런 말씀을 하셨을 리 없습니다."

"제게 전권을 넘기셨으니 그것 또한 전하의 명이 맞지요."

그것이 문제였다. 진성왕은 심신이 미약하여 제 손으로 제대로 된 결정을 내리지 못하는 편이었다. 우유부단함. 그것은 국왕이 가장 피해야 할 성정이었다.

"제가 전하께 직접 고할 것입니다!"

"권위에 대한 도전을 이렇게라도 막아두지 않으면 같은 일이 발생할 것이외다."

"이렇게 막아두어서는 더 큰 화를 불러 올 것이지요."

치원은 어느 새 육두품들을 대변하는 입장이 되어 예겸과 맞서고 있었다.

"그래서요."

예겸의 말에 치원의 입이 일자로 다물어졌다. 그는 뒤탈 같은 것은 아무래도 상관없다는 태도였다. 치원은 육두품들을 깡그리 무시하고 있는 예겸을 보며 기가 질리는 것을 느꼈다.

"육두품들을 아예 적으로 돌리실 작정이십니까?"

"그럴 리가 있습니까? 다만 다시는 이런 벽서 나부랭이를 붙일 수 없도록 겁을 줄 필요가 있다 여기는 것이지요."

치원은 예겸의 태도에 충격을 받았다. 그에게 있어 벽서는 육두품 모두가 함께 공모한 것이나 다름없는 것이었다. 치원은 아무것도 할 수가 없었다. 아무리 왕의 신임을 얻고, 당나라 황제의 사신 자격을 가졌다고는 하나 신라에서 그의 위치는 딱 거기까지였다. 언제나 소모적으로 쓰이고 버려지는 것이 육두품들의 오랜 숙명이었다. 위홍이 지금껏 살아 있었고, 똑같은 일이 벌어졌다 해도 비슷한 상황으로 흘러가게 되었으리라. 어차피 현재 신라의 정치는 최악이거나 차악인 셈이었다.

"저는 할 수 없습니다."

"하셔야 할 겁니다."

"저는 무고한 사람을 희생제물로 만드는 일은 말릴 것입니다. 앞장서서 말릴 것입니다."

"전하께서 태수를 무척 아끼고 신임하신다는 사실을 잊지 마시지요. 그럼."

예겸은 짤막한 목인사를 남기고는 자리에서 일어섰다. 치원은 눈을 감았다. 육두품들의 반발은 자신이 쉽게 가라앉힐 수준이 아닐 터였다. 그는 점점 나빠지기만 하는 시국에 고개를 내저었다. 저도 모르게 헛웃음이 터진 것은 왕선지가 부르짖었던 만민평등의 구호가 별안간 떠오른 탓이었다.

'신분제의 철폐.'

그는 지금 만들고 있는 시무책의 첫 장을 가만히 떠올려 보았다. 육두품의 신분적 한계를 없애달라는 요구였다. 당나라에 유학을 다녀온 지식인들은 아무 곳에서도 불러주지 않아 애처롭게 나이만 먹고 있었다. 자신의 처지는 조금 나은 편이라 왕궁에 입성하여 진성왕의 측근이 되긴 했으나 그 역시 빛 좋은 개살구에 불과했다.

"일찍이 진사과에 합격했으나 이부 시험이 폐지되어 뜻을 펼치지 못했고, 환란으로 쓰일 곳마저 사라지더니 이제는 핏줄에 발이 묶여 아무것도 할 수가 없는 처지로구나."

치원은 덩그러니 앞에 놓인 찻잔을 보며 마음이 무거워졌다. 견일이 가장 두려워했던 것이 바로 이것이었으리라. 그는 돌아가신 아버지의 얼굴이 기억나지 않아 입술을 꽉 깨물었다.

"이 나라는 대체 우리 육두품들을 무엇으로 여기는 것이오? 팔 다리는 다 잘라 놓고 이제는 숨통마저 조일 작정인 것이오?"

왕거인의 추포 소식을 들은 육두품 사내들은 저마다 울분으로 얼굴이 시뻘겋게 달아올랐다.

"들고 일어설 것이오."

"그럴 수는 없소이다."

치원이 단호하게 말했다.

"그렇다면 우리가 시정잡배나 저 도적들과 다른 것이 무엇이오?"

"허면 어찌해야 한단 말입니까! 그대는 외직이라도 전전하며 나라의 녹을 받아 살림살이가 넉넉하니 피하겠다 그말입니까?"

"어찌 그렇게 말한단 말입니까!"

치원의 말에 씨근거리며 분을 삭이던 유학생 하나가 주먹으로 허공을 갈랐다. 치원도 속이 답답했다. 다른 이들 역시 치원이 이곳도 저곳도 끼지 못한 채 동네북처럼 두들겨 맞고 있다는 사실을 모르지 않았다. 그를 보내 단결하라는 것은 육두품들을 효율적으로 쳐내기 위한 빌미에 불과했다. 자기를 잡아가겠다는 말을 들은 왕거인은 도리어 침착한 얼굴이었다.

"흥분들 마시게. 내게 죄가 있다면 하늘이 결정할 일이 아니겠소? 내 관직이 없어 못해본 궁궐 구경 이번 참에 실컷 할 수 있겠소이다."

치원은 왕거인의 대범한 자세에 더 다른 말을 할 수는 없었다.

"모진 고초를 당할지 모릅니다."

"억울한 일이라고 읍소할 것이외다. 그리고 그대들이 날 도와줄 것이 아니오?"

치원은 그 말에 고개를 끄덕였다. 부당한 일은 부당하다 말할 수 있어야 했다. 치원은 그러기 위해 그 긴 시간 당나라 생활을 견뎌왔던 것이다.

"우리가 뭉쳐야 합니다."

"전하께서 간신들로 인해 눈이 어두워진 것뿐이외다."

치원을 필두로 육두품 출신들이 탄원서를 제출했다. 왕거인은 죄가 없다는 탄원이었다. 그러나 진성왕에게 닿기도 전에 예겸은 왕거인을 사형시키겠다고 공표했다.

문제는 그 다음부터였다. 왕거인의 사형 집행 소식에 육두품들이 왕실과 지배층에 대한 비판을 본격적으로 시작한 것이다. 이미 당나라에 유학하며 선진의 사상과 문물을 습득하고 돌아온 유학자들이었다. 그들은 더 이상 신라를 수호하고 왕실을 존경하지 않았다.

더 많은 벽서들과 비판문들이 장안을 소란스럽게 만들었다. 엎친 데에 덮친 격으로 지방민들까지 들고 일어서자 신라는 삽시간에 벌통이 되어 시끄러운 소리가 끊이지 않게 되었다. 가뜩이나 왕실에 대한 불만이 하늘을 찌르던 백성들이었다.

진성왕이 1년간 조세를 감면한 후에도 지방민들은 세금을 보내지 않았고 왕실에서 그를 독촉하여 마찰을 빚던 터에 벽서사건이 터졌다. 벽서 사건은 백성들의 아픈 속을 잠시나마 달래준 것들이었다. 그 때문에 왕거인은 그들에게 죽여야 할 반동분자가 아니라 지켜내야 할 영웅처럼 여겨졌던 것이다. 진골들을 제외한 대부분의 백성들이 왕거인을 석방하라 한 마음으로 외쳐댔다.

육두품의 지휘아래 체계가 잡힌 시위는 며칠 간 계속 되었다. 치원 역시 몸을 사리지 않았다. 시무책을 진상하기 위한 첫걸음이었다. 이 마저도 넘지 못한다면 자신의 열 가지 시무책은 감히 진상조차 할 수 없을 일이었다.

'제게 일말의 희망을 보여주소서.'

왕거인 역시 옥사 안에서 열렬히 투쟁을 하는 중이었다. 그는 옥사의 벽에 "연단의 피어린 눈물 무지개가 해를 뚫었고, 추연의 품은 슬픔 여름에도 서리 내리네. 지금 나의 불우함 그들과 같으니, 황천은 어이해서 아무런 상서로움도 없는가." 라고 적었다.

왕거인의 억울함 때문이었을까. 해가 쨍하게 빛나야 할 여름 날, 난데없이 우박이 쏟아지기 시작했다. 사람들은 그것을 망조나 흉조로 생각해 왕거인을 석방하라는 목소리가 더욱 높아졌다.

"난데없이 우박이라니요?"

예겸은 생각보다 커진 상황에 난감해했다. 손쉽게 희생제물을 만들어 벽서 사건을 잠재우면 될 거라 생각한 것은 착각이었다. 뿔이 난 백성들과 육두품들은 인내의 한계에 닿아 있었다. 왕실 사람들과 진골귀족들은 수적으로 불리한 형국이었다.

"이게 상대등의 생각이셨소? 이러면 정녕 해결이 될 거라 믿었소?"

진성왕은 얼굴이 완전히 조로해 있었다. 눈밑이 검게 물들어 영락없이 노인처럼 보였다. 육두품들을 대표하여 진성왕 앞에 부복한 치원은 입을 꾹 다물었다.

"결국 일이 또 이렇게 되었습니다. 귀족들의 마음을 얻지 못할 바에는 백성들의 마음이라도 얻었어야 했는데, 백성들의 마음도 귀족들의 마음도 이제는 육두품들의 마음까지 떠나고 말았습니다."

진성왕은 거의 오열하는 투였다. 궁 밖에서는 여전히 왕거인의 석방 시위가 벌어지는 중이었다.

"풀어주시오."

"이러면 꼴이 우습게 됩니다. 이제 와서…."

예겸은 일을 끝까지 밀어붙이려 했으나 진성왕의 눈에는 어느덧 핏발이 서 있었다.

"풀어주거라!"

예겸은 못마땅한 얼굴로 치원을 쏘아 보았다. 치원은 당당한 얼굴이었다. 예겸은 명을 전하기 위해 밖으로 나갔고 어느덧 접견실에는 치원과 진성왕 두 사람만이 남아있게 되었다.

"모르고 있었다."

"알고 있습니다."

"내게 실망하셨소."

"예."

치원의 솔직한 말에 이번엔 진성왕이 입을 꾹 다물었다.

"모른다는 것은 어리석은 것입니다."

치원은 진심으로 진성왕을 나무랐다.

"군주가 되고 싶지 않았던 사람이라 그렇습니다."

"언제까지 그 핑계로 도망 다니실 작정이십니까. 벌써 이년이나 흘렀습니다."

치원은 차라리 그녀가 적당한 사람에게 왕위를 승계하길 바랐다. 그것은 그녀를 믿지 못하거나 그녀가 자격이 없어서가 아니라, 그녀를 볼 때면 자꾸만 죽은 애란이 떠오르는 탓이었다. 여인의 몸으로 겪기에 너무 가혹한 것들이었다. 치원은 목 끝까지 관두라 말하고 싶은 것을 꾹꾹 눌러 참아야 했다.

"계원필경집 말이오."

"예."

"그것이 마치 예언서 같습니다. 무섭게 맞아 떨어집니다."

"그러니 막아야지요. 육두품들을 탄압하지 마시옵소서, 전하. 제가 육두품인지라 이 말이 얼마나 객관적일 수 있을지 모르겠습니다만, 인재를 잃으면 아무것도 할 수가 없습니다."

"알고 있소. 벌써 저들끼리 역사를 도모하겠다고 모이고 뭉친다는 것을 익히 들었습니다."

"넋 놓고 보고만 계실 것입니까?"

"이제 저들을 데려와선 무엇에 쓴단 말입니까? 나도 그러고 싶습니다. 헌데 진골들이 가만히 있겠습니까? 상대등이 두고 보겠습니까?"

"버티신다 하지 않으셨습니까? 버티셔야지요."

"버티기가 너무 힘이 드오."

진성왕의 눈에 눈물이 가득 고였다.

"일전에 그대가 추천했던 인사들 역시 적합한 직책을 얻지 못하고 떠났답니다. 너무나 뻔뻔히 모든 것을 차단하고 있어요."

치원은 권력을 틀어쥔 진골 귀족들이 야속했다. 진성왕을 종이인형 취급하는 것이 넌덜머리가 났다.

"태수도 떠나시오. 내게 희망 같은 걸 주지 말고 떠나세요. 차라리 뜻을 펼칠 수 있는 다른 곳으로 가세요."

치원은 진성왕이 안쓰러웠다. 위홍을 잃은 후에 그녀가 얼마나 맥없이 무너졌는지를 잘 알고 있었다. 몸과 마음을 다해 기댔던 사람이 사라졌을 때의 심정을 그는 누구보다 잘 알고 있었다. 차라리 떠난 쪽이 애란이라서 남은 쪽이 자신이라서 다행이라는 생각까지 했던 터였다. 치원은 하마터면 그녀를 안아주고 싶은 마음이 들었다.

'전부 버리라고 하고 싶습니다. 보통의 여인으로 살아가라 등 떠밀고 싶습니다.'

치원은 흐느끼는 듯한 진성왕의 어깨를 차마 다독여주지도 못한 채 조용히 궐을 나설 수밖에 없었다.

기실 치원에게 합류 제안이 들어오지 않았던 것은 아니었다. 다만 그들의 제안에 한 번도 응한 적이 없을 뿐이었다. 가장 처음 치원에게 합류를 제안한 것은 견훤이었다.

치원은 외직을 자청하여 전라도 태인 지방의 대산군의 태수를 지내고 있었는데 견훤은 이미 서남 지역에 세력을 확장하고 있는 중이었다. 그 둘을 만나게 한 것은 다름 아닌 최승우였다. 그는 당나라에서 귀국한 후 줄곧 외직을 전전하다가 견훤을 만나 그의 책사가 된 참이었다.

"형님!"

"어서 오시게!"

최승우와 치원은 인연이 매우 깊었다. 김가기와 함께 당나라로 유학을 떠나 힘든 시절을 같이 겪은 탓에 또 다른 형제처럼 지냈던 것이다.

"은인을 오랜만에 뵙습니다."

견훤과 치원도 보통 인연은 아니었다. 치원은 당나라로 떠나던 배 위에서 해적들로부터 저를 구해줬던 장수를 다시 만나게 된 것이 무척이나 반가웠다.

"그때의 일이 아직도 생생합니다. 아주 어린 사내였는데. 이렇게 다시 만나게 되어 참으로 반갑소이다."

"제게 샌님 같은 사내대장부라 하셨던 것을 기억합니다."

"내가 실언을 했소이다."

껄껄 웃음 짓는 견훤은 그때보다 넉넉하고 여유로워진 느낌이었다. 그는 치원을 구해준 후로도 바다에서 출몰하는 해적들을 잡으며 젊은 시절을 보낸 모양이었다. 그 덕택에 애란의 상단을 비롯하여 여러 곳의 상단들에서 상당한 보물을 보답으로 얻었다고 들었다. 곳간에서 인심이 나는 법이라, 견훤의 영토에는 언제나 사람이 끓었다. 흉년이 지는 해에도 그의 지역은 변함없이 태평성대를 누리는 편이었다. 치원은 그가 왕선지와 황소처럼 들고 일어날 것임을 염려했다.

"그 날이 엊그제와 같은데 이렇게 우리가 나이를 먹었습니다."

치원은 그 말에 슬며시 웃었다.

"그때 나눴던 이야기가 여전히 귓가에 선명합니다."

“어린아이의 말마저 선명히 기억해주시다니 훌륭한 어른이십니다.”

“보통내기가 아니었습니다. 변변한 사람이 되어 돌아오겠다는 포부가 어디 쉽게 만들어지는 것이겠습니까?”

“여전히 그런 마음으로 살고 있습니다.”

치원은 자신의 나라를 위해 변변한 사람이 되겠다는 바람을 잊은 적이 없었다. 견훤은 치원의 말에 낯빛이 조금 어둡게 변했다. 모르지 않을 터였다. 견훤은 지체할 시간 없이 치원을 향해 단도직입적으로 말했다.

“이미 알고 계시는지 모르겠습니다.”

“무엇을 말입니까?”

견훤이 뜸을 들이자 최승우가 입을 열었다.

“지방에서 크고 작은 도적들의 봉기가 일어난다네. 지방의 태수 몇몇은 자립을 하겠다고 나서 지방통치체제가 완전히 마비되고 있지. 농민들 봉기에 귀족들 등쌀에 지방 호족들이 큰 결심을 세우고 있다네.”

치원은 그 말에 아무런 대꾸도 할 수 없었다. 독립을 하겠다는 것이리라. 독립이란 또 다른 반란을 말했다. 그것은 곧 내란이 될 것이고, 끝내는 통일신라의 천년 역사가 무너지게 될 터였다. 단결. 신라가 오롯하게 제국을 유지할 수 있었던 방법은 그것뿐이었다. 치원은 목구멍이 썼다.

“장군께서도 그럴 작정이십니까.”

“아직은 아니외다.”

아직은이라는 말에 치원이 입을 다물었다. 돈도 있고 사병도 충분했으니 견훤이 영토를 불리기로 마음을 먹자면 이루지 못할 까닭이 없을 터였다.

'그가 황소보다 더 위험한 인물일 것이다. 그보다 현명하고 훌륭한 인품을 가지지 않았던가.'

견훤의 배짱은 이미 확인된 바였다. 치원은 그의 마음이 돌아서지 않으리라는 것을 직감하고 있었다.

"제가 지금 반란군과 있는 겝니까?"

부드러운 말이지만 그 속엔 뼈가 있었다. 견훤은 너털웃음을 지었다. 그를 위협하거나 하려는 생각은 없는 듯했다.

"나는 말입니다. 열둘의 어린아이를 보고 생각했소이다. 저런 이가 국정을 돌봐야 한다고 말입니다."

"……."

"저런 이가 둘만 되어도 이 나라가 바로 서겠다고 말입니다."

견훤은 거침이 없었고 치원은 여전히 입을 다문 채였다.

"그런데 말입니다. 그런 인재를 알아보질 못합디다. 나라가 말입니다."

치원은 그의 말에 움찔하고 말았다. 아픈 이야기였다. 육두품이라 겪는 설움이었다.

"헌데 나는 알아봤습니다. 그래서 함께하고 싶더이다."

견훤의 눈은 진실되었다. 그는 일찍이 치원의 활약상을 속속 꿰고 있었다. 최승우 덕분이었다. 치원과 최승우 두 사람을 제 곁에 둔다면 못할 일이 없으리라 생각이 들었고 그때문에 치원을 보자 청했던 것이다.

"배 위에서의 인연이 허튼 것은 아니리라 생각했습니다. 그렇게 만난 것이 보통 인연이겠습니까?"

견훤은 간곡히 청하는 중이었다. 치원은 가슴이 빠르게 뛰었다. 흔들리지 않는다면 그것은 거짓일 것이다. 그러나 치원은 빠르게 뛰던 가슴이 돌연 식어 버리는 것을 느꼈다. 이제는 향유 냄새도 없고, 머리카락의 윤기도 뺨의 생기도 사라진 진성왕이 떠오른 탓이었다. 최승우는 견훤과 사이가 아주 다정해 보였다. 그들은 마치 당나라에 있던 시절 고운과 제 모습 같기도 했고, 고병과 제 모습 같아 보이기도 했다.

"말씀은 감사합니다만."

"……."

"저는 장군께서 새로운 역사를 포기할 만큼 설득력 있는 세상을 만들어 보고 싶습니다."

"이미 국고가 비고 재정상태가 곤란한 지경이라 합니다. 백성들의 생활이 전부 파탄이 난 게지요. 그런 나라에 어떤 미래가 더 있어서 그토록 미련을 갖는 겝니까?"

"일찍이 그곳에 시작이 있었고, 제가 있습니다."

견훤은 다시 한 번 너털웃음을 지었다. 치원은 시원하게 웃는 견훤을 보며 다시 입을 열었다.

"신라의 시작은 참으로 훌륭했습니다. 그러니 천년을 버티고 온 것이지요. 저는 그 초심을 돌려 볼 생각입니다."

"어떻게 말입니까?"

"제게 열 가지 비기가 있습니다. 그것을 반드시 실현시킬 것입니다."

견훤은 그 비기 열 가지가 무척 궁금해 견딜 수 없었다.

"나와 함께 할 순 없겠습니까? 그 열 가지 비기 말입니다."

"새 역사는 새 시작을 만드셔야지요. 제 비기는 오로지 신라를 위한 것입니다."

견훤은 극구 사양하는 치원을 보며 입맛을 다셨다. 그런 충심이 어디 있을까. 아니 저런 야망이 또 어디 있을까. 그는 최근 왕거인 사건 때문에 치원이 얼마나 고생을 했는지 익히 들어 알고 있었다. 당나라 사람도 신라 사람도 아닌 애매한 모양새로, 진골들 틈에서도 그렇다고 육두품 틈에서도 완연히 환영받지 못하는 인물이었다.

"예나 지금이나 여전한 성품이외다."

"칭찬으로 듣겠습니다."

견훤은 더 이상 그를 설득할 수 없으리라 생각하곤 그저 향이 좋은 차 한 잔과 함께 그를 배웅했다.

그러나 최승우만은 치원의 말에 굴복하지 않았다.

"썩은 것을 잘라야 새 것이 자라는 것이다. 그 열 가지 비기가 썩은 것을 전부 도려낼 수 있으리라 믿느냐?"

"해봐야지요."

"실패할 것이다."

"실패하지 않을 것입니다."

"이미 새 세상이 열렸는데, 어찌 썩은 가지를 붙잡고 있는 것인가?"

"군주가 약하다면 내가 그를 보필하여 천하를 도모할 일이다. 가기 형님이 제게 남겨준 말이었습니다."

"어리석긴. 하늘의 뜻이 옮겨갔다면 그것을 받아들일 줄도 알아야 할 게 아닌가. 자넨 예나 지금이나 융통성이 없네 그려."

"성격인 것을 어찌하겠습니까?"

"그것이 진정 민생을 위하는 길이라 보는가."

"……."

"달도 차면 기운다네."

"강녕하십시오."

"다시 못 볼 인사처럼 구는 겐가. 야속하구먼."

치원은 최승우의 손을 꼭 잡았다.

"우리 이제 시 한 구절 읊는 날에만 만나십시다 형님."

갈 길이 다른 사람들이었다. 김가기가 도교에 흠뻑 빠져 종남산에서 신선이 되었던 것처럼, 두순학이 방랑하며 시를 짓고 살던 것처럼, 치원은 오랫동안 최승우의 손을 놓지 못하였다. 그를 응원할 마음도 그렇다고 설득하여 마음을 돌리게 할 자신도 없는 탓이었다.

두 사람의 사정을 모르는 자들은 그것을 가지고도 치원을 음해하려 했다. 예겸은 치원이 견훤을 만났다는 사실만으로도 이를 갈았다. 내 편이 될 수 없다면 누구의 편도 되지 못하는 것이 좋을 인물이었다. 신라인이니 당나라인이니 해도 치원은 신라 내에서 영향력 있는 문장가였고 정치가였다. 허울뿐이긴 해도 진성왕조차 그를 신임할 정도였으니 그의 행동 하나하나가 거슬릴 수밖에 없었다. 무엇보다 최근 왕거인 사건에 결국 육두품의 손을 들어주며 그들과 한껏 유대감을 쌓은 치원이 아니던가.

예겸은 치원이 혹여 견훤과 결탁하여 쓸만한 육두품들을 모조리 빼돌리는 것은 아닌가 의심스러워졌다. 그들에게 권력을 쥐어주긴 싫었으나 기실 그들의 능력이 얼마나 훌륭한지는 인정하던 터였다. 그는 진성왕에게 치원의 행보를 알린 뒤 끝없이 모함하기에 이르렀다. 진성왕은 그 말을 전부 믿는 것은 아니었으나 일전에 '희망을 주지 말고 떠나달라.' 부탁했던 것이 걸려 치원을 불러 들였다.

"나는 종종 내가 철없는 공주로 살았다면 어땠을까 상상하오. 그러다가 한심해지고, 그러면 참으로 기운도 없이 맹탕처럼 숨 쉬게 됩니다."

"왜 자꾸 그런 나약한 말을 하십니까?"

"상대등을 조심하시오. 태수를 모함하기 시작했습니다."

"전하께옵서 제 뜻대로 움직이지 않으니 눈엣가시로 여길 것입니다."

"……."

"어찌 그러십니까?"

"짐이 떠나라고 했던 말이 후회되어 그렇소. 그대마저 떠나면 나는 누구와 속을 터놓고 이야길 한답니까?"

"혹 상대등의 말을 믿으십니까? 그래서 신을 의심하십니까?"

"인간 '만'은 그대를 의심하지 않습니다. 헌데 '진성'은 그대를 의심해야 합니다. 불안에 떨어야 합니다."

치원은 그 마음을 이해했다. 힘들다 투정하고 괴롭다 눈물 흘려도 어느덧 군주의 모습을 갖춰가는 중이었다. 자리가 만드는 왕의 모습. 치원은 시간이 흐를수록 진성왕이 단단해지리라 믿어 의심치 않았다.

"제 옆에 사람을 붙이십시오. 전하의 사람으로 말입니다."

"그래도 되겠습니까?"

"의심이 풀릴 수 있다면 얼마든지 그러셔도 괜찮습니다."

"내가 아는 방법은 내 가장 가까운 이와 그대를 혼인으로 잇는 것뿐이오."

치원은 그의 말에 잠시 멈칫했다. 진성왕 역시 치원의 애절한 연애사를 알고 있었기 때문에 고민스러운 결정이었다. 그러나 그것이 아니고서는 치원을 묶어두면서 동시에 보호할 수 있는 다른 효율적인 방법이 없었다. 진성왕은 실수였다는 말로 제 생각을 거둬드리지 않을 성싶었다. 치원은 겨우 입을 열어 그녀의 말에 동의했다.

"뜻대로 하십시오 전하."

그는 헛헛한 마음에 하늘에 뜬 수천 개의 별들을 쳐다보았다. 애란이 그리울 때면 별을 보며 마음을 달래던 터였다. 이름도 알지 못하는 수십 개의 별자리가 머리 위를 빙글빙글 돌았다.

'보고 싶습니다. 애란 아씨.'

치원은 한참만에야 고삐를 당겨 말을 움직였다. 혼인을 한다 해서 그를 품을 생각은 없었다. 이미 후사에 대한 걱정은 잊은 지 오래였으므로 그것이 흉이 되지는 않을 터였다. 그는 차라리 잘 된 일이라고 생각했다. 시무책을 완성하고 그 전까지 진성왕과 의견을 주고받으려면 의심 없이 그와 드나들 연결책이 필요하다 여기던 참이었다. 치원은 전우를 얻는 것이라 여겼다. 그러나 마음만은 그리 쉽게 진정되지 않았다. 괜한 죄를 짓는 기분이었다. 애란과의 약속을 지키지 못하는 것만 같았다. 치원이 반쯤 멍하니 있을 무렵 그가 탄 말이 크게 요동치며 날뛰기 시작했다. 말의 몸통으로 커다란 화살이 내리 꽂힌 것이다.

"워워!"

치원은 마구 날뛰는 말 위에서 중심을 잃고 바닥으로 추락했다. 화살은 쉴 틈 없이 세 발 더 날아왔다. 명백히 치원을 노린 것이었다. 그러나 그때 누군가 치원의 몸을 덮쳐누르며 바닥으로 착지했고, 곧 화살이 날아온 방향으로 표창을 날렸다. 날카롭고 가벼운 표창은 정확히 네 군데로 날아가 단발의 비명만을 남겼다.

“괜찮으십니까 태수 어른.”

바닥으로 크게 구른 치원은 다행히 다친 데가 없었다. 말이 활에 맞아 고꾸라지며 밟힐 뻔한 것을 표창을 던졌던 사내가 온몸으로 막아준 덕분이었다.

“움직이지 마시고 잠시 이곳에 계십시오.”

사내는 표창을 날린 방향으로 날듯이 뛰어가 칼을 휘둘렀다. 날카로운 금속음만이 들렸고, 치원은 가까스로 정신을 차린 뒤 말의 몸통에 박힌 화살을 빼들었다. 귀족의 사병들이 쓰는 화살촉이었다. 가문을 상징하는 문양 같은 것은 없었으나 활의 몸통이나 깃대가 고급이었다. 치원은 여전히 불꽃 튀는 마찰음이 들리는 쪽으로 고개를 돌렸다. 사방이 어두워서 아무것도 보이지 않았으나 소리만은 또렷했다.

어둠에 익숙한 자객들이란 무서운 존재였다. 치원은 누가 저를 노렸을까보다 누가 자신을 구했는지가 더욱 궁금했다. 이토록 지척에서 달려올 정도라면 늘 자신을 보살펴 왔다는 뜻도 되었다.

“어찌 된 일입니까?”

치원은 어느덧 다가온 검은 복면의 사내를 보며 물었다.

“걱정하지 않으셔도 됩니다. 자객들은 모두 처리했습니다. 함부로 어르신을 해칠 생각은 하지 못할 것입니다.”

“누굽니까?”

“어디에서 온 자객들인지는 저도 잘….”

“아니요. 누가 날 죽이려 했는지는 중요치 않습니다. 누가 날 살린 것인지가 궁금합니다.”

"그저 어르신의 은혜를 입은 분이라고 하셨습니다."

"나도 나를 살린 은인이 누군지는 알아야 할 것 아니겠소이까?"

"허드렛일을 하는지라 그것까지는 알 수가 없습니다. 그저 어르신을 지키라고 명받았나이다."

사내는 그 말을 끝으로 담벼락을 훌쩍 넘어 사라졌다. 치원은 얼른 그를 쫓으려 했으나 워낙 행동이 날래서 그럴 수가 없었다. 확실한 것은 그가 언제나 지척에서 저를 지켜보고 있다는 것이었다. 그는 저를 돕는 이가 누구일 것인가 추측해 보았으나 뚜렷하게 떠오르는 얼굴이 없어 이내 포기하고 말았다.

담벼락을 뛰어 넘어 사라졌던 사내는 어느 객장으로 민첩하게 숨어들었다. 그는 호롱불조차 흔들리지 않을 만큼 민첩하게 움직여 세상을 품어 봄직한 관록과 여유가 있는 여인 앞에 부복했다.

"자객이 들었습니다. 모두 넷이었고 문제없이 처리했습니다."

"놓침 없이 지켜 보거라."

호롱불 아래에 그늘이 깊이 진 여인은 허튼 숨조차 쉬지 않을 듯 꼿꼿한 자세였다.

"예, 알겠습니다. 헌데 객장 어르신."

"무엇이냐."

"혼례를 올리신다 하옵니다. 여왕의 주선이라 합니다."

여인의 손에 들렸던 붓이 멈추었다. 멈춘 자리에 먹이 번져 종이를 망치고 있었으나 여인은 손을 어느 곳으로도 움직이지 않았다. 사내는 치원과의 일에만 닿으면 객관적 판단을 잃는 주인을 안쓰러운 눈으로 쳐다보았다. 그들의 사정은 이미 들어 알고 있었다.

"그만 나가 보거라."

"예, 그럼 편히 쉬십시오."

여인은 사내를 물린 뒤에 붓을 내려놓았다. 괜찮다고 생각했었으나 실제로 닥치니 전혀 괜찮지가 않았다.

'애란 아씨.'

치원은 자신을 그렇게 불러주었다. 그녀는 입술을 앙다문 채로 눈물을 주르륵 흘리고 말았다. 주마등처럼 살아온 시간들이 스쳐 지나갔다.

황소의 진영으로 잠입한 것이 이 불행에 시작이었을까. 그녀는 덧없이 무엇부터 잘못된 일인가를 따지느라 시간을 허비하곤 했다. 애란은 황소에게 끌려간 후 맞이한 죽음의 문턱 앞에서 기어이는 목숨을 구걸했다.

그녀는 죽기 전 마지막으로 황소 앞에 나아갔다. 그것이 결코 쉽지 않은 결정이었으나 이미 죽은 목숨, 명령을 완수해야 할 의무가 있었다.

"목숨을 구걸하러 왔소이다."

황소는 거대한 몸을 일으켜 여전히 당당해 보이는 애란 앞에 섰다.

"구걸하러 온 계집이 지나치게 당당한 것은 무슨 까닭인가?"

망설이는 일은 없었다. 애란은 자신을 속박하고 있던 잿빛의 도사복을 미련 없이 벗어 던지고 흰 어깨를 드러내 보였다. 황소는 잿빛 도사복 안에 싸여있던 여인의 눈부신 육체를 본 순간 심장이 급격히 뛰는 것을 느끼고 있었다. 정복욕과 소유욕. 애란을 볼 때마다 느꼈던 감정들이 걷잡을 수 없이 고개를 쳐드는 것이었다.

"마고선녀로의 쓸모는 다하였으나 여인으로의 쓸모는 아직 남지 않았소. 내게도 관대해 줄 수 있지 않겠소."

"이게 무슨 짓이냐. 어디서 나를 능멸하려는 게야."

황소의 목소리가 그답지 않게 떨리고 있었다. 전장을 누비느라 여인을 품은 적이 오래 된 터였다. 그는 제 앞에 꼿꼿이 선 여인의 나신에 정신이 다 마비되는 듯했다. 머릿속으로야 수십 번도 더 애란의 옷을 벗기고 젖가슴을 유린한 적이 있었다. 그러나 실제로 일어날 수 없을 일이라 여겼던 터였다. 유린당하기 전에 혀를 깨물어 자결할 인물이라, 황소는 애란을 그렇게 대하고 싶지는 않았다.

"나를 안으시오. 그리고 살려 주시오."

애란은 긴장되어 떨리는 것을 들킬까봐 주먹을 꽉 쥐었다. 온몸에 힘이 들어갔다. 마지막 방편이었다. 애란은 같은 공기를 마시는 것조차 끔찍했던 황소가 자신을 애욕의 눈으로 본다는 것을 알고 있었다. 그녀는 모든 것을 던졌고, 황소는 여전히 고민을 하는 모양이었다.

마고선녀라는 이의 영악함 때문이리라. 애란은 그가 조금만 더 현명한 이였더라면 자신을 끌어안지 않았으리라 생각했다. 그러나 애란의 생각보다도 더 황소는 어리석은 인물이었고 당장의 미혹에 심장이 벌렁이는 사내였다. 그도 그럴 것이 유려하게 흐르는 애란의 곡선은 지나치게 아름다웠고 그녀의 몸 군데군데에 남아있는 전투의 상흔은 애처로워 보이기까지 했다. 무엇보다 그녀에게선 범접할 수 없는 빛이 났다.

그런 것이 황실인들이 말하는 혈통이라면 인정할 수도 있으리라. 황소는 찰나 생각했다. 어쩔 수 없는 이끌림으로 황소는 애란의 몸을 세차게 끌어안았다.

'내 너를 반드시 내 손으로 죽일 것이다.'

애란은 황소의 맨 어깨를 힘주어 끌어안으며 골백번 되뇌었다.

치원이 아닌 다른 사내의 품에 안겼다는 자책감 때문에 우울할 시간 따위는 없었다. 스스로 황소의 여인이 되길 자처한 애란은 황소의 곁에서 그를 끝없이 미혹시키는 것과 동시에 주전충이라는 자를 매수하는 데에 공을 들였다.

'네가 가장 두려워하는 것이 무엇인 줄 알고 있다. 언제 어디서 창자를 뚫고 들어올지 모르는 칼날. 누구에게나 뒤통수를 맞을지 모른다는 불안.'

아니나 다를까. 황소는 결국 부하인 주전충의 배신으로 최후를 맞이하게 되었는데 거듭되는 전쟁으로 전력이 크게 약해진 탓도 없지 않았다. 주전충이 배신을 하자 상양과 이당 역시 당군에게 투항했고 황소는 결국 측근 몇몇 밖에는 남아 있지 않은 채로 장안에 고립되어 버렸다. 관군들에게 포위 된 황소는 결국 호랑곡에서 자결하게 되었다.

884년 여름. 결국 황소의 난은 실패했지만 당나라 조정에 심각한 타격을 주었고 그때문에 당나라의 역사가 오대십국(五代十國)의 분열시기로 들어가게 되었다. 애란은 제 손으로 그를 죽이지 못하여 한이 남았으나 황소의 난을 제압한 것만으로도 뿌듯한 마음이 들었다. 그러나 한편으로는 제가 붙잡히는 바람에 아버지가 반역자라는 오명을 쓰고 비명에 가게 된 것이 죄스러웠다.

"아가씨의 탓이 아닙니다."

고운과 양섬이 그녀를 설득했으나 그녀의 귀에 들어올 리 만무했다. 그녀는 억울하게 죽음을 맞이한 고병의 무덤 앞에서 감정의 바닥을 전부 드러낼 지경으로 오열했다. 고운과 양섬은 그 모습이 너무나 안타까워 어쩔 줄 몰랐으나 감히 그녀를 위로할 수 없었다. 그녀가 무엇을 잃고 무엇을 지켰는지 누구보다 잘 아는 탓이었다.

그래서 고운은 치원에게조차 애란이 돌아왔다는 사실을 밝힐 수 없었다. 애란이 더 이상 치원을 보고 싶지 않다고 공표한 까닭이었다. 고운은 두 사람이 다시 한 번 긴 생이별을 하게 된 것이 너무나 안타까워 견딜 수 없었다. 그러나 애란이 그것이 제 마지막 소원이라며 통 사정을 했기에 어쩔 도리가 없었다. 애란은 스스로 옷을 벗었던 순간, 이미 치원 앞에 설 자격을 잃었다 생각한 것이었다.

"신부가 참 곱구나."

애란은 혼례를 올리는 치원과 그의 부인 될 여인을 먼발치에서 지켜보았다. 진성왕이 직접 주관한 혼례답게 그들의 혼례는 기품 있고 또 화려했다.

"이제라도 혼례를 올리셔서 참으로 다행입니다."

애란은 절반의 마음으로 생각했다. 자신이 곁에 없는 채로 너무 오래 지내는 것을 바라지 않았던 터였다. 그러나 한편으로는 평생을 홀로 지내길 바라는 마음도 없지 않았다. 애란의 곁에 선 사내는 제 주인에게 감히 괜찮으신지 물어 볼 수도 없게 되었다.

"눈이 울고 계십니다."

애란은 분명 미소를 지은 채로 치원의 행복을 빌던 중이었다. 사내는 그 모습이 너무나 마음 아파서 당장이라도 신랑에게 달려가 그녀의 존재를 외치고만 싶었다. 물론 치원의 얼굴빛도 그리 밝지만은 않아서 사내는 두 사람이 꼭 같은 생각을 하고 있음을 짐작은 하게 되었다. 과연 들었던 대로 바보 같은 사랑이었다. 안타까운 이별이었다.

실행 안 된 시무십조時務十條,
다시 그의 길을 떠나다

실행 안 된 시무십조時務十條, 다시 그의 길을 떠나다

관군들은 봉기군의 기세에 완전히 제압당했다. 싸우는 방법조차 모르는 사람들처럼 벌벌 떠는 꼴이 안쓰러울 지경이었다. 적군과 살을 부딪치며 싸워야 하는 백병전이야말로 군사들의 사기가 승패를 좌우했다. 그러나 관군들은 저희들의 사기를 높이기는커녕 꽁무니를 빼고 도망가느라 도리어 봉기군들의 사기를 돋워주는 데에 온힘을 쏟고 있었다. 가장 강력해야 할 나라의 군대가 이런 모양이라 견훤은 입술을 짓깨물었다.

"한심한 놈들."

견훤은 도저히 원종과 애노가 벌이는 봉기를 두고 볼 수가 없었다. 죄 없는 백성들이 창칼 앞에 상처 입고 어리석은 관군들 대신 죽어갔기 때문이다. 그는 직접 사병을 움직였다. 이미 크고 작은 전투에서 잔뼈가 굵었던 터라 원종과 애노 같은 봉기군과는 차원이 다른 계책으로 전장을 이끌었다. 그 뒤를 농민들이 따랐다. 목숨을 부지하기 위하여 강한 자의 뒤에 서는 것은 본능과도 같았다. 사병들과 농민들이 전장을 누비기 시작하자 비로소 관군들이 정신을 차렸다. 그들은 그제야 제 몫을 다하며 원종과 애노의 무리들을 무찔러 나갔다. 상주에서 벌어진 원종과 애노의 난은 결국 관군이 아니라 견훤의 손에 진압된 것이다.

"어찌 주저앉아 관망만 할 텐가!"

원종과 애노의 난은 그것으로 끝이었으나 새로운 시작에 불을 붙였다. 견훤으로 하여금 세상을 바꾸겠다는 마음을 먹게 한 것이다. 정변을 꿈꾸게 만든 것이다. 그는 반란의 깃발을 치켜든 후 '곧 나라를 세울 인물'이라고 스스로를 칭했다. 그들의 병력은 5000명으로 급격히 늘었고, 신라 전역에 제2의 견훤, 제3의 견훤이 우후죽순 늘어나기 시작했다. 정변과 민란을 구별할 수 없는 시절이 시작된 것이다.

"기훤이란 자가 죽주를 장악해 왕경으로 오는 자들을 위협하고 약탈한다 합니다."

치원 역시 곳곳에서 도적들이 일어난 까닭에 곤란을 겪고 있었다. 당초 하정사(賀正使)에 임명되어 당나라에 갈 예정이었으나 강원도 일대며 중부 지방 곳곳의 고을이 점령된 탓에 발이 묶인 것이다. 그는 헌강왕의 유명으로 찬술을 시작했던 봉암사의 '지증대사적조지탑비명'을 완성했고, 여전히 지방의 외직을 전전하는 중이었다. 그를 왕경으로 불러들이고 싶은 진성왕의 마음은 굴뚝같았으나 그녀는 여전히 진골귀족들의 눈치만 살피고 있었다.

"양길 또한 북부와 중부 지방의 고을들을 두루 점령중이지요."

치원은 남산에 올라 왕경 일대를 내려다보는 중이었다. 공부하며 기거하던 종남산에 비하면야 한없이 야트막한 동산 같았으나 왕경시내가 고루 보인다는 것이 마음에 들었다. 울울창창하던 잎을 떨구고 앙상한 나뭇가지만 남은 것도 그런대로 운치가 있었다. 치원은 어느덧 눈이 덮여 새하얗게 변한 남산을 둘러보며 쓴 속을 달랬다. 저 나무들은 한없이 한가롭고 고요한데 오직 사람들만이 시끄러운 것이 부끄러운 기분이었다. 치원이 대꾸 없이 듣고만 있자 소화 부인은 괜히 애가 닳았다.

"듣고 계십니까?"

치원이 비로소 소화 부인을 돌아보았다. 생기 없이 창백한 뺨은 그녀를 병약한 듯 보이게 했으나 실상 그녀는 애란만큼이나 다부진 여인이었다. 사실 그녀는 진성왕이 자신과 치원의 사이를 공고히 하기 위해 붙여놓은 첩자와 다름없었으나 다행히 그들은 좋은 사이를 유지했다. 부부라기보다는 오누이에 가까웠고 그보다는 전우라고 하는 편이 정확하리라. 소화 부인이 기대보다 훨씬 현명하고 영리한 여인이었기에 가능한 일이었다. 치원은 종종 소화 부인이 사내였더라면 능히 비범한 인물이 되었을 것이라 생각했다.

"기훤이나 양길보다 훨씬 위험한 인물이 있습니다."

"선종(훗날 궁예)이라는 자를 이름입니까."

소화 부인은 고개를 끄덕였다.

"애초에 기훤의 수하로 있던 장수였으나 양길에게 몸을 의탁했다 합니다."

"들었소이다. 그자가 감히 경문왕의 서자임을 주장한다지요."

"게다가 승려임을 내세워 자신을 보다 특별하게 포장하는 듯 했습니다. 경문왕께서 했던 방식처럼 말입니다."

치원은 낮게 침음했다. 버려진 왕자. 치원은 그가 견훤이나 양길보다도 훨씬 위험한 인물일 것이라 생각했다. 이토록 끔찍한 신분제도에 억눌려 있는 신라에서 버려졌으나 왕자라고 주장하는 인물이 백성들과 함께 먹고 구르며 지낸다는 것은 가히 돌풍 같은 결과를 몰고 올 터였다. 이것은 왕선지나 황소가 만민평등을 외쳤던 것과는 그 수준이 달랐다. 아니나 다를까. 선종의 세력은 빠르게 조직력을 갖추었고 힘을 얻을 수 있었다. 간악하고도 비상한 인물이었다.

"호족들이 돈을 주고 저희들의 경호를 그자에게 맡긴답니다."

"관군이 허수아비에 불과하다는 것을 아는 탓이지요."

헌강왕이 살아 있을 적에 군제개혁을 해냈어야 했다. 그는 자신이 너무 늦은 것이 아닌가 안타까웠다. 모든 것이 제 탓인 듯했다.

"이젠 관군과 호족들 사병의 숫자보다도 봉기하는 무리의 숫자가 더 많습니다."

"전하께 힘을 보태고 있던 지방의 호족들조차도 하나둘 흉험한 무리들에게 비호를 맡기는 실정이라 들었습니다."

스스로를 장군이라 칭하는 자들이 늘어나는 중이었다.

"이 겨울이 유난히 춥게 느껴집니다."

"그러니 이제 입궐하시지요."

소화 부인의 목소리에는 일말의 기대감이 배어있었다.

"지금이라면 서방님의 제안을 받아들이실 수 있을 것입니다. 덮어놓고 퇴짜를 놓진 않을 것입니다."

치원은 소화 부인의 말에도 빙긋이 웃을 뿐이었다. 애초에 관직의 높낮이나 신분의 귀천은 상관없었으나 신라라는 나라는 여전히 그것이 전부인 곳이었다.

“이미 시무십조를 준비하시지 않으셨습니까?”

“이전에 이미 운을 띄워본 적이 있었지요.”

완전한 형태는 아니었으나 주요한 내용들은 변한 것이 없었다. 그러나 진성왕은 그것을 읽어볼 수조차 없었다. 그 장계가 그녀의 손에 제대로 쥐어지지 못했던 탓이었다. 치원은 진골귀족들의 ‘감히’ 소리에 넌덜머리가 날 지경이었다. 그는 고개를 가로 저었다.

“여전히 내 시무책에 감히란 말을 붙일 것입니다.”

“시중 어른이 달라졌습니다.”

치원은 그 말에 고개를 반짝 들었다. 예겸이 육두품들을 다른 눈으로 보기 시작했다는 이야기였다. 지방 호족들이 점차 쪼개져 견훤이나 양길에게로 몸을 의탁하거나 점령당한 후로는 육두품들을 향한 요구와 수요가 늘어났다는 것이었다. 예겸은 지금의 위기를 온몸으로 느끼고 있었다. 그러나 치원은 왕거인의 사건 때 육두품들을 도구적으로 이용했던 것이 생각나 여전히 입맛이 썼다.

“사람이 그리 쉽게 변하겠습니까.”

“이대로 신라가 무너지면 가장 안타까울 인물이 그분일 것입니다. 의자인 경휘공을 민공 어른의 손자인 효종공과 경합시키려 하고 있지요. 여러모로 경휘공이 열세하니 무슨 수를 써서라도 민심을 얻으려 할 테고 사람을 모으려 할 것입니다.”

“그것을 역으로 이용하라 그것입니까?”

“그렇습니다.”

치원이 생각에 잠기자 소화 부인이 얼른 덧붙여 말했다.

“안뜰에 개가 죽어있었다 합니다.”

치원의 이맛살이 찌푸려졌다.

"그게 무슨 소립니까."

"전하의 처소 안뜰에 이번엔 개가 죽어 있었다 했습니다. 며칠 전엔 새였지요. 그 전엔 뱀이었나이다. 자연지물이 하나씩 죽어 안뜰이며 궁궐 도처에 널리는 까닭에 밤마다 악몽을 꾸신다 했습니다."

흉흉한 일은 끊임없이 벌어지고 있었다. 진성왕이 버티기엔 어려운 일들이었다. 그녀는 자신의 자리를 꽤 잘 지키는 듯싶었으나 그뿐이었다. 자리가 사람을 만들지도 모른다는 치원의 기대에는 부응하지 못하는 수준인 것이다.

요즈음 진성왕은 불안에 못 이겨 술을 마셨다. 그런 뒤에도 잠에 들지 못해 처소 안팎에 경호를 늘렸다. 화랑들을 세우고 그것으로 모자라 사내라면 누구든 그 근처를 겹겹이 둘러 지키게 만들었다.

죽음이 두려웠던 것이다. 위협이 겁났던 것이다. 지켜야 할 것이 있어 버티는 중이었지만 사람으로의 생은 거의 포기한 것과 다름이 없었다. 치원은 그 사실을 알고 있었기에 그녀가 미동을 들인다거나 화랑들과 긴 밤을 보낸다는 소문에 흔들리지 않았다. 그것이 사실이래도 상관은 없었다. 미치지 않고서야 보내기 힘든 시간이었다. 한편으로는 그렇게라도 속에 맺힌 무언가를 풀어냈으면 싶은 마음조차 들었다. 그러나 진성왕은 그럴 위인이 되지 못했다. 열정을 품고 누군가에게 저를 쏟아내기엔 이미 너무 지쳤고 허약해진 탓이었다.

"시간이 없다는 것 아니겠습니까."

치원이 고개를 저었다. 시무책의 내용이 공개된다면 진골귀족들의 허튼 반대가 물밀 듯 쏟아질 것이고, 그렇다면 남아있는 고을들조차 제대로 지킬 수 없을지 몰랐다. 힘을 합쳐도 모자랄 판에 편을 더욱 가르는 꼴이 될 터였다. 마치 저편에선 큰 불이 났는데 진흙탕에 발이 빠졌다고 호들갑을 떠는 모양새가 나올 것이다.

"어째서 그러십니까?"

"지금은 때가 아니외다."

"늘 그때만 기다리다가 다 놓치실 것입니까? 사람들은 평온할 때와 위기를 느낄 때에 그 시선이 하늘과 땅만큼 달라집니다. 이번에는 서방님의 의견이 빛을 볼 수 있을 것입니다."

소화 부인의 얼굴엔 확신이 차있었다.

"거기에 무엇이 적혀있는지 알고 하는 말씀입니까?"

"시무 일조, 골품제도와 별도로 관리를 뽑는 시험을 치러 마땅한 관직을 내린다. 신분의 한계를 허물어 인재를 등용한다면 마땅히 능력을 발휘할 것이다. 시무 이조, 병부의 제도를 중앙의 관리에 맡긴다. 사병의 숫자를 제한하여 힘이 분산되는 것을 막고 농민들의 부역을 군역으로 대신하여 생활을 보호한다. 시무 삼조, 불경과 불상을 만들며 사치스러운 일을 행하는 것을 멈춘다. 사원이 큰 부를 축적하며 가외로 사병을 키우니 불법의 영역을 차츰 벗어난다. 시무 사조…."

"보았으니 알 것 아닙니까. 지금 그것을 터트려 조정을 어지럽힌다면 어느 하나도 제대로 된 결과를 볼 수 없을 것이외다. 전하를 지킬 힘이 내게는 없지 않소이까."

시무책은 제 일조부터 제 십조까지 몇 년에 걸쳐 준비했던 것들이었다. 함부로 골품제를 철폐하자 요구할 수 없으니 과거제도를 실시하자고 건의할 터였고, 불교 등 종교에 기대지 않는 유교정치를 강조했으며 민생의 안정을 위한 다양한 방편들이 마련되어 있었다. 후대를 위한 교육과 기록에 대한 중요성을 강조하는 내용들도 포함

되어 있어 그의 말과 계획대로라면 신라는 다시 옛 위상을 되찾을 수 있을 것만 같았다.

"때는 언제나 지금입니다."

소화 부인의 말에 치원은 가슴이 철렁 내려앉는 듯 했다. 늘 늦었다고 생각하면서도 늘 기다리기만 했던 제 모습이 급히 반성되는 까닭이었다. 치원은 소화 부인의 얼굴을 잠자코 들여다보았다.

"서방님께서 더 미루지 않으셨으면 좋겠습니다."

"혹시 전하께서도 시무책의 완성을 알고 계십니까?"

"공로를 가로채는 것은 저의 일이 아닙니다."

치원은 그녀의 말에 힘이 나는 것 같았다. 시무책을 만든 것이 공로라니 고마울 따름이었다.

"겨울이 지나야 봄이 옵니다. 저는 서방님께서 그 봄을 앞당기실 수 있으시리라 믿습니다."

치원은 누군가 자신을 믿어주고 있단 사실이 못 견디게 고마웠다. 그것은 학자나 문장가로, 뛰어난 정치가로 이름을 알리는 것보다 훨씬 근본적인 문제였다. 늘 이방인 취급을 당하며 살아온 치원에게, 애란을 잃었던 치원에게는 그것이 큰 갈증인 터였다.

"입궐할 것이니 채비를 해주세요."

소화 부인의 표정은 순식간에 밝게 피어났다. 자신이 무엇인가를 해낼 수 있다고 생각한 적이 없었다. 신라에서 여성의 지위란 그런 것이었고 하물며 그저 그런 육두품 집안에서 태어난 제가 무엇인가를 꿈꾼다는 것은 어불성설이었다. 기실 치원과의 혼인도 그녀의 의지는 아니었다. 진성왕을 측근에서 모시는 화랑낭도가 큰 오라비였고 그 덕분에 오며가며 진성왕을 알현할 수 있었다. 진성왕과는 나이 차이가 꽤 났으나 두 사람은 마음을 터놓는 친구가 되었다. 진성왕은 치원을 아주 신임하는 듯 했으나 동시에 잃을까봐 몹시 겁을 내기도 했었다.

'어떤 분이기에 그러할까?'

소화 부인은 치원을 만나기 전까지는 그의 모습을 상상으로 그려보았다. 당나라에 오갔던 재원이라고는 하나 나이 차이가 띠동갑을 넘는 장년의 사내였으니 그리 근사한 모습은 아니리라 여겼다. 하지만 직접 대면한 치원의 모습은 고결했고 아름다운 사람이었다. 말수가 좀 적은 것이 흠이었으나 신념을 굽히는 법을 몰랐고, 언제나 당당한 모습이 그야말로 우아한 인물이었다. 그녀는 진성왕을 위해 치원의 행보를 곁에서 감시하고 또 챙기면서 점차 그를 연모하게 되었다.

간혹 치원이 헛헛한 얼굴로 밤하늘의 별을 볼 때면 저 역시 심장이 아파 견딜 수가 없었다. 소화 부인은 그것이 그리운 사람을 떠올리는 일이라는 것을 알고 있었다. 부부가 되었으나 동침을 하지 않는 것도 그 때문이라는 것을 알았다. 그래도 그녀는 치원의 곁에 있는 것이 좋았다. 시무십조를 제안할 수 있는 사내라는 것이, 일심으로 누군가를 그리워한다는 것이 좋았다. 게다가 제 말에 귀 기울여주는 사람이라는 것이 가장 좋았다. 소화 부인은 치원의 시무십조가 신라를 구할 마지막 방편이라는 것을 믿어 의심치 않았다.

"인덕과 미덕만으로 왕국을 정의롭게 하지 못하니 관습과 관례를 정리하라."

시무십조를 본 진성왕 역시 그 내용이 훌륭하다고 생각했다. 시무십조의 내용은 개혁을 꾀하면서도 신라의 근원을 잊지는 않고 있었다. 시무십조는 그 자체로 초심이었다. 진성왕은 시무십조의 구절구절을 깊이 있게 읽고 이해하려 애썼다.

"어떻습니까. 참으로 간결하고 또 현명한 계책이 아닙니까?"

예겸은 진성왕의 곁에서 치원이 올린 시무책을 함께 보던 중이었다. 그뿐만이 아니라 준흥과 민공 같은 노신들 또한 한 자리에 모여 있었다.

"당나라식 관호와 관직명, 문산계를 채용하는 것은 옳은 일일 것입니다."

먼저 입을 연 것은 예겸이었다. 그러자 재빨리 민공이 입을 열었다.

"정녕 골품제와 상관없이 시험을 치러 사람을 뽑겠단 말입니까?"

"그것이 옳은 일이라면 마땅히 따라야지요."

"나라의 기강을 흔드는 일이외다!"

"맞습니다. 어느 안전이라고 근본 없는 이들과 뒤섞이라 말하고 있는 것이오?"

"이미 뿌리부터 흔들리고 있소이다. 그것을 바로 세우려면 이 정도의 혁신은 불가피할 것이오."

큰 소리가 오고갔고 진성왕은 그것이 익숙한 일이라는 듯 시무책에만 시선을 두었다. 민공과 예겸은 경쟁구도를 만들어 서로를 견제하는 중이었다. 그들의 시선 끝엔 언제나 친자인 효종과 의자인 경휘가 있었기에 두 사람은 결코 친해지려야 친해질 수 없는 사이였다. 다행인 것은 치원의 시무십조에 대해 갑론을박이 있다는 것이었다. 기실 진성왕은 그들 모두가 한 마음으로 시무십조를 반대하고 나서리라 생각한 터였다. 치원 역시 모두가 한 편을 먹고 시무책을 묵살하려

할까봐 걱정했던 터에, 예겸의 힘을 얻어 든든한 기분이었으나 잠자코 입을 다물었다.

"게다가 도독제를 대신해 지주제 군사제도를 성립한다니 골품제뿐만 아니라 아예 새 나라를 세우겠다는 심산이 아닙니까!"

"말씀을 가려 하시게나!"

노신들의 목소리가 커질수록 치원은 정신을 바짝 차려야 했다.

"사방의 습속이 각기 토성을 따름이라 전부 변화시키기는 어려울 줄 압니다만 당나라의 제도 중 좋은 것은 좇아 그 예·악·시·서의 가르침과 군신의 도를 따르면 이와 같은 민란이 다시 일어나지 않을 줄로 사료되옵니다."

치원이 입을 다물자마자 다시 비수같은 말들이 서로를 넘나들었다. 생각 외로 예겸이 시무책을 열렬히 옹호해 주었던 것이다. 치원은 자신과 예겸이 한편에 선 것이 우습게 느껴졌다. 그것이 그가 해내야 하는 정치였다.

"다들 그만두시오. 나는 치원의 시무책을 따를 것이오. 그 논리와 핵심이 명확하고 제 사익에 따르는 바가 없이 오로지 국가를 위하고 있으니 어찌 따르지 않는단 말이오."

"안될 말씀이옵니다. 통촉하여주시옵소서 전하."

"재고해주시옵소서 전하."

진성왕은 그들의 말에도 아랑곳없었다.

"나는 그를 아찬에 제수하여 곁에 두고 시무책에 대한 내용을 낱낱이 물어 그대로 행할 것이니 경들은 더 이상 이 일에 대해 왈가왈부하지 않길 바랍니다."

진성왕의 말은 조금 위엄 있게 들렸다. 치원은 그 자리에서 자신을 아찬에 제수하는 진성왕을 보며 새로운 감흥을 느꼈다. 육두품이 오를 수 있는 최고의 관직을 얻은 것이다. 그러나 그것은 생각만큼 기쁘지는 않았다. 그 이유가 무엇인지는 치원 본인조차 알 수가 없었다.

하지만 소식을 들은 다른 육두품들의 생각은 조금 다른 것 같았다. 그들은 치원의 행보에 박수를 치며 환영했다. 그가 시무십조를 제시한 것이 육두품의 역할을 제대로 보여주는 주요한 사건으로 여겨진 탓이었다.

"이제야 우리의 쓸모를 알아보는구먼!"

신라의 위기에 현실적인 조언을 해줄 육두품 지식인들이 필요했으나 조정은 그들에게 손을 벌리지 않기 위해 최선을 다해 왔었다. 그 탓에 신라에서 국가의 정책을 제시하고 결정한 뒤 명령하는 것은 언제나 진골이었으며 육두품은 언제나 한 발 아래에서 그들을 따르기만 했다. 원칙적으로 그들은 정책의 방향이나 어떠한 결정을 가능하게 하는 자들이 아니었다. 그러니 치원의 시무십조가 시무책의 형태를 갖추어 공식적으로 건의되고 그것이 진성왕에게 간택되어 실행된다는 것은 그야말로 이례적인 일이었다.

"이게 다 치원의 덕이고 복이 아닌가."

"역시 빈공과에 수석으로 임관한 자는 뭐가 달라도 다르구먼."

왕거인이 투옥되고 수많은 육두품들이 일거리가 없어 헤매던 진성왕 초창기의 상황에 비하면 괄목할만한 성장을 이룬 것이다.

실제로 조정에서 육두품들의 선진 경험을 수용하고 반란세력에 대응하기 시작하자 효과적인 결과가 나타나기 시작했다. 여태껏 경문왕가에서 보이던 종교적 권위나 신성함에 의지하는 것이 아니라 현실적이고 합리적인 조치가 이루어졌으니 당연한 결과임에 틀림없었다.

물론 예겸이 그 중심 역할을 잘해준 덕분이었다. 그가 치밀하고도 노련하게 시무책을 활용해 주지 않았더라면 이만한 성과를 보기는 어려웠을 터였다. 여전히 시무책의 채용을 반대하는 무리가 많았으므로 예겸은 그들에게 있어 최전선의 방패막이가 되었다. 치원은 그것이 영 마음에 걸렸다. 그리고 머지않아 그 찜찜함이 어디에서 나오는 것인지를 깨달을 수 있게 되었다.

"제 시무책을 이용하신 겁니까?"

예겸은 집무실로 밀고 들어온 치원을 보며 영문을 모르겠다는 듯한 표정을 지어 보였다. 그의 몸에선 더운 김이 풀풀 오르고 있었다. 제 집에서 이곳 예겸의 집무실까지 쉬지 않고 달려온 모양이었다. 예겸은 거리낄 것 없이 치원에게 자리를 권했다.

"그것이 무슨 말입니까 아찬. 그대의 의견에 동의한 것은 그것이 실로 신라에 도움이 될 거라 여겼기 때문이었소이다. 헌데 그것을 이용하다니요. 이 사람은 당최 이해할 수가 없는 말씀을 하십니다."

"안정을 도모하고 지친 전하를 달래는 체하면서 신분의 기강을 흔들어 역모를 꿈꾸시는 것 아닙니까?"

"역모라니, 큰일 날 소릴 하십니다 그려. 정녕 아찬은 열등감이 많은 인물입니다. 대체 이 사람의 호의를 호의로 받아들일 줄은 모르는 겝니까."

예겸은 치원의 말에 미동도 없이 대꾸했다. 치원은 권해준 자리에 앉지도 않은 채 예겸을 향해 눈을 치뜨고 있었다.

"그렇다면 헌강왕의 서자가 다 무슨 말씀이십니까?"

예겸은 보고 있던 서책을 탁 소리가 나도록 덮은 후에 치원을 바로 보았다. 두 사람 사이에는 적막감이 흘렀다. 시무책을 올린 지 고작 반년이 흘렀을 뿐이었다. 그 사이 어지러웠던 조정은 차츰 자리를 잡아가는 듯했고, 지방의 관리들과 백성들에게도 조금씩 신뢰를 회복하는 중이었다.

"듣지 못했소이까? 헌강왕께오서 사냥 구경을 하다가 지나는 길가에 웬 미인이 있더라. 마음속으로 사랑하여 행재소에 와서 야합했더니 태기가 생기더라. 곧 아들이 태어나고 그가 장성함에 따라 골상이 영특하여 이름을 요라 했다. 나는 분명히 바르게 전했던 것으로 아는데."

"갑자기 헌강왕의 서자가 어디서 나타난단 말입니까?"

"그러게 말입니다. 그것도 이렇게 적당한 시기에요."

치원은 무미건조한 예겸의 말투에 소름이 오소소 돋아났다.

"대체 무엇이 적당하단 말입니까?"

"옛것을 버리고 새것을 취하니 만민의 마음이 천천히 돌아서고 있지 않습니까. 기세를 몰아야지요."

"……."

"아, 내가 그 뒷얘기를 빼먹었습니다. 여왕께서는 그 이야기를 듣고 궐로 불러들여 요를 만났다. 집안 대대로 형제와 자매들의 골상이 남들과 다른데 이 아이도 등에 두 뼈가 솟았으니 참으로 헌강왕의 아들일지어다. 유사(有司)에 명하여 예를 갖추어 태자로 숭봉(崇封)하였다. 그리고 머지않아 왕위를 선양하였다. 어떻습니까?"

태자의 책봉. 왕위의 양위. 치원은 얻어맞은 듯한 기분에 한발자국도 뗄 수 없었다. 왕거인 사건이 떠오른 탓이었다. 희생을 덤터기를 씌울 인물을 아무렇지도 않게 지목했던 예겸의 모습이 다시금 소름끼쳤다. 그는 생각했을 것이다. 점차 안정을 찾아가는 이 때에 위기를 만들었던 여왕이 자신의 과오를 인정하고 왕위를 계승해준다면 차기 보위에 오르는 이는 얼마나 큰 환호를 받을 수 있을까. 치원은 예겸의 비상함이 마음 아팠다. 저 비상함이 한 명의 왕을 만들기보다 신라를 생각했더라면 전혀 다른 역사가 쓰였을 것이리라.

"전하께서도 알고 계시는 일입니까?"

"아찬께서 친히 내 집무실로 발걸음 해준 덕에 첫째로 알게 되셨소이다."

"시중 어른, 이럴 때가 아니지 않습니까. 힘을 모아도 모자랄 판입니다."

치원은 그를 설득하기 위해 애써보려 했다.

"헌데 나를 경계하지 않았소이까. 여왕께서 먼저 나를 거절하셨소이다."

후사가 없는 진성왕은 늘 보이지 않는 고민으로 괴로워하고 있었다. 헌강왕의 자녀들이 너무 어렸으므로 큰 사위인 효종과 둘째 사위인 경휘 중에 왕위계승자를 선택해야만 했다. 진성왕은 효종을 경휘보다 적임자로 생각하곤 했는데 그것은 경문왕가 왕실의 지지를 얻고 있었으며 수천 명에 이르는 왕경의 낭도들을 거느린 덕분이었다. 게다가 조부인 민공 역시 헌강왕대의 시중으로 위홍이나 예겸과 함께 정국을 담당했던 권력자였으니 굳이 그를 마다할 이유는 없었다. 게다가 힘이 지나치게 커진 예겸을 견제하기에도 그만이었다.

"그런 것이 아니지 않습니까? 인물을 보신 것입니다. 효종이라는 자의 됨됨이를 본 것뿐입니다. 그가 다른 이를 애틋하게 여기는 것을 높이 평가하신 거란 말입니다. 그것이 시무책의 본질입니다. 서자가 왕이 될 수 있단 얘기가 아니지요."

그러나 예겸은 그의 말에 동의할 수 없었다. 경휘가 자리를 차지할 가능성이 사라진다는 것은 저 역시 숙청된다는 것이었다. 효종과 겨루어 이길만한 다른 사람이 필요했다. 그는 마땅한 사람을 찾고 또 찾아다녔다. 덕분에 기적 같은 자를 얻은 것이다. 사위보다야 직접 혈통인 아들이, 그것도 웬만큼 장성한 아들이 나타난다는 것은 그에겐 구원 같은 일이었다.

"그대도 한계에 부딪치는구려. 서자라는 것 외에 그가 무엇을 할 줄 알고 마냥 반대부터 하시는 게요? 그 분이 무슨 능력을 가졌을 줄 알고?"

치원은 말문이 막혀버렸다. 예겸의 말대로 요라는 이의 능력이 어떤지는 알 수 없는 일이었다. 하지만 서자를 왕으로 추대한다는 것은 가당치 않은 일이었다. 전례에도 없는 일이었다.

"여왕도 성심으로 모시고 골품제를 폐지해 인재를 능력으로 평가하자는 자가 어찌 이리 편파적으로 군단 말이오."

치원은 말문이 막혀 잠자코 있었다. 제 말에 제 발목이 잡힌 터였다.

"언제부터 준비하신 겁니까?"

"그대의 시무책이 내게 너무 강렬했소이다."

"그 후로 이 일만을 생각하신 겁니까?"

그는 그 순간에 정치란 제가 할 수 있는 일이 아니라는 것을 느끼고 말았다. 하고 싶은 일과 할 수 있는 일의 경계를 확인하는 것은 언제나 가슴 아픈 일이었다. 치원이 어떤 생각을 하는지와 별개로 예겸은 고개를 끄덕였다.

"늘 후사를 염려하고 계시지 않으셨습니까? 전하께오선 그것이 늘 고통이셨소이다."

"시중 어른의 말이 맞습니다. 그것이 염려되어 밤잠도 이루지 못하셨지요. 그러나 지금은 아닙니다. 엄연히 헌강왕의 적자가 살아 있는데 서자에게 태자 책봉이라니요. 무엇보다 전하께서 아직 강건하십니다."

"내가 강건치 않습니다. 이 사람의 나이가 벌써 환갑이 다 되어 가지요. 그러니 조급증이 일어납니다."

"시중 어른."

"나는 아찬께 묻고 싶습니다. 신라입니까? 아니면 진성왕입니까? 단 한 가지만을 선택해 보세요."

예겸은 한번 본색을 드러낸 후로 거리낌 없이 말을 뱉었다.

"……."

"나는 아찬이 어리석은 인물이 아니라는 것을 알고 있소이다. 기실 나는 누구도 손해 보지 않는 일을 벌이고 있는 것이외다. 내 말이 틀렸소이까? 본디 자격도 능력도 부족한 이였습니다. 그만하면 충분히 애를 썼어요. 쉬고 싶으실 겝니다."

치원은 그의 말에 주먹을 꽉 쥘 뿐이었다. 이제 와서 예겸을 견제할 다른 방법이 없었다. 시무책으로 소기의 성과를 올리며 육두품들 사이에서도 신망이 두터워진 까닭이었다. 치원은 곤란한 처지가 되어 버렸다. 왕권이 약해지는 만큼 예겸의 힘은 커지고 있던 것이다.

"아찬은 정치에 참으로 소질이 없습니다 그려."

치원은 그 말이 뼈아프게 들렸다.

"그래서 불편했고 그래서 마음이 가기도 했소이다."

예겸은 길게 자란 수염을 두어 번 쓸어내린 뒤에 다시 서책을 펼쳐들었다. 그 서책은 우습게도 시무십조의 정리본이어서 치원은 그 자리에 더 이상 있을 수 없게 되었다.

"그대는 훌륭한 학자외다."

뒤돌아선 치원에게 예겸이 말했다.

"그에 어울리는 훌륭한 군주가 이 시대에는 없을 것이외다. 모두가 시절을 탓해야 하지만 나는 그대가 가장 안타깝소이다. 이것이 나의 진심이오."

치원은 그의 말이 다 끝나기도 전에 그의 집무실을 나섰다. 아찬직의 제수가 그토록 쉬웠던 것도, 그러나 찝찝했던 것도 모두가 예겸의 손에 놀아난 때문이었다. 치원은 열패감에 젖어 한밤의 왕경을 정처없이 걸었다. 앞엔 아무것도 보이지 않았고 손엔 아무것도 남은 것이 없었다. 그는 허공을 향해 마구 소리라도 지르고 싶은 심정이었으나 그러지 못했다. 차라리 아찬직을 물리고 싶었으나 이제와 도망칠 수도 없는 노릇이었다.

예겸은 공언한 대로 헌강왕의 서자를 사람들 앞에 세웠다. 한창 실리를 따지면서 조정의 실무며 정책을 만들어가던 육두품들조차 헌강왕의 서자는 인정하지 못한다는 입장이었다. 여기저기서 그의 친자 여부를 확인해봐야 한다는 둥, 예겸의 허튼 수작이라는 둥의 이야기가 쏟아져 나왔다. 진성왕은 악다구니 같은 실랑이를 지켜보다가 헌강왕의 서자라는 이를 태자로 책봉하기로 마음먹었다. 더 이상 시끄러운 일이 계속된다면 지방의 호족들을 규합하던 일이 어그러질까 두려웠던 것이었다. 무엇보다 요가 헌강왕과 그 생김이 매우 닮았던 까닭에 진성왕의 마음이 쉽게 무너진 탓도 있었다.

그러나 진성왕의 빠른 판단에도 불구하고 송악의 호족인 왕륭과 왕건 부자가 선종에게 투항하는 일이 벌어졌다. 치원이 염려했던 대로 큰불이 난 저편의 산보다 당장 진흙탕에 빠진 발바닥을 살피느라 중요한 것을 놓치는 상황이 벌어지게 된 것이다. 그들이 선종에게 몸을 의탁하면서 서북 일대는 완전히 선종의 손아귀에 들어가게 되었다. 그는 이제 궁예라는 이름을 새롭게 공표하며 세력을 더욱 확장하기 시작했다.

견훤 역시 서남지역을 장악한 터였으므로 크기가 작은 민란들은 더러 정리가 되고 북쪽의 궁예와 서남쪽의 견훤 그리고 간신히 명맥을 유지하고 있는 신라왕실이 서로 대치하는 형세가 되었다.

진성왕이 하혈을 하며 쓰러진 것은 매미소리가 시끄러운 그 해의 여름이었다.

시무책을 채용해 조정신료들과 귀족들을 설득한 줄 알았던 진성왕은 지방호족들의 연이은 이탈로 인해 정신적 타격이 컸던 모양이었다. 왕경이 변하고 있긴 했으나 지방민들에게까지 닿으려면 기일이 한참 걸리는 것도 문제였다. 게다가 그 사이를 교묘하게 방해하는 간신들이 있었기에 그들의 계획은 성공적일 수 없었다.

온몸이 불덩이라 했다. 어의는 그녀의 맥이 가늘고 약하다는 소견까지 덧붙였다. 그저 안정을 취하고 심신을 편하게 가져야 한다고 했다. 간신히 버티고 있던 십 년의 시간이 이제사 무너지기 시작한 것이었다. 요의 태자 책봉이 그 기점이라 해도 과언은 아니었다. 소화 부인은 한밤중에 진성왕에게 달려가 그 곁을 지켰다. 치원 역시 입궐하여 얼굴이 하얗게 질린 진성왕을 안타까운 눈으로 쳐다보았다. 그는 이제 진성왕을 어떻게 위로해야 할지, 무엇을 어떻게 더 도와야 할지 막막했다.

"좋은 의도가 꼭 좋은 결과를 가져오는 것은 아니라고 하셨지요."

진성왕이 간신히 입을 떼었다. 그것은 치원이 일전에 위홍을 평가하느라 전했던 말이었다. 치원은 입을 꾹 다물었다. 진성왕이 저를 나무라는 것 같았다. 진성왕은 맥없이 늘어진 몸을 추스르려 애썼으나 자리에 앉아있는 것조차 버거워보였다.

"허면 모두에게 좋은 결과를 위해 제가 어떤 의도를 가져 봐도 되겠습니까?"

"……."

"아찬에게 꾸중 들을 일이라는 것을 알지만 말입니다."

진성왕은 연신 뜸을 들였다.

"편히 말씀하시지요."

"이제 그만하면 안 되겠습니까?"

치원은 진성왕이 그렇게 말하리라는 것을 예상하고 있었다. 그녀의 얼굴이 무척 피곤해 보였기 때문이었다. 그것은 꿈에서 보았던 애란의 얼굴과 같았다. 치원은 한 번씩 황소의 옥사에 갇혀 모진 고문을 당하다가 죽음을 맞이하는 애란의 모습을 꿈으로 꾼 적이 있는데 지금 진성왕의 표정이 꼭 그와 같았다.

치원은 기립했던 자리에서 두 걸음 가까이 다가갔다. 번쩍이는 금관을 쓰고 귓불이 다 늘어지도록 사치스런 귀고리를 걸고 있는 그녀가 하나도 아름답지 않았다.

"그러십시오. 이제 그만 하셔도 됩니다."

치원의 말에 진성왕이 눈을 커다랗게 떴다. 늘 다그치기만 했던 치원의 입에서 그토록 쉽게 허락의 말이 떨어질 거라고 생각지 못한 탓이었다.

"언제나 역사가, 기록이 나를 한심한 사람으로 남게 할 거라 말하지 않았습니까. 내게 정신을 차리라 기운을 내라 이르지 않았습니까. 어찌 이리 쉽게 말한답니까. 이 사람의 맥이 탁 풀리는 기분입니다. 이토록 힘들게 말을 꺼냈는데…."

진성왕은 그렇게 말하며 애써 웃음 지었다.

"아무도 전하를 나무라지 않을 것입니다."

치원은 당장이라도 쓰러질 듯 가늘게 떨리는 진성왕의 어깨를 가만히 감싸 쥐었다. 항상 안아주고 싶은 여인이었으나 차마 그러질 못했던 터였다. 치원의 다정한 말에 진성왕은 참았던 눈물을 주르륵 흘리고 말았다.

"잠을 잠처럼 자고 싶었습니다. 밥을 밥처럼 먹고 싶었습니다."

"그러십시오."

"……."

"그만하면 애쓰셨습니다."

"아찬의 말에 얼었던 마음이 녹는 듯합니다."

그들을 보고 있는 소화 부인의 눈에서도 눈물이 흘렀다. 치원은 이제라도 이 불행한 여인의 마음을 편하게 해주고 싶었다. 그것이 진성왕에게 해줄 수 있는 마지막 예우라고 생각한 것이다. 진성왕은 제 어깨를 가만히 다독여주는 치원의 팔에 머리를 기대었다. 금관의 무게에 짓눌렸던 그녀의 가느다란 목이 이제야 편안해진 듯했다. 진성왕은 그대로 눈을 감고 한참을 흐느꼈다.

태자 책봉을 한 후로도 신라의 정세는 나아질 기미가 보이지 않았고 민공과 준흥은 노골적으로 진성왕의 말에 반기를 들기 시작한 터였다. 그렇다고 예겸이 진성왕을 돌봐준 것도 아니었다. 그들은 각자가 가진 소기의 목적을 달성하는 데에만 열이 올라 있었다. 그들의 관심사는 이제 태자가 된 열다섯 소년이었다.

"이게 너무 무거웠습니다."

진성왕은 금관을 벗어 내려놓았고 허리에 두른 어대 또한 벗어 버렸다. 그녀는 체통보다 숨 쉴 여유가 필요했다. 진성왕의 껍데기를 전부 버린 만은 서러웠던 속을 천천히 토해내고 있었다.

"혼자라는 것이 무서웠습니다."

치원은 그의 어깨를 연신 다독여주며 이야기를 들어주었다.

"천하의 요부라고 손가락질하는 것도 다 알고 있었습니다. 나는 하나도 모르지 않았습니다."

매일같이 악몽을 꾸느라 화랑들을 곁에 두었고 누군가의 온기가 없으면 눈도 감지 못했던 왕이었다. 그것은 진성왕이 가진 한계가 아니라 인간 '만'이 가진 한계였다.

"그래서 다행입니다. 아무도 나의 양위를 반대하지 않을 것이고, 나를 아쉬워하지 않을 테니까요."

"……."

"그래도 내 마지막 순간이 조금이라도 아름다울 수 있도록 아찬께서 당나라에 보낼 표문을 작성해 주세요."

결심을 굳힌 진성왕은 시일을 재촉해 태자였던 요에게 왕위를 선양하고자 했다. 치원은 그 모습이 일시에 고병과 겹쳐 보였다. 제가 모셨던 이들의 마지막은 언제나 이렇게 허무하고 한스러웠다. 번번이 제 탓이라 치원은 스스로를 책망하며 진성왕이 제게 내린 마지막 명령을 수행하고자 했다. 당나라에 보낼 표문은 헌강왕의 아들인 요가 믿음직한 인물이기에 정치를 섭행하게 하여 혼란스런 나라를 진정시키겠다는 것이었다. 후에 예겸이 제 입맛에 따라 내용을 덧붙이고 귀족들이 반발하지 못하도록 손을 보았으나 치원은 그것을 신경 쓸 겨를이 없었다. 일사천리로 진성왕이 왕위 선양을 천명한 까닭이었다.

"근년 이래로 백성이 곤궁하고 도적이 봉기하니 이는 내가 부덕한 탓입니다. 현인을 택하여 나의 위(位)를 넘겨주려 함에 나의 뜻이 결정되었나이다."

그녀는 신라 역사상 유례가 없던 선양을 하면서 왕좌를 요에게 넘겨주었다. 그러고는 곧장 제 사람들을 추려 가야산으로 들어갔다. 속세의 모든 것을, 여왕이었던 자신조차 공주였던 시간조차 전부 버리고 싶었던 모양이었다.

"강녕하십시오 전하."

치원은 물 고인 웅덩이에 옷자락이 젖는 것도 모른 채 부복하며 진성왕의 안녕을 빌었다.

"아찬 역시 강건하셔야 합니다. 그간 많이 고마웠습니다. 너무 오래 괴롭혀서 미안하오."

치원은 진성왕과 소화 부인을 함께 떠나보낸 뒤 아찬 자리에서 물러나기로 하였다. 승려가 된 현준과 정현사, 그리고 어머니인 진영 부인이 모두 해인사에서 불공을 드리는 삶을 살았으므로 그 역시 해인사로 떠나고자 했다. 그곳에서 시를 짓고 후학을 양성하고 시간을 기록하며 살겠노라. 치원은 자신의 마지막을 그렇게 보내겠노라 다짐했다. 그러나 예겸은 그를 끝까지 자유롭게 두지 않았다.

"효공왕은 그대의 도움이 필요한 분이시네."

“시중 어른으로 충분하실 겁니다. 이 사람은 돌아가는 일에 눈이 어둡고 정치에는 소질이 없어 적합지 못합니다.”

“작은 날갯짓 한 번으로 세상을 뒤집어 놓았는데 어찌 소질이 없다고 하겠는가.”

치원은 그의 말에 코웃음이 나왔다.

“끝내 실패한 삶으로 인생을 마무리 지으려는 겐가?”

“대꾸할 가치조차 없는 말씀을 하십니다.”

“역사는 왕과 함께 기록되는 걸세. 그러니 그 왕을 만들고 또 끌어내리는 데에서 승부가 갈리는 것 아니겠는가.”

치원은 그의 말에 혀를 내둘렀다.

“우리는 참으로 다릅니다 시중 어른. 궁수와 검객이 검을 가지고 싸운 후에 궁수가 패배했다고 여기는 것은 정당한 겨루기가 아니지요. 저는 저의 신념으로 저의 길을 가는데 어찌하여 그것이 패배가 된단 말입니까? 추구하는 바가 달랐을 뿐입니다. 저는 결코 지지 않았나이다.”

“아닐세. 우리는 궁수와 검객이었고 둘 다 창으로 싸운 것이네. 나는 그것을 빠르게 익혔을 뿐이고, 자네는 궁수로의 삶을 고집하기만 한 것이지.”

치원은 그의 말이 일견 옳은 부분이 있다고 여기기도 했다. 그러나 많은 부분이 저와 다른 사람이었다.

“저는 아무렇게나 변하는 것을 신념이라고 부르지는 않습니다.”

치원은 그 말을 끝으로 예겸과의 작별을 고했다.

“글을 쓰며 살 텐가?”

“후회하며 살 것입니다.”

"무엇을 후회하며 살 생각인가?"

"무언가를 만들고 그것으로 사랑하는 이를 다치게 한 일생을 후회할 것입니다."

치원은 <격황소서>를 쓰고 애란을 잃었다. <시무십조>를 쓰곤 진성왕을 보내야 했다. 그 일생에 가장 대단한 업적이라고 칭송받을 두 번의 글 때문에 유난히 아픈 일을 겪었으니 이제는 정녕 한 점 구름으로 살 생각뿐이었다.

"그것이 어찌 자네의 탓이란 말인가."

예겸은 치원의 그런 점이 불편했고 동시에 마음에 들었다. 그는 포기하지 않고 그 뒤로도 여러 번 치원을 만나기 위해 해인사로 찾아갔다. 그곳은 예겸뿐만이 아니라 왕건과 견훤이 보낸 사람들로 문전성시를 이루고 있었다. 그러나 치원은 대부분의 시간을 불당에서 예불을 드리거나 궁핍한 민생을 돌보는데 쏟을 뿐 저를 찾아온 누구도 만나주지 않았다.

그가 그토록 사소한 삶을 사는 동안 견훤은 후백제를, 궁예는 후고구려를 세우고야 말았다. 선조들이 이룩한 통일신라의 찬란한 업적이 이제는 역사의 뒤안길로 사라지게 된 것이다.

치원은 사라져가는 모든 것들을 기록하기 시작했다. 그것들이 영원히 사라진대도 누군가는 기억할 수 있도록. 후손들이 저를 통해 이 시대를 알아갈 수 있도록.

그는 해인사에 대해 기록했고, 실크로드를 드나드는 상인들에 대해 남겼고, 향악잡영오수에 대해 적었다. 게 중에 치원이 유난히 애정을 드러냈던 것이 향악잡영오수에 대한 기록이었는데 그것은 애란을 위한 헌정이기도 했다. 장안에서도 더러 본 적이 있던 사자춤이 유난히 애란을 떠올리게 한 탓이었다.

치원은 틈나는 대로 유랑하며 빛나는 여러 개의 공을 가지고 재주를 부리는 금환(金丸), 여러 선비들이 술잔을 들고 다투면서 노래와 춤으로 관중을 웃기는 월전(月顚), 황금빛 가면을 쓰고 귀신을 놀리는 대면(大面), 남색탈을 쓰고 북소리에 맞추어 춤을 추는 속독(束毒), 사자탈을 쓴 광대들이 사자춤을 추는 산예(狻猊)까지 향악오수를 두루 섭렵하려 애썼다.

"몸이 상할까 저어됩니다. 이 어미보다 먼저 가는 불효를 저지르지 마세요."

몸을 사리지 않는 치원을 보며 진영 부인은 염려의 말을 전했다. 그러나 치원은 그녀의 말에 빙그레 웃기만 할 뿐이었다.

"함부로 떠날 생각은 하지 않습니다."

"요즘 하는 양을 보면 꼭 죽을 날을 받아둔 사람 같아 그렇습니다."

"할 일이 이렇게나 많으니 그럴 수야 없지요."

"무슨 할 일이 아직도 남았답니까? 그만하면 되었습니다."

치원의 쓸쓸한 얼굴에 진영 부인은 가슴이 미어지는 것 같았다.

"제대로 이룬 것이 없지 않습니까."

"공의 탓이 아닙니다. 시절의 탓이지요."

"그것이 제 탓입니다. 시절을 탓하자면 제가 너무 졸장부가 되는 것 같습니다."

"기억할 것입니다. 알아줄 것입니다. 공이 결코 졸장부가 아니었다는 것을요."

"허면 저를 무어라고 기억하겠습니까? 저는 일생 한 번의 젊음을 제대로 써먹지도 못했습니다."

"어찌 써먹지 못했답니까? 공의 글이 천하의 도적들을 떨게 했고, 또 그대의 생각이 무너져가는 나라를 살렸습니다."

"아들을 너무 과대평가하시는 경향이 있으십니다."

진영 부인은 치원의 뒤를 가만히 좇아 걸었다. 치원의 어깨에 걸친 봇짐과 삿갓이 그녀의 마음을 더욱 아프게 만들었다.

"이제 가면 언제쯤 돌아올 생각입니까?"

하정사로 임명되었을 적에 당나라에 갈 일이 있었으나 결국 가지 못했던 터였다. 치원은 이제라도 당나라에 들러 양가의 투정어린 목소리와 두순학의 호탕한 웃음소리와 고운의 능구렁이 같은 농담을 들어야겠다고 마음먹은 중이었다. 게다가 돌봐주겠다고 약속했던 팔낭자와 구낭자의 무덤에도 들를 생각이었다. 그러자면 족히 두 계절은 지나야 신라에 돌아올 수 있었다.

"볼일을 마치면 금방 돌아올 것입니다."

"볼일이 무엇인지 물어도 되겠습니까?"

"저의 처음을 되찾으려 합니다. 이 나라도 처음을 되찾았더라면 이토록 괴로운 일을 당하진 않았을 것입니다. 제가 이토록 마음이 괴로운 것은 제 처음을 잃은 탓입니다."

진영 부인은 그 말에 가만히 치원의 손을 붙잡았다. 그녀는 이제라도 그가 이기적인 인생을 살길 바랐다. 다른 사람을 위한 삶 말고, 누군가를 애틋하게 여기는 삶 말고 오롯이 저만 즐거운 생을 살길 바랐다.

"그런 일이라면 돌아오지 않아도 괜찮습니다."

"어찌 그런 말씀을 하십니까."

진영 부인은 그가 영영 돌아오지 않아도 정말 괜찮았다.

"그것 아십니까? 공은 신라로 돌아온 날부터 향수병에 시달렸다는 것을."

"……."

"당나라엔 공의 젊은 날이 있습니다. 신라가 낳았고, 당나라가 키웠으니 그곳도 공의 고향입니다. 가서 그리웠던 이도 만나고, 아팠던 것도 잊으세요."

치원은 백발이 성성한 어머니를 보며 고개를 끄덕였다.

"저는 꼭 돌아 올 것입니다. 어머니를 외롭게 두진 않을 것입니다."

치원의 목소리는 여전히 열둘의 그때 같았고, 진영 부인 또한 열둘의 아들을 멀리 보내는 그때와 다를 바가 없었다.

"나는 걱정 말고 건강히 잘 다녀오세요."

긴 호각소리가 들린 후에 항구에 매어두었던 밧줄이 풀리기 시작했다. 열두 살. 당나라로 처음 떠날 때에는 아버지인 견일과 함께였다. 치원은 해운포에서 출항하는 배에 올라 개운포를 지나 당나라로 가고자 했다. 그는 배웅하는 어머니를 향해 손을 흔들며 당나라를 향해 출항했다.

사실 그곳에 간다 한들 자신의 처음을 찾을 수 있을지는 확신할 수 없었다. 그러나 치원은 살아온 길을 되짚어 보고 싶었다. 그런 고민은 인생을 전부 걸만한 가치가 있었으니까.

'이름이 무엇이냐? 나는 애란이라 한다.'

치원은 품안에서 애란이 건네줬던 손수건을 꺼내 들었다.

오래 가지고 다니느라 귀퉁이가 나달나달하게 닳아버린 광목천 손수건에는 더 이상 애란의 향기가 남아있지 않았으나 그것만으로도 충분했다. 어느덧 손수건은 치원을 지켜주는 행운의 표식이자 부적과도 같았다. 애란 그 자체라고 보아도 무방했다. 손에 꼭 쥐고 있던 손수건은 바람에 이리저리 나부꼈다.

'이번에 당나라에 가면 애란 아씨를 볼 수 있으면 좋겠습니다. 무어라도 상관없습니다. 머리카락 한 올이라도 괜찮습니다.'

치원은 손에 쥐었던 손수건을 다시 품에 넣으려고 팔을 굽혔다. 뱃전이 기운 것은 순전히 파도 때문이었다. 크게 출렁인 덕분에 치원은 중심을 잡기 위해 휘청거렸다. 품에 넣으려던 손수건이 바다로 날아간 것도 순전히 파도가 벌인 짓이었다.

"안 돼!"

바람에 날린 손수건은 예쁘게도 흘러 저 먼 바다에 닿았다. 치원은 제게 유일하게 남은 애란의 흔적을 구하기 위해 당장이라도 바다에 뛰어들 기세였다. 신고 있던 짚신도 지고 있던 보따리도 상관없었다. 채신없이 선체의 난간을 뛰어 넘으려들자 여기저기서 외마디 비명이 따라 붙었다.

"아이 참, 저 사람 죽으려고 환장을 했나! 어서 잡아요!"

"위험하다구요!"

치원은 벌써 멀리멀리 사라져 보이지 않는 손수건을 다급히 찾고 있었다. 뒤에서 누군가 팔과 다리를 붙잡고 당겨도 손수건을 찾는 일에만 눈이 벌겋게 상기된 터였다.

"놓으십시오! 소중한 것을 빠트렸습니다! 저것을 찾아야만 합니다!"

"어찌 이러십니까?"

버둥거리던 치원이 멈춘 것은 귓가에 익숙한 목소리가 들린 탓이었다. 그대로 얼어붙은 치원의 뒤에서 허리춤을 끌어안은 이는 손이 무척 못생긴 여인이었다.

“저게 뭐라고 그걸 잡으려 하십니까?”

울음 섞인 목소리에 치원은 엉거주춤 섰을 뿐이었다. 놀라움에 입이 다물어지지도 않았다. 치원은 돌아보았을 때 그곳에 있던 애란이 신기루처럼 사라질까봐 겁이나 차마 뒤돌지 못하였다.

“참으로 답답한 분이십니다. 잃었으면 잃은 대로 사셔야지, 그게 뭐라고 미련을 붙잡고 계신답니까.”

“당신입니까?”

“어찌 목숨을 그리 하찮게 여기십니까?”

“당신이 맞습니까?”

치원은 그제야 저를 끌어안았던 사람을 쳐다보았다. 이전보다 뺨이 많이 홀쭉해졌고, 그때보다 눈빛이 좀 더 온화해졌으나 틀림없는 애란이었다. 치원은 어안이 벙벙한 채로 그녀를 쳐다보았다.

“이게 어찌 된 일입니까?”

치원은 애란의 어깨를 단단히 붙잡았다.

“살아 계셨습니까?”

순식간에 치원의 눈에 눈물이 차올랐다. 애란은 긴장이 풀린 듯 자리에 주저앉아 안도의 숨을 몰아쉬었다. 애란과 함께 주르륵 내려앉은 치원은 그 뒤를 지키고 서있던 사내를 보며 말문이 턱 막히고 말았다.

“자넨….”

예전에 본 일이 있던 사내였다. 말을 타고 귀가하던 치원이 습격을 받았던 날, 그를 구해주고 홀연히 사라졌던 이였다.

"나를 지켜주고 있었습니까. 나를 지켜주던 이가 아가씨였습니까?"

"……."

애란은 아무 말도 없이 치원의 팔을 붙잡고 있을 뿐이었다.

"왜 번번이 당신은 혼자서만 나를 지켜봅니까, 왜요?"

"나설 수가 없었습니다. 사정이 있었습니다."

"그런 것이 어디 있습니까? 당신이 살아있는데. 그것이면 충분한데."

애란의 눈에선 하염없이 눈물이 흐르고 있었다. 말로는 다 설명할 수 없는 시간들이었다. 치원은 원망어린 눈으로 애란을 보다가 이내 그녀를 와락 끌어안고 말았다.

"됐습니다. 이렇게 살아있으니 다 되었습니다."

애란은 치원의 품 안에서 숨죽여 눈물을 흘렸다.

"보고 싶었습니다."

치원은 그 말을 끝으로 애란을 잡은 손에 더욱 힘을 주었다. 그녀가 다시 사라질까봐 이것이 전부 꿈일까봐 겁이 났던 것이다. 애란은 여전히 울기만 하는 중이었다. 긴긴 세월 그림자 같은 삶을 자처했던 시절들을 보상받는 기분이었다. 두 사람은 한참을 그대로 울먹이다가 겨우 서로의 얼굴을 쳐다보았다. 십여 년 만에 재회한 그들은 누가 먼저랄 것도 없이 웃음이 터져 버렸다. 그것은 그들이 생애 가장 행복한 순간에 도착한 때문이었다. 울음을 털고 입을 연 것은 치원이었다.

"어디까지 가시는 길입니까?"

"공을 따라 가는 중이었습니다. 공은 어디까지 가시던 길입니까?"

“처음으로 되돌아가던 중이었습니다.”

“저도 함께 가도 되겠습니까?”

치원은 고개를 끄덕이는 대신 애란에게 입을 맞추었다. 평생을 아껴둔 입맞춤이었다. 그들의 입맞춤에 파도는 눈치껏 잠잠해졌고, 갈매기들도 고요하게 굴었다.

천천히 입술을 떼어낸 치원은 애란의 눈을 바라보았다. 두 사람은 세월을 흠뻑 묻힌 미소로 서로를 바라보고 있었다.

“이름이 무엇입니까? 저는 고운이라 합니다.”

“저는 애란이라 합니다.”

처음 만났던 그때처럼 인사를 나눈 두 사람은 눈물이 뒤섞인 웃음을 짓고 있었다.

이별했던 시간만큼의 그리움은 벌써 파도와 함께 부서진 모양이었다. 애란은 품안에서 자색의 꽃을 수놓은 손수건을 꺼내 치원에게 내밀었다.

“받으십시오.”

“이것이 무엇입니까?”

“그냥 드리고 싶었습니다.”

치원은 그것을 받아 들곤 감격에 젖어 들었다. 복사꽃 향기가 여전한 덕분에 완벽하게 처음으로 되돌아간 기분이었다. 먼 길을 돌아 비로소 서로의 앞에 닿은 두 사람은 새로운 세상 대신 새로운 시작을 위해 검푸른 바람에 몸을 맡겼다. 어느덧 갑판 위를 가득 수놓은 별들은 그들의 앞날을 영원히 축복해 줄 것처럼 반짝이고 있었다. 그것은 치원과 애란에게 복사꽃 꿈길로 이어진 재회가 아닐 수 없었다. 끝

최치원 崔致遠

857(문성왕~?) 통일 신라 시대의 학자 · 대문장가.
본관은 경주(慶州). 자는 고운(孤雲) 또는 해운(海雲)이다
경주 사량부(沙梁部 또는 本彼部)출신 육두품으로 견일(肩逸)의 아들이다

868년(경문왕 8)	12세의 나이로 중국 당나라로 유학을 떠나 18세(874년)에 예부시랑 배찬(裵瓚)이 주관한 빈공과(賓貢科)에 합격한다.
876년(헌강왕 2)	당나라의 선주(宣州) 표수현위(漂水縣尉)가 되었으나 다음해에 사직하고 이위(李蔚)의 문객으로 있다가 회남절도사(淮南節度使) 고병(高騈)의 추천으로 관역순관이 된다.
879년	황소(黃巢)의 난 때, 고병의 휘하에서 종사관으로 <토황소격문>을 지어 문명을 떨친다.
885년	29세에 통일 신라로 귀국. 헌강왕에 의해 시독 겸 한림학사 수병부시랑 지서서감사(侍讀兼翰林學士守兵部侍郎知瑞書監事)에 임명되고 당나라에서 지은 저작들을 정리해 국왕에게 바친다.
890년	대산군(전라북도 태인). 천령군(경상남도 함양)· 부성군(충청남도 서산) 등지의 태수를 역임. 893년 하정사(賀正使)에 임명되었으나 민란으로 가지 못한다.
894년	정치 개혁안인 시무책(時務策) 10여 조를 진성여왕에게 올린다. 6두품 신분으로서는 최고 관등인 아찬(阿飡)에 올랐으나 부패한 중앙 귀족들의 반발로 개혁안은 실현되지 못함.
897년	실정으로 정치적 무력감에 빠진 진성여왕이 효공왕에게 왕위를 선양하고 물러난다. 귀족사회의 높은 벽에 좌절과 환멸을 느낀 최치원은 관직을 떠나 경주의 남산, 합천의 청량사, 지리산의 쌍계사, 동래의 해운대 등을 떠돈다. 만년에는 가야산 해인사에 머물렀다고 한다. 신선이 되었다 하기도 하고 자살했다는 속설도 있다. 수많은 저작 중에 오늘날 <계원필경> <법장화상전> <사산비명>이 전해지며, 글씨로는 쌍계사의 「진감선사비문」이 유명하다.
1020년	고려 현종에 의해 내사령(종1품)으로 추증되며 문묘에 배향되었고 3년 후 '문창후(文昌侯)'라는 시호(諡號)를 받았다.

壺中別天

호 중 별 천

東國花開洞　동쪽나라 화개동은
동 국 화 개 동

壺中別有天　호리병 속의 별천지네
호 중 별 유 천

仙人推玉枕　선인이 옥베개를 밀쳐두니
선 인 퇴 옥 침

身世欻千年　그 몸과 세상이 천년을 이어졌네
신 세 훌 천 년

春來花滿地　봄이 오니 땅에는 꽃이 만발하고
춘 래 화 만 지

秋去葉飛天　가을이 가니 하늘에 낙엽 흩날리네
추 거 엽 비 천

至道離文字　지극한 도는 문자와 상관없이
지 도 리 문 자

元來是目前　원래부터 우리 눈앞에 있었다네
원 래 시 목 전

擬說林泉興 그대 자연에 빠진 건가 말들 하지만
의 설 림 천 흥

何人識此機 어느 누가 이런 기미를 알겠는가
하 인 식 차 기

無心見月色 무심히 달빛을 바라보며
무 심 견 월 색

默默坐忘歸 묵묵히 앉아 돌아가기를 잊어버리네
묵 묵 좌 망 귀

密旨何勞舌 천지의 비밀을 누설코자 어찌 혀를 놀리겠는가
밀 지 하 노 설

江澄月影通 강은 맑아 달빛 그림자 비추고
강 징 월 영 통

長風生萬壑 긴 바람이 수많은 골짜기에서 일어나니
장 풍 생 만 학

赤葉秋山空 붉은 잎 가을 산에 하늘이어라
적 엽 추 산 공

題伽倻山讀書堂

가야산 독서당을 평함

狂奔疊石吼重巒 황망히 바위들을 치달으며 산을 울리는 물소리에
광 분 첩 석 후 중 만

人語難分咫尺間 사람의 말일랑 지척에서도 알아듣기 어렵다.
인 어 난 분 지 척 간

常恐是非聲到耳 옳다 그르다 세상 시비소리 듣기 싫어
상 공 시 비 성 도 이

故教流水盡籠山 흐르는 물로 산을 감싸두노나.
고 교 유 수 진 농 산